Infâmia

Ana Maria Machado

Infâmia

ALFAGUARA

© 2011 by Ana Maria Machado
Todos os direitos desta edição reservados à
Editora Objetiva Ltda.
Rua Cosme Velho, 103
Rio de Janeiro — RJ — Cep: 22241-090
Tel.: (21) 2199-7824 — Fax: (21) 2199-7825
www.objetiva.com.br

Capa
Victor Burton

Imagem de capa
Roc Canals Photography/Getty Images

Revisão
Tamara Sender
Lilia Zanetti
Talita Papoula

Editoração eletrônica
Abreu's System Ltda.

CIP-BRASIL. CATALOGAÇÃO-NA-FONTE
SINDICATO NACIONAL DOS EDITORES DE LIVROS, RJ

M129i

    Machado, Ana Maria
      Infâmia / Ana Maria Machado. - Rio de Janeiro : Objetiva, 2011.

    277p.   ISBN 978-85-7962-064-5

      1. Romance brasileiro. I. Título.

10-6486.

                         CDD: 869.93
                         CDU: 821.134.3(81)-3

Infâmia

Em memória de Nilo

Primeira Parte
Intrusos

1

Fragmentos.

Pelo menos, era o que parecia. E se não fosse? A caligrafia não era nítida. Falhas, linhas descontínuas, letras pouco claras. Sem pingos nem acentos. Sem corte no *t*. Isto é, se fosse um *t*. Podia não ser.

Reconhecia bem a caligrafia inclinada da filha na etiqueta que identificava a pasta. Uma forma material de confirmar sua sobrevivência ali a seu lado. Indício físico de sua presença por perto. Como se precisasse.

Uma letrinha inconfundível. No entanto, confundindo-o, pela falta de clareza. Sempre aqueles manuscritos vagos. Vestígios de gestos rápidos passados pelo papel, deixando espaço para aventuras de adivinhação. Ou esforços de decifração. Ainda mais agora que a vista dele já não conseguia cumprir tamanhos feitos de nitidez. Talvez depois da cirurgia fosse capaz. Se, realmente, no fim das contas decidisse se submeter à operação. Ainda não tinha resolvido. Por enquanto, era apenas uma possibilidade. Uma vaga perspectiva. Voltar a ver melhor. Apostar. Submeter-se ao risco de não dar certo. Para quê?

Alisou a pasta por onde um dia tinham passado as mãos da filha, com seus dedos longos, desde a adolescência capazes de cobrir um orgulhoso acorde de oitava no piano. Pela superfície da cartolina haviam deslizado as palmas macias que nunca mais lhe fariam uma carícia no rosto. Talvez até o verso da etiqueta guardasse resquícios de seu beijo, nas células de saliva deixadas pela língua quando Cecília lambera a goma para depois colar o rótulo que lhe permitiria identificar os papéis guardados. Teria escrito antes ou depois desse movimento? Aquela palavra que não estava conseguindo decifrar.

Fragmentos, parecia. Cacos. Estilhaços. Resíduos. Minúsculas sobras materiais de seu desmoronamento.

Agora, anos mais tarde, a imaginação do pai tentava reviver-lhe os gestos, etapa por etapa, num esforço de compreender a experiência em que deixara a filha sozinha. Entregue a si mesma e a sua dor enquanto ele ficara ausente. Por discrição, respeito excessivo. Medo de ser tomado como intruso em sua vida.

Fez novo esforço para firmar a vista e ter certeza do que estava escrito. Difícil. A luz também não ajudava. Talvez se ele se levantasse da poltrona, puxasse as cortinas, deixasse entrar em sua plenitude o sol da manhã... Mas seguramente não era necessário: a lâmpada já iluminava em cheio a superfície. Mostrava a pasta de cartolina verde, a etiqueta no canto inferior direito. Uma única palavra escrita, ocupando quase toda a superfície branca.

Manuel Serafim Soares de Vilhena tinha a impressão de que estava grafado *Fragmentos*.

Ou não.

Havia algo mais. Talvez um ponto solto. Marca de abreviatura? Impossível ter certeza. Quem sabe, outra palavra. Mas parecia mesmo aquela. Quase daria para afirmar com segurança. Ainda que não total.

Fragmentos. Frag.mentes...?

Mentes e mentiras. Umas guardadas nas outras. Cacos de fraqueza a esmo. Não era necessário ter uma pasta para armazená-los. Nem identificá-la com uma etiqueta preenchida com uma palavra qualquer.

Estilhaços de mentiras ainda tomavam sua mente — e a de Ana Amélia, sem dúvida — de cambulhada com a verdade que sempre estivera diante deles mas os dois não tinham sabido ver enquanto foi tempo de fazer alguma diferença. Agora indícios desprezados se cruzavam com vestígios reencontrados. Teciam-se em fios deduzidos. Passavam a ocupar todo o espaço disponível, o único em que lhe interessava mover-se. Confundiam-se com todo o tempo de sua vigília e até de seu sono. Uma sucessão de dias e horas, minutos e segundos, por trás de seus olhos fechados, por dentro de seus olhos abertos que cada vez enxergavam menos o lado de fora.

— Posso interromper?

Antes mesmo de ouvir a voz de Ana Amélia, já havia percebido que ela abrira a porta do escritório.

Com a delicadeza de sempre, ainda que passados tantos anos, ela não era capaz de entrar sem bater e arranhara de leve a madeira. Nem tão forte que pudesse acordá-lo se estivesse cochilando, nem tão fraco que deixasse de se anunciar para não invadir de chofre.

Entreabriu os olhos e respondeu:

— Entre, meu bem, você nunca interrompe.

Não era verdade, e ambos sabiam. Mas era parte de uma espécie de carinho residual que gostavam de cultivar.

— Sei que interrompi, Manu. Quando vi você com a cabeça recostada no espaldar, de olhos fechados, com esse sorrisinho quase sonhador, já calculei que estava interrompendo.

Sabiam ambos que o sorriso era inexistente. Mas o embaixador entrou no jogo:

— Se eu estava sorrindo, então era sinal de que não estava dormindo.

Ela explicou, enquanto caminhava até a janela e afastava as cortinas pesadas, com o cuidado de deixar cerradas as outras, finas e transparentes, mais próximas às vidraças:

— Não achei que estava acordando você. Mas imaginei que podia estar interrompendo alguma coisa. Pensamentos, sonhos, sei lá o quê. Não gosto de fazer isso. Você sabe. Mas era preciso.

— Por quê? Aconteceu alguma coisa?

— Não aconteceu nada. E não gosto de ser intrusa. Mas a menina já está aí.

A menina? Que menina? Não sabia de menina nenhuma.

Quem vinha se intrometer agora? Essa sim, uma intrusa. Metida em sua própria casa? Em seu escritório? Num lugar que ele criara com todo cuidado havia tantos anos, e recriara, repetindo sempre parecido, em todas as casas e apartamentos onde morara, em tantas cidades de tantos países que habitara? Biblioteca, escritório, sala de trabalho, seu canto entre livros, com escrivaninha, poltrona e boa luz, de onde partia em leituras nas quais ele é que costumava ser intruso. Sua estação de decolagem para desembarque em outros universos. Sem ser esperado nem convidado, o intruso perfeito. Mesmo agora quando quase não lia mais.

Como havia pouco, quando a mulher o interrompera.

Nunca sei quem vou ser em seguida. A cada vez me surpreendo. E, se não há surpresa, desisto. Deixa de me atrair. A não ser quando estou apenas prolongando uma existência já iniciada em páginas anteriores. Nesse caso, é um aprofundamento e não precisa ser novidade. Pode continuar, pois escapa à mera repetição. Mas fora isso, o que fascina é não fazer ideia de como as coisas vão se passar nem para onde vão ou de que modo, antes que elas comecem a acontecer. Nem imagino quem serei a cada vez. Em que cenários viverei, em que época. Ou a quantos me colarei, por dentro de suas almas turvas ou transparentes, mas invariavelmente cheias de surpresas. O que sei, sempre, é que sou um intruso ao lado de tantos outros seres. Nenhum deles sabe que estou ali. E, no entanto, ao criá-los, alguém se dirigiu a mim, apostou em minha eventual chegada um dia, sem poder me definir por antecipação.

Tais intrusões me viciam. Mergulhos ávidos, exigem sempre mais um a seguir, e outro depois, cada vez mais numerosos e mais fundos. De cada imersão volto mais denso, trago de volta a perplexa constatação da infinitude humana. Uma vida apenas não basta. Viciei-me no apelo de outras, infinitas.

2

Mais tarde José lembraria. Acordara antes da claridade da manhã. Aos poucos, enquanto o aposento era invadido pelas primeiras luzes, discerniu os vultos dos companheiros adormecidos. Fazia frio. Apesar do intenso calor dos dias, aquelas horas da madrugada sempre eram mais que frescas.

Sentia falta de um agasalho. Uma túnica que o aquecesse. Mesmo que fosse qualquer uma e não a sua. Aquela túnica única. O traje de várias cores que o pai lhe dera. Mandada fazer especialmente para o filho de sua velhice. Tecida em fios que formavam padrões diferentes, colorida com pigmentos de várias origens. A roupa que lhe arrancaram quando foi atacado, lançado na escuridão, resgatado apenas para ser vendido e escravizado.

A sensação de frio o levava a se encolher. Flexionou as pernas e as dobrou para dentro da vestimenta barata e grosseira, de trama rala. O corpo continuava a pedir algo mais. Nem precisava ser o manto que usara mais recentemente e que também perdera. Aquele tecido de bordas franjadas, no qual costumava envolver-se nos últimos tempos, sempre que o sol se punha e a temperatura baixava — ampla capa que durante algum tempo ajudara a distingui-lo de longe, ao dar ordens e distribuir recomendações no governo da casa de seu senhor. O manto que causara sua perdição.

O dia clareava. José friccionava os braços desnudos e contemplava a trama rústica de suas vestes, ásperas, fruto de mãos calosas em teares toscos. Fios grosseiros entrecruzados, uns sobre os outros, até somarem forças e se tornarem capazes de suportar pressão, sustentar peso e movimento.

Seus pensamentos se espraiavam, seguiam rumos diversos. De quantos fios se tece uma intriga. De quantas linhas se trança uma trama. De quantas fibras se enrola uma corda. Com todos eles, de um só nó se enforca um homem. Inocente ou culpado.

Mais agasalhados, seus companheiros de cárcere seguiam dormindo. Sonos inquietos, agitados. À sua direita, o copeiro-mor mudou de posição, num movimento brusco. No outro canto da cela, o padeiro-mor deu dois ou três gemidos. Mas ambos logo se aquietaram. Antes assim. Que dormissem sossegados. Uma forma de passar o tempo, na angustiante espera de que algo acontecesse.

Embora José fosse estrangeiro, os outros costumavam conversar com ele. Desabafavam. Por vezes, até lhe pediam conselhos. Eram todos iguais no momento, em seu destino comum. Do passado, entretanto, traziam histórias diversas. No futuro, só o Senhor poderia dizer o que os aguardava. O que Seu plano reservava a três homens tão diversos na mesma prisão.

Como sabia que era inocente, José tendia a estender uma avaliação semelhante aos dois que dormiam. Dava-lhes também o benefício da dúvida. Evitava crer nas acusações que pesavam sobre seus companheiros, ali trancafiados por terem encolerizado o governante, que se sentira ofendido por eles. De sua parte, não julgava ninguém. Podiam ser todos tão sem culpa quanto ele. Como saber? Ignorava quais os desígnios de Deus para reuni-los ali. Apenas confiava. Como sempre fizera, desde criança, com a família, brincando ao pé dos pais, ao lado dos irmãos.

Sua vida já dera muitas voltas. Agora tinha uma função, que lhe fora designada como parte de sua sentença. Servia aos outros dois prisioneiros, um copeiro e um padeiro. Antes disso, já servira entre outras paredes mas também já vivera ao ar livre, dono de si mesmo. Já conhecera a amplidão dos campos e do deserto e o confinamento sepulcral do fundo de uma cisterna seca. Já recebera amor e carinho, já levara surras de quem amava. Já fora dado como morto e fora vendido como escravo. Já servira ao chefe dos guardas. Já administrara todos os bens do patrão, cuidara de seus negócios, o fizera prosperar. Já fora caluniado e jogado numa prisão. Condenado com provas e com testemunhas — ainda que nada valessem. Como acreditar no que os homens diziam? Guardava-se para a palavra do Senhor.

Não tinha qualquer ilusão sobre depoimentos de testemunhas ou provas materiais. Em sua curta vida, duas vezes uma peça de vestuário já servira de evidência para mudar seu destino. Em ambas as ocasiões, foi usada para corroborar palavras falsas e lhes dar um atestado de validade. Para implantar uma mentira.

Menino ainda, ao me intrometer nesse enredo, foi esse o detalhe que primeiro me chamou a atenção. Ao lado da maldade dos irmãos, claro. Essa crueldade invejosa era um dado impressionante para o garoto a quem o padrinho dera um volume da História Sagrada como leitura complementar ao catecismo com que se preparava para a primeira comunhão. Eu iria comungar pela primeira vez no dia em que viesse um padre até a fazenda, para a festa da padroeira. De laço de fita branca em tafetá, preso à alva manga do paletozinho engomado, e na esperança de encontrarem então um lírio que simbolizasse a pureza. Talvez pudesse servir uma dama-da-noite perfumada, daquelas que cresciam na beirada do brejo, com as raízes na água. Enquanto esse dia não chegava, eu era ainda e apenas uma pequena alma talvez pecadora, talvez condenada ao limbo, carregando as culpas ancestrais da espécie. Um menino horrorizado com o relato das maldades dos grandes. Uma criança que sentia trazer sobre os ombros o peso enorme do pecado — original ou comum — de que tanto falavam as perguntas e respostas catequéticas decoradas com método e insistência. Mas também um garoto inquieto e cheio de imaginação, que acabara de ganhar asas capazes de me tornar leve e me permitir levantar voos inesperados e intrusos: desde o começo dos tempos, era o primeiro homem de toda minha estirpe a aprender a ler. E só tinha oito anos.

Graças a esse milagre, eu começava a ter condições de sobrevoar fronteiras, escapar quando quisesse e ser um intruso em histórias alheias, mesmo as que vinham de tempos imemoriais. Tudo o mais em minha vida futura passaria a ser consequência desse poder inédito.

*Mesmo quando a idade e a fragilidade me fizessem de-
pender da visão alheia, a invadir meu território e meu tempo.
Intrusa, por sua vez.*

Agora, olhando os trajes grosseiros que vestia, José
recordava. Trazia cada história de novo ao coração. Mesmo
aquilo que não viu e somente podia imaginar com a força do
que tivesse vivido. Sem mágoa, apenas na tentativa de entender, buscar um sentido maior. Certo de que existia um desíg-
nio, um desenho mais amplo para aquele tecido.

Na primeira ocasião, era ainda menino. Fora ao encontro dos irmãos, que cuidavam dos rebanhos da família. De
repente, do nada, eles o agrediram em conjunto e o jogaram
no fundo de um poço seco. Mas antes o despojaram de sua
túnica. A roupa linda, cheia de cores, inconfundível, mandada
fazer pelo pai para agasalhar o filho mais amado. Depois, o
venderam aos mercadores de escravos.

Sem seus ricos trajes, José fora levado para muito longe
de casa. Não estava mais vestido de várias cores quando atra-
vessou o deserto, a pé, com os ismaelitas. Maltrapilho, acompanhara sua caravana de camelos carregados de resinas, de bál-
samo e de láudano, a caminho do Egito. Lá aqueles fardos de
substâncias aromáticas seriam muito valorizados. Renderiam
um bom dinheiro, pois elas seriam usadas para embalsama-
mentos. A túnica ficou para trás.

Os irmãos a mergulharam no sangue de um cabrito e
a enviaram ao pai com uma mensagem:

"Eis o que encontramos. Vê se não é, porventura, a
túnica do teu filho."

Seria necessária alguma prova mais eloquente da tragédia que não houve? Evidência maior para inocentá-los e acobertar o crime que, na verdade, acontecera?

Jacó imediatamente reconheceu a roupa. Ele mesmo a encomendara, de finas lãs, tingidas com variados
pigmentos:

— Ai de mim! É a túnica de meu filho! Uma fera o
devorou! José foi estraçalhado! O filho de minha velhice!

Em sinal de luto, o pai respondeu com seus trajes ao que a vestimenta ensanguentada lhe contava. Rasgou as próprias vestes. Cobriu-se com um saco. Por muito tempo, pranteou o filho querido. Arrependeu-se de tê-lo enviado para longe de Canaã em companhia dos irmãos, para apascentar os rebanhos em Siquém.

No íntimo, lamentou também ter sido tão ríspido pouco antes disso, quando o rapaz confiara nele e contara a toda a família um sonho que naquela noite visitara seu sono:

— Sonhei que o sol, a lua e onze estrelas prostravam--se diante de mim.

Ouvindo-o, Jacó o repreendera:

— Que significa isso? Como ousas dizer uma coisa dessas? Por acaso queres dizer que eu, tua mãe e teus irmãos iremos nos prostrar por terra diante de ti? Não faltava mais nada!

Mais tarde, diante da túnica multicolorida feita em farrapos e manchada, Jacó lamentava ter-se zangado com aquilo que, afinal, era apenas o relato do sonho de um garoto. Lastimava-se pela interpretação que dera ao mesmo. Repreendera o filho querido por uma leitura que, na verdade, o jovem não fizera nem chegara a insinuar. Era apenas sua. Leitura equivocada, como agora comprovava ao olhar os fios de lã, tecidos e trançados, formando desenhos que mal se distinguiam, no momento quase velados pelo sangue que uniformizava os matizes.

A morte ceifara o filho de sua velhice. Arrebatara-lhe qualquer futuro. Anulara qualquer profecia mal decifrada. Deixara apenas o remorso do pai, a se lamentar por ter sido incapaz de compreender o sangue do seu sangue, que nunca mais teria a seu lado. Talvez castigo por um dia Jacó ter enganado o pai Isaac. Traído o irmão Esaú. As histórias todas se emendam, continuam umas às outras. Os bons intrusos que as acompanham sabem disso e as fazem dialogar entre si.

Agora o filho José era atingido. Para expiar as culpas paternas, quem sabe? De qualquer modo, restavam ao pai uma dor e uma certeza: sua leitura do sonho do rapaz fora equivocada. Jamais haveria no futuro uma oportunidade para que alguém um dia viesse a se prostrar diante dele.

A túnica era uma prova incontestável.

Quisera eu ter também agora uma evidência que não se pudesse refutar. Não, de modo algum. Quisera mesmo era não ter a menor necessidade de buscar comprovações, por não haver qualquer suspeita. Que a dor fosse apenas saudade da minha Cecília desaparecida. Não, não, nada disso. Que não houvesse dor. Que a saudade fosse apenas a falta da filha que saiu de casa e foi morar em outro país. Que minha menina ainda pudesse entrar por essa porta de repente, a sorrir, prestes a me contar algo, e eu a acolhesse em meu abraço. Inteiros, ambos. Sem estilhaços.

Da segunda vez que uma peça de vestuário servira para atestar uma mentira na vida de José, tratou-se de um manto. Esdrúxulo sinal de uma posição ambígua. Era escravo mas, apesar disso, tinha uma vasta capa. Sinal da importância do cargo que seu dono lhe confiara.

Ao comprá-lo dos mercadores ismaelitas, Putifar nem fazia ideia da qualidade da mercadoria humana que estava adquirindo. Responsável pela segurança pessoal do governante e sua família, o chefe da guarda do faraó era um egípcio importante e poderoso. Não costumava perder tempo com questões corriqueiras de administração doméstica. Mas não precisou que se passassem muitos meses para que pudesse observar:

— Desde que trouxe esse José para trabalhar aqui, meus bens se multiplicam e minha fortuna se expande. Os deuses estão com ele.

Intruso na leitura da História Sagrada, eu sabia. Quem estava com José era o Senhor. Fazia prosperar tudo o que empreendia para seu amo. Bem como Siá Mariquita costumava dizer diante de seu fogão a lenha: Mais vale quem Deus ajuda do que quem cedo madruga... E com certeza ela nunca precisara de nenhuma leitura para saber disso. Há sabedorias que se tecem com outros fios. Por mais terras que eu tenha percorrido, por mais livros que tenha lido, por mais gravuras de Doré ou de Durer que tenha visto ilustrando essas histórias, não posso nunca me esquecer disso. E não esqueço: há coisas que Siá Mariquita sabia sem nunca ter ido a um museu ou biblioteca.

Natural que o escravo caísse nas graças desse amo e conquistasse sua simpatia. Não surpreende que Putifar o trouxesse para bem perto. Colocou-o à frente do governo de sua casa, seus campos, seus negócios. Confiou-lhe todos os seus bens. Não precisava mais se preocupar com coisa alguma. Cuidava de outros assuntos, na certeza de que sua retaguarda estava bem atendida e que tudo crescia e dava certo.

Por causa de José, portanto, caíam as bênçãos do Senhor sobre tudo aquilo que era de Putifar. O chefe da guarda podia confiar cegamente em seu discernimento e na sabedoria de suas decisões. Chegou a comentar:

— Não preciso me preocupar com mais nada. A única coisa que fica para eu decidir é aquilo que desejo comer numa refeição. Tudo mais ele resolve, e bem.

Merecia um presente. Putifar lhe deu um manto que podia aquecê-lo nas noites frias ou forrar uma pedra dura onde quisesse se sentar. Mas o traje também servia para distingui-lo ao longe, como sinal de autoridade, quando fazia as recomendações de trabalho aos outros escravos. E lhe caía muito bem.

Não que José precisasse de roupas bonitas para chamar a atenção por seu físico. Também nesse aspecto o Senhor cuidara do escravo estrangeiro. Os traços harmoniosos e fortes de seu rosto moreno e anguloso se somavam ao porte elegante para fazer dele um belo homem que se destacava entre os demais. Todos o percebiam.

A mulher de Putifar não era exceção.

Lançava sobre ele seus olhares. Aquele homem bem proporcionado, inteligente e seguro de si a atraía cada vez mais. Começou a se insinuar para ele. Um sorriso aqui, uma frase ambígua ali. Nada parecia surtir efeito. Já estava ficando exasperada por esse jogo de tentação e sedução que se afigurava tão desequilibrado. Banhava-se em leite de cabra, untava-se com óleos perfumados, penteava-se com os cuidados mais elaborados, vestia-se com os mais finos tecidos, enfeitava-se com as mais delicadas joias. O belo chefe dos escravos passava a seu lado diversas vezes por dia e nada indicava que notasse sua formosura ou mesmo sua existência. Mais ainda: ignorava por completo todas as suas manobras para seduzi-lo. Nem por isso, porém, a presença dele deixava de tentá-la.

Passou ao ataque direto:

— Dorme comigo — chamou.

A recusa dele foi nítida. Mas a encheu de esperanças porque não continha palavra alguma que sugerisse não apreciar seus encantos. Dava para perceber que, como homem, o corpo dele não era indiferente a ela, bela mulher. Em nenhum momento ele dera a entender que fosse imune a uma atração física por sua senhora. Só arrolava razões morais:

— Meu senhor deposita total confiança em mim. Confiou-me todos os seus bens e jamais me pede contas do que se faz nesta casa. Não há aqui quem esteja acima de mim. Um único bem me é interdito: tu, que és sua mulher. Como eu poderia trair essa confiança e cometer tão grande crime?

Ela insistia. Ele reiterava sua recusa:

— Não posso ser desleal e enganar meu senhor. Além de tudo, unir-me contigo seria pecar contra Deus. Jamais poderia fazer isso.

Todos os dias ela voltava à carga, se esforçava para seduzi-lo. Em vão. José não cedia. Nem mudava seus argumentos.

Certo dia, no momento em que ele entrou na casa para fazer seu serviço, não encontrou ali mais ninguém além da mulher de Putifar. Com cuidado, ela havia providenciado para que todos saíssem, sob pretextos diversos, de modo que os dois pudessem ficar juntos sozinhos.

Mais uma vez a senhora da casa insistiu:

— Dorme comigo!

Agarrou-o pelo manto. Ele fez força para se soltar. Um pedaço da roupa se rasgou. Ela continuou segurando firme. Ele puxou para se libertar, e a capa caiu no chão.

— Dorme comigo! — implorou ela, mais uma vez, ainda segurando a ponta de tecido com seu rasgão.

Tendo se desvencilhado da roupa que servia de elo entre os dois, José largou a mulher sozinha na sala e saiu correndo. Fugiu da casa.

Furiosa com o que acontecera, a senhora começou a gritar e chamar a gente da casa, atraindo os escravos que estavam em outros aposentos.

— Socorro! Acudam!

E acrescentava:

— Vejam bem o que aconteceu. Estão vendo? É o manto de José, que todos vocês conhecem tão bem. Esse hebreu foi trazido para nossa casa a fim de nos servir mas terminou por nos desrespeitar. Abusou de nossa confiança. Esse homem é um traidor. Veio me procurar para dormir comigo. Nem sei o que poderia ter ocorrido se eu não tivesse reagido. Vendo que eu me punha a gritar, deixou seu manto a meu lado e fugiu. Vocês todos são testemunhas.

Sempre repetindo a mesma coisa, guardou o manto até o marido voltar. Fez-lhe o mesmo relato:

— Vê só o que fez esse escravo hebreu que trouxeste para o meio de nós. Ao me encontrar sozinha, quis abusar de mim. Como me pus a gritar, saiu correndo e escapou. Mas deixou seu manto, olha aqui. Vê bem. O mesmo que lhe deras de presente. Todos os que estavam na casa são testemunhas de seus avanços, de meus gritos e de minha recusa.

Ao ouvir o que sua mulher lhe contava sobre o comportamento de seu servo, Putifar enfureceu-se. A atestar a veracidade da narrativa, o traje de José abandonado em mãos de sua senhora era uma prova inegável. Confirmava o depoimento dos outros domésticos. José foi lançado na cela onde se encarceravam os prisioneiros do faraó. E ali estava agora. Sem túnica multicolorida nem manto de distinção.

Mas o Senhor não o abandonara. Logo o distinguiu com sua bênção e fez com que conquistasse a simpatia do guardião, que não o tratava mal. E permitia que conversasse com os outros presos. Como aqueles dois, agora adormecidos

— o padeiro-mor e o copeiro-mor do palácio. Prisioneiros importantes a quem José estava encarregado de servir, por determinação do carcereiro. Já havia certo tempo que estavam ali detidos, desde o dia em que tinham encolerizado o faraó com alguma coisa que ele julgara ofensiva. Aguardavam suas sentenças.

Em muitas histórias bíblicas eu me intrometi, desde o dia em que ganhei do meu padrinho aquele livro. E em muitas outras, de outros livros pela vida afora, à medida que fui crescendo e ampliando minhas oportunidades, conhecendo mais enredos. Invisível, silencioso, sem que nenhum deles desconfiasse de minha presença, eu acompanhava os personagens — uns bem mais do que outros, é verdade. José foi um de meus primeiros favoritos. Encolhido num canto da cela, ouvi seus companheiros lhe contarem os sonhos que haviam agitado aquela noite. Admirado, escutei as palavras com que decifrou os relatos. Atento, fui aprendendo que todo relato tem interpretações. Mais de uma. Nenhuma é a única correta. Mas muitas são apenas falsas, mentirosas. Produtos de fracas mentes. Desonestas. Servem ao mal. Podem até ser fruto de intelectos capazes, que escolhem se aproveitar apenas de alguns fragmentos dessas capacidades e bloquear certos cuidados minuciosos que o bem exige — facilmente contornáveis pelos que optam por ignorar tais escrúpulos. Decidem considerar qualquer rigor zeloso como simples pedregulhos no caminho, mero cascalho moral, reles areia descartável. Há quem prefira agir assim: velar a luz da consciência, ignorar minúcias dispersivas e elaborar raciocínios em mais sombrios territórios mentais, de modo a chegar logo a algum julgamento conclusivo.

A esta altura da vida, eu sei. Vi isso em várias áreas do comportamento humano. Fui intruso também nas obras dos grandes autores que se debruçaram sobre nossa essência, alma, espírito ou inconsciente — cada época lhe deu um nome. Não tenho ilusões simplórias. Minha profissão me fez encontrar todo tipo de gente, em toda parte. Sei do que o homem é capaz.

Mesmo assim, me deixei enganar. E logo no caso da minha filha. Por isso pago este alto preço, pelo resto de minha vida.

— Ainda que se pareçam um pouco, por causa do número três, esses dois sonhos significam duas coisas bem diferentes, com suas três varas carregadas de uvas ou suas três cestas cheias de pão. Prefiro não falar nelas.

Os companheiros de cárcere insistiram. Um deles pediu, com ar sombrio.

— Por favor, diz-me. Mesmo que seja uma condenação à morte, prefiro saber. Assim não serei apanhado de surpresa e tenho como me preparar para a viagem final.

Embora constrangido, José admitiu:

— Tens razão. Farei o que pedes.

Explicou-lhes, então, o que significava cada sonho. Ambos se referiam ao destino que sobreviria a cada homem, ao fim de três dias. O padeiro-mor receberia sua sentença e seria enforcado. O copeiro-mor seria reabilitado e novamente chamado a servir a taça ao faraó, como fazia antes.

— Lembra-te então de mim — pediu-lhe José — e me recomende ao faraó, para que me tirem daqui. Sou um estrangeiro, vindo a esta terra por meio de um ato de violência. Sofri traição e sequestro. Tampouco mereço estar nesta prisão, nada fiz para justificar este destino. Sou vítima de mentiras e falsidades.

Depois que os sonhos proféticos se cumpriram, conforme a interpretação que lhes fora dada por José, o copeiro-mor inicialmente não se lembrou da promessa feita. Mas chegou um momento em que também o faraó começou a se preocupar com sonhos estranhos e densos, cheios de setes. Num deles, havia sete vacas gordas e sete vacas magras que pastavam à margem do mesmo rio. Em outro, sete espigas maduras e sete espigas secas que saíam da mesma haste de trigo. Nenhum mago ou sábio conseguia interpretar os sonhos a contento.

Ao ouvir esses relatos, o copeiro recordou-se do antigo companheiro de prisão. Com certeza, quem interpretara o número três poderia também decifrar o número sete. Contou sua experiência ao faraó, insinuando em seu espírito a possibilidade de consultar o antigo escravo de Putifar.

O governante mandou chamá-lo. Depois de ouvir o duplo sonho e concluir que tinham ambos uma só interpretação, que minuciosamente forneceu ao faraó, o hebreu sublinhou a importância de aproveitar os próximos sete anos de bonança e fartura para se precaverem, de modo a poder enfrentar os seguintes sete anos de fome e penúria. Acrescentou tantos e tão sábios conselhos que o faraó decidiu segui-los. Além disso, tratou de fazer justiça em toda a linha. Fez mais do que reabilitar o antigo prisioneiro. Promoveu-o a primeiro-ministro do reino, respeitoso de sua inteligência e reverente diante da óbvia manifestação divina que privilegiava aquele estrangeiro:

— Pois que Deus te revelou tudo isto, não haverá ninguém tão prudente e tão sábio como tu. Serás posto à frente de toda a minha casa. Todo o meu povo obedecerá à tua palavra. Só o trono me fará maior que tu.

Em gesto público e solene, tirou o anel de sua própria mão e o enfiou no dedo de José. Mandou que revestissem o ex-escravo de trajes de linho fino. Colocou-lhe um colar de ouro em torno do pescoço.

— Vejam todos. Eis que te ponho à testa de todo o Egito.

Entregou-lhe o segundo dos seus carros. Mandou que diante dele se clamassem ordens para que o povo se ajoelhasse. Ordenou expressamente que nem um único pé ou mão se movesse no Egito sem a permissão do novo ministro. E lhe deu por esposa a filha de Putifar.

Muitas vezes fui intruso nessa história. Ainda que eu jamais tenha conseguido plenamente compartilhar a intensidade de sua fé privilegiada, colava-me em José e vivia sua alegria ao ser inocentado. Aderia invisível a seu pai e participava do desespero de perder um filho. Grudava insuspeitado em seus irmãos e remoía ciúmes, remorsos, medos e dúvidas. Seguia intelectualmente a lógica de suas interpretações, fascinado com a riqueza potencial de cada texto. Maravilhava-me com a profunda justiça da reparação tão extensa e completa de uma condenação imerecida. Até mesmo com um toque de ironia, nesse casamento com a filha de Putifar.

Ao mesmo tempo, fui obrigado a constatar que todas essas compensações não anularam o horror da calúnia, apenas trataram de minorar seus efeitos. Como se a própria sabedoria bíblica reconhecesse que esse crime não tem como ser reparado. Sempre ficam resquícios das nódoas lançadas pela difamação. Retratações e indenizações, no máximo, cobrem apenas perdas materiais. As outras são muito maiores.

Intrometido nessa história, colado a seus personagens, eu sei. Nenhuma dessas distinções especiais recebidas por José apaga a dor de ser traído pelos irmãos, cortado dos pais, banido como escravo, caluniado por ser leal, aprisionado sem razão. Mesmo que depois haja dramáticas e empolgantes cenas de revelação e reencontro, dignas do melhor melodrama ou folhetim. Elas apenas conduzem a um final feliz, com perdão e reparações, pompa e circunstâncias honrosas, símbolos de poder e glória. Esse desenlace satisfaz a nosso sentido de justiça. Mas não apaga a dor vivida nem anula suas marcas.

Também acompanhei de perto, leitor atento e reincidente, a continuação da história bíblica, nos capítulos que se sucedem no texto sagrado. Não fui o único. Da alta literatura de Thomas Mann ao sucesso do espetáculo de um musical da Broadway, o relato sobre José, seus irmãos e sua túnica multicolorida tem servido de ponto de partida para a criação e o desenvolvimento de muitas outras leituras. Há infinitos intrusos além de mim nas peripécias desse enredo.

Mas um aspecto sempre chamou minha atenção na narrativa original desse episódio: a insistência nos trajes. É uma história que se conta pela alternância de roupas e o que se passa com elas.

Justamente por isso, acabei sendo atraído por um detalhe precioso, que não está na Bíblia. Descobri-o quando fui intruso em outra leitura, também num livro sagrado. No Alcorão, José conseguiu se defender e provar sua inocência, graças ao próprio traje que servira para acusá-lo e fora utilizado para testemunhar contra ele.

Segundo a versão islâmica, o patrão lhe dera a palavra para se defender e o rapaz aproveitou para examinar em público a evidência material que estaria servindo para condená-lo. Tendo em mãos a capa abandonada na fuga, demonstrou que ela estava rasgada atrás e não na frente. Não se dilacerara, portanto, numa luta de resistência em que a suposta vítima se negava a ceder. Ao contrário, o que ficara em mãos da mulher era um pedaço do traje que ela agarrara com força para não deixar o rapaz lhe escapar. Assim ele conseguiu provar sua inocência e manter limpo seu nome — apesar da força da tentação à qual quase sucumbiu, e só a muito custo resistiu. Graças à crença em Deus, como o texto corânico também acentua com muita ênfase.

De qualquer modo, para a fonte islâmica, José se explicou com o patrão e foi perdoado (o que não impediu que fosse encarcerado; prisões nem sempre têm a ver com justiça e culpa, como se vê), enquanto toda a corte passou a escarnecer da patroa, exposta à execração pública por suas aleivosias.

Fim de conversa? Julgamento feito, definitivo? Nada disso. Faltava ouvir uma das partes.

Ainda que a Bíblia não o faça, o Alcorão, atento, trata de dar ouvidos às eventuais razões da mulher de Putifar. Graças a esse cuidado, eu também pude ser intruso junto a ela e entender seus motivos. Pelo menos, da forma pela qual ela os expõe a suas amigas, como conta a Sura 12, em texto saboroso, tantas vezes relido que o trago de cor:

"Mas quando se inteirou de tais falatórios, convidou-as à sua casa e lhes preparou assentos, ocasião em que deu uma faca a cada uma delas; então disse a José: 'Apresenta-te ante elas!' E, quando o viram, extasiaram-se à visão da beleza dele, chegando mesmo a ferirem as próprias mãos com as facas que seguravam. Disseram: 'Valha-nos Deus! Este não é um ser humano. Não é senão um anjo nobre!'"

Gosto muito de ser intruso assim. Junto a cada um. Com suas razões próprias. Uma oportunidade de tentar entender melhor a natureza humana. Sempre gostei.

Como posso ter me perdido tanto, ao ponto de não ter conseguido fazer isso com minha filha? Só porque não era um personagem feito de palavras?

Era carne de minha carne e não fui capaz de perceber a verdade do que vivia, entre tantos fiapos de versões e fragmentos de mentiras.

Por isso me penitencio. Mas não há o que alivie minha dor.

3

— Você prefere que eu traga a menina até aqui ou vai recebê-la na sala?

De novo?

— Mas de que menina você está falando, Ana Amélia?

— Da filha do Vasconcelos. Não me diga que esqueceu. Foi você mesmo quem marcou dia e hora, combinou para ela vir hoje.

Era mesmo. Agora sabia do que se tratava. Dessa não iria escapar.

— Estava distraído, nem lembrava. Mas pode mandar entrar, claro.

— Vou buscá-la. E mandar servir um café. Ou prefere um suco?

— Café e água.

Resignava-se, que jeito? Ia fazer isso por Ana Amélia. Tinha sido sugestão dela e, ainda que a ideia não o atraísse muito, resolveu concordar. Mas ele não precisava desses cuidados. Pelo menos, não no momento, embora soubesse que em futuro próximo talvez viessem a ser necessários. Ainda conseguia ler um pouco — com uma lupa e a luz adequada.

Sabia que devia poupar a vista, é verdade. Mas não a desperdiçava mais com jornais, revistas, ou o que não fosse essencial. De qualquer modo, não acreditava que fosse adiantar alguma coisa ter a voz de uma mocinha tentando passar a seus ouvidos os grandes textos da literatura. Duvidava que ela conseguisse ter uma entonação que mostrasse um mínimo de entendimento do que realmente valia a pena, modulando a voz com sensibilidade e inteligência nos trechos adequados ou lendo sem tropeços. Uma menina com idade para ser sua neta... Filha de um colega que podia ser seu filho... Não ia dar certo.

Nunca pretendera terceirizar sua leitura. A sugestão — e a insistência para que tentassem — saíra da cabeça de Ana Amélia. Ele só cedeu porque lhe ocorreu uma justificativa plausível para isso. Podia ser que sua mulher é que andasse necessitada de uma presença feminina ocasional dentro de casa, alguém assim mais jovem mas educadinha, com algum preparo e berço, para uma eventual troca de ideias. Um fiapo afetivo que a ajudasse, quem sabe? A mãe da menina e sua filha Cecília tinham sido amigas. Talvez fosse essa a razão para sua esposa ter um dia insinuado que seria bom se a filha do Vasconcelos viesse de vez em quando ler um pouco para ele.

Ana Amélia quase não tinha amigas dignas desse nome, apenas muitas relações sociais. Sina de mulher de diplomata, dizia ela, forçada a cortar o desenvolvimento das amizades da adolescência e impedida de aprofundar as novas porque não cria raízes em lugar algum. Saía pouco de casa. Devia estar sentindo falta de conversar com uma moça.

O neto bem que vinha visitá-los sempre, ainda que por pouco tempo a cada vez. Quase todo dia, agora que estava de férias. Fazia bem ao casal, e o embaixador sabia que esses encontros representavam ainda mais para a mulher do que para ele. Mas Luís Felipe, por mais que fosse o neto único e querido, era homem. Ela devia sentir falta de trocar ideias com uma mulher. Pensando bem, até poderia ser bom se Ana Amélia tivesse uma menina como essa, por perto, de vez em quando. Pensando nela, foi que ele acabara concordando. Com certeza, aquela sugestão de lhe trazer uma leitora escondera um pretexto para que ela buscasse uma companhia feminina interessante.

A chatice era que agora a garota estava ali e ia ser preciso recebê-la.

Já que assim era, faria isso da melhor maneira possível. Pela mulher, que se desdobrava por ele. Tomara que valesse a pena e que ela, de alguma forma, reconhecesse seu gesto.

Não que Ana Amélia se queixasse. Nada disso. Sempre fechada, costumava guardar suas manifestações públicas de emoção. O marido sabia que muitos a consideravam seca. Preferia vê-la como uma estoica. De tímida não tinha nada. Nem mesmo de reprimida, esse conceito que com tanta facilidade se passou a distribuir a torto e a direito depois que a psicanálise entornou seu jargão para fora dos livros, nas estações dos divãs. Era apenas contida.

Tinha sido educada para o comedimento afetivo. Se não nos afetos propriamente ditos, com certeza em seus sinais visíveis. Com ele às vezes relaxava e se consentia uma certa distensão, é claro. Na intimidade, sobretudo na juventude, bem que ela deixava cair de vez em quando os cuidados de seu treinamento espartano do internato de freiras. A ele deixava entrever na transparência dos silêncios os densos segredos que aos outros ocultava. Por vezes até o assustara, no vislumbre súbito de suas intensidades. Mas depois que perderam Cecília, ela mudara. Nem mais a ele mostrava com facilidade seus mistérios interiores. Por mais que disfarçasse e aparentasse estar sempre bem, ele a conhecia o bastante para saber que continuava habitada por íntimos tumultos e dores indomadas. Sem uma válvula de escape. Era preocupante.

O embaixador respeitava, entendia e até preferia que assim fosse. De certo modo, fazia o mesmo e também evitava permitir que a mulher vislumbrasse o constante reviver de lembranças que nos últimos tempos povoava seu espírito. Dessa forma, um dos dois não acentuava a dor do companheiro com a soma de sua própria. Um não jogava sobre o outro o fardo do eterno remoer em que a memória insistia em triturar cada detalhe do já vivido, incessantemente, em ínfimas modulações na busca de algum sentido.

A chegada da menina poderia introduzir algum novo movimento na dinâmica dessa quase solidão a dois. Mas poderia também trazer o risco de algum desastre, ao abalar equilíbrio tão precário. Preparando-se para recebê-la em seu escritório, o embaixador Manuel Serafim Soares de Vilhena prometeu a si mesmo ficar muito atento a qualquer sinal de ameaça. Era responsável por Ana Amélia. Não deixaria nenhum perigo chegar perto dela.

— Manu, esta aqui é a Camila.

— Mila, dona Ana Amélia — corrigiu a moça. — Todo mundo me chama de Mila.

Apelidinhos. Nem bem entrava na sala e já vinha com nhe-nhe-nhem. Não faltava mais nada. Ainda não tinham essas intimidades. Podia ser que jamais tivessem. Era bom marcar a distância. Repetir o nome dela por inteiro. O fato de estar admitindo a moça em seu escritório não significava que iam necessariamente ficar próximos.

— Pois então chegue mais perto da janela — pediu o embaixador. — Onde há mais luz. Para eu ver você melhor, senhorita Camila Vasconcelos.

Para te ver melhor, minha netinha, disse o Lobo Mau à Chapeuzinho. Bem que Camila lembrou, de imediato. Mas aqueles óculos de lentes muito grossas escondiam a expressão do rosto dele. Não dava para ver se os olhos do homem eram tão grandes quanto os do lobo. A lembrança da história infantil foi só um lampejo. Sem palavras.

Ele, porém, repetiu o nome dela e verbalizou os primeiros ecos que a memória lhe trazia, por coincidência também de leituras muito remotas, quase enterradas e perdidas na infância.

— Camila... Uma das meninas exemplares.

— Desculpe, embaixador, mas em matéria de Condessa de Ségur, acho que estou mais para Sofia do que para Camila e Madalena.

A resposta viera tão rápida que o surpreendeu. De qualquer modo, sustentou o duelo:

— A Sofia dos desastres?

— Essa mesma. Muito mais divertida.

Dessa vez ele não conseguiu se conter. Flagrou-se esboçando um sorriso enquanto ela continuava:

— E mais curiosa, mais disposta a aprender, a saber das coisas. Sofia não quer dizer conhecimento, sabedoria?

O embaixador assentiu e aproveitou a oportunidade para entrar num terreno onde se sentia muito mais à vontade. Deixou de lado a leve esgrima a marcar quem controlava aquele território e tomou a trilha suave da pequena conversa amena, algo que desenvolvera tanto ao longo da vida que tinha virado uma segunda natureza. Como se fosse um botão que apertava para dar partida a um motor, desligar a si mesmo e poder seguir em frente sem sentir, no piloto automático, quando se via em situações de convívio social.

Começou a discorrer sobre os livros que as crianças costumavam ler no seu tempo. Mencionou que essa obra da Condessa de Ségur foi das primeiras que lhe caíra em mãos, trazida por alguma parenta dos donos da fazenda em que seus pais trabalhavam. Uma menina em férias, que o fascinou com suas lobatices contadas e *As Meninas Exemplares* emprestadas. E que depois, de volta à capital, lhe enviara pelo primeiro portador disponível um livro cheio de histórias do pessoal do sítio do Picapau Amarelo, onde ele nem se sentira intruso, mas morador de direito pela vida afora.

Recordando essas leituras fundadoras, o embaixador passou a outras. Falou em romances de aventuras e em folhetins de capa e espada. Junto à bandeja apoiada na mesa, enquanto servia o café, Ana Amélia detectava suas deixas. Como se rigorosamente ensaiada para uma peça em cartaz em longa temporada, percebia a hora de se manifestar. Sempre que lhe coube, contribuiu com algumas evocações de leitura da Bibliotecas das Moças. Pensava que hoje em dia não se lia mais a Condessa de Ségur, comentou a seguir. Camila confirmou sua impressão, mas ressalvou que ela lera, sim, tanto *As Meninas Exemplares* quanto *Os Desastres de Sofia,* justamente porque a avó lhe dera os livros de presente, já que a mãe se chamava Madalena e as duas brincavam que ela seria a outra menina exemplar da dupla famosa, Camila e Madalena, tão bem-comportadas.

Ouvindo a conversinha das duas, Manuel Serafim ia se deixando levar pela evocação de algumas de suas empolgadas intrusões adolescentes junto a heróis às voltas com intrigas romanescas e ação intensa. Inesquecíveis mosqueteiros e nobres a cavalgar por estradas francesas ou se esgueirar por corredores de palácios ou becos parisienses mal-iluminados. Trocas de identidade. Usurpadores dos direitos alheios. Prisioneiros inocentes trancados em masmorras a arquitetar planos de fuga e preparar as surpresas de uma vingança que faria justiça. O movimentadíssimo mundo dos folhetins e seus mecanismos destinados a restabelecer a ordem do universo por meio da restauração do bem e punição dos maus. Doces lembranças. Desse tempo e desse universo sem impunidade.

O menino Manu passara alguns anos de sua existência seguindo de perto todas aquelas peripécias dos personagens de Dumas, Salgari, Sabatini, Zevaco. Agora na outra ponta da vida, eles ainda o acompanhavam, ao lado de criações literárias mais nobres e respeitadas, também guardadas na lembrança. Estava pensando com carinho nostálgico nesses tantos heróis quando, de repente, o nome de Dumas lhe trouxe uma faísca.

Como era possível que não tivesse lhe ocorrido de imediato? Deixara-se levar, talvez, pela ideia de *menina*, a girar em sua mente desde que Ana Amélia anunciara a presença da moça. Como pudera agora revisitar tão naturalmente as comportadíssimas meninas da Condessa de Ségur e não se lembrara logo da malcomportada Camille, a cortesã apaixonada de *A Dama das Camélias*?

Com um nó na garganta, havia tantos anos, oculto do lado de fora das páginas do livro escondido sob o colchão, ou protegido pela escuridão no velho cinema Politeama, cujas matinês povoavam as tardes de domingo em que saía do internato dos padres, o adolescente Manu fora um intruso constante junto a essa Camila adulta e aliciante. No papel, as palavras criavam uma mulher sedutora que lhe fazia companhia nas noites solitárias de sono inquieto e hormônios em ebulição. Na tela, Marguerite Gauthier — aliás, Camille — se vestia com as feições de Greta Garbo e inaugurava um fascínio sobre o qual o tempo não teve poder. Comovera-se com aquela paixão. Por vezes tinha ímpetos de agarrar Armand Duval pelos ombros, sacudi-lo, mostrar-lhe o sacrifício que aquela mulher belíssima estava fazendo por amor a ele. Mas por mais intenso que fosse seu envolvimento, estava além das possibilidades do jovem espectador revelar ao rapaz o sofrimento silencioso que aquela mulher deslumbrante viveria até a morte, enquanto disfarçava a dor para poupar o amado.

— Como lhe disse, acho que Cecília era mesmo a única da turma a gostar tanto das meninas exemplares. Todas as coleguinhas dela eram como você e adoravam a Sofia.

Era verdade.

Chegando até ele, o comentário de Ana Amélia ajudou a entender o que talvez tivesse se passado agorinha, havia instantes. Não tinha esquecido Camille. Apenas a lembrança da filha se intrometera com mais força na conversa. Sua doce Cecília, sempre querendo ser boazinha, gentil, delicada, aprovada por todos. Pai saudoso de sua exemplar menina, ele empurrara a outra mulher para o fundo da cena, com toda sua sedução, sua beleza, suas camélias, sua tosse, seu arrebatamento febril. Mas era inexorável: agora elas se juntavam na confluência da memória, talvez pelo idêntico esforço de esconder o que sofriam, para não ferir a quem amavam.

Aproveitou a sacudidela mental daquele *insight* súbito, para fazer um movimento que lhe permitisse sair do devaneio. Não lhe fazia bem ruminar tanto as recordações que o trituravam. Dirigiu-se à moça:

— Precisamos combinar como vamos fazer.

— Como o senhor preferir... — respondeu ela.

— Antes de acertarmos alguma coisa, era bom sabermos qual é sua disponibilidade de tempo, que horários você tem livres, quantas vezes por semana pode vir...

Ela explicou que tinha bastante flexibilidade, ainda que não tivesse muito tempo. Não tinha uma agenda muito rigorosa na universidade, apenas precisava desenvolver seu trabalho, encontrar-se de vez em quando com o professor que a orientava, e dar duas aulas por semana — seu único horário fixo. Fora desses compromissos, nada era rígido, poderia vir de acordo com o que combinassem, embora preferisse de manhã cedo ou no fim da tarde. Precisava, porém, garantir tempo livre para estudar.

Toda animada, ia começando a explicar que curso fazia ou que tema abordava em sua pós-graduação, mas o embaixador receou se ver arrastado por um fluxo de palavras que não o interessavam. Precisava também demarcar a área, definir a situação, preparar uma possível saída para o caso de logo se sentir aborrecido com ela e querer desistir daquela combinação a que fora arrastado quase a contragosto. Não podia ficar preso, atado apenas por delicadeza.

Como se quisesse mostrar quem mandava ali, cortou:

— Podemos fazer uma experiência, não sei se vai dar certo.

Ela se recolheu:

— Como o senhor quiser.

Haveria algum traço de sensibilidade atingida naquele recuo? Será que ele teria sido um pouco ríspido? Detestaria se isso houvesse ocorrido. Fazia questão de tratar bem as pessoas e a menina lhe parecera bem simpática e esperta. Além de ser filha de um colega, não podia esquecer, um homem que agora estava no apogeu profissional mas tinha servido com ele como terceiro-secretário, um rapazote em seu primeiro posto no exterior, tantos anos antes.

A lembrança banhava o Vasconcelos de umas cores quase filiais, ao trazê-lo à memória do Vilhena. De mistura com uma certa saudade de si mesmo no início da carreira. Melhor mudar seu andamento, passar de *andante* a *allegro ma non troppo*. Não queria se transformar num velho mal-humorado e ranzinza, como tantos que encontrara, principalmente entre aqueles que tinham perdido poder com a aposentadoria.

Adoçou o semblante e pediu com seu velho charme profissional, que sempre funcionara:

— Para começar, Mila, você podia ler alguma coisinha para mim agora. Só para eu ouvir sua voz numa leitura.

A rigor, nem precisaria. Já a ouvira falando. Voz cálida, cheia, sem arestas, um tanto grave, quase de contralto. Boa dicção, sem engolir fonemas, tranquila. Faltava ler. Seria daquelas pessoas que têm a horrível mania de dramatizar quando leem em voz alta? Ou de se fazer solene e oratória? Se fosse, ele não suportaria, tinha certeza.

— Abra a esmo e leia um parágrafo — ordenou, passando-lhe uma Bíblia que estava sobre a mesa.

Antes de ter tempo de lhe pedir que procurasse o início do livro para cair no Velho Testamento, viu que a moça já abrira o livro mais para o final.

— Evangelho de São Lucas... — anunciou ela.

E leu:

Guardai-vos do fermento dos fariseus, que é a hipocrisia. Porque não há nada oculto que não venha a descobrir-se; e nada há escondido que não venha a ser conhecido. Pois o que dissestes às escuras será dito à luz; e o que falastes ao ouvido, nos quartos, será publicado de cima dos telhados.

Ela lia bem. Sem oratória nem ênfases descabidas, pontuando com sensibilidade, modulando segundo a lógica, deixando que o próprio texto falasse.

Digo-vos a vós, meus amigos: não tenhais medo daqueles que matam o corpo e depois disto nada mais podem fazer. Mostrar-vos-ei a quem deveis temer: temei aquele que, depois de matar, tem poder de lançar no inferno; sim, eu vos digo, temei a este.

Ele temia mais os que são capazes de lançar no inferno antes de matar, ou até sem matar. E sabia que não são tão raros quanto a inocente confiança dos moços imagina.

Achou melhor interromper.

— Ótimo. Agora, por favor, pegue o jornal ali em cima da mesa, escolha alguma notícia.

Ela fez o que o embaixador pedia. Leu-lhe as manchetes e as chamadas da primeira página. Ele se deu por satisfeito. Combinou que ela voltasse dali a dois dias. Estava quase confirmando o horário quando Ana Amélia interrompeu:

— Um pouquinho mais tarde ou mais cedo seria melhor. Nessa hora fica muito em cima da sessão com o Jorge.

Ele tinha esquecido a fisioterapia. Ou massagem e ginástica, nem bem sabia mais o que ainda era a esta altura. Seu cuidador pessoal. *Personal trainer*, chamavam agora, todo mundo de boca cheia com tanto inglês. O problema no joelho. Ai, as mazelas da idade.

Acabaram acertando os detalhes sobre horário e pagamento. Camila viria duas vezes por semana. O repertório seria escolhido por ele, como quisesse. Era só mandar e ela leria.

4

— Desculpe perguntar, embaixador, mas o senhor acredita mesmo nessas coisas todas?

— Se não acreditasse, não estava aqui fazendo todo esse esforço. Francamente, que pergunta!

Não dava para conter a irritação. Então ele ficava ali, obediente como um menino de escola, se submetendo a todas as ordens enquanto seu joelho era empurrado ou massageado, sua perna era esticada ou flexionada, punham-lhe uma enorme bola de borracha sob a panturrilha, passavam-lhe uma faixa elástica em volta do pé e o forçavam a esticá-la, sabe-se lá quantas vezes, e o sujeito ainda achava que ele duvidava dos exercícios... Não faltava mais nada.

Jorjão explicou melhor, entre duas orientações.

— Muito bem, isso mesmo... Não, eu não estava falando do exercício... Agora, outra série de dez com a outra perna.

Vilhena nem comentou. Limitou-se a suspirar e deixar cair o assunto. Mas o rapaz insistiu:

— Eu estava querendo saber é se o senhor acredita mesmo em todas essas coisas que a Mila fica aí lendo. Era disso que eu estava falando antes, mas acho que não expliquei direito. Ou então o senhor estava meio distraído.

Ia ter de responder:

— Acredito em algumas, sim. Em outras, não.

— Então por que ela não lê só o que o senhor acredita?

— Porque não dá para saber antes, ora!

A resposta veio rápida, e levemente irritada, mas o próprio Vilhena ficou pensando que não era muito exata. De qualquer modo, o rapaz devia ter ficado satisfeito com a explicação, porque permaneceu alguns instantes em silêncio, só quebrado por novas orientações:

— Agora deita de lado, virado para a esquerda, e estica a perna direita para o alto. Segura por vinte segundos. Vamos lá, série de cinco. Um, dois, três...

Calou-se e deixou Vilhena ir contando mentalmente enquanto estalava os dedos marcando um compasso.

— Assim... Uma pausa. Respira. Outra vez. Mais vinte segundos.

Um, dois...

— Mas depois que já leu, o senhor tem algum jeito bem certo mesmo de saber se pode acreditar? De ter certeza de que o cara que escreveu não está mentindo pra todo mundo?

Vilhena ia começar a explicar a ele que as coisas não são assim. Quase chegou a dizer que algumas mentiras muito bem inventadas e trabalhadas formalmente são obras literárias de ficção e nelas existe muito mais verdade do que se imagina. Mas para que se meter naquela discussão? Melhor adotar um tom brincalhão.

— Ô Jorjão, não me diga que você está querendo saber o que é a verdade.

A resposta o surpreendeu:

— Não, senhor. Nem na Bíblia os caras sabem, como é que eu ia querer saber? Catorze, quinze, dezesseis... Eu só estava curioso. Às vezes eu fico pensando nisso, que tem um monte de neguinho por aí sempre querendo enganar a gente e o cara tem que ficar esperto pra não ser otário. Acho que a gente não sabe nunca, assim, com certeza mesmo, pra valer.

Pausa. Mais instruções.

— De novo. Respira fundo e vamos lá. Mais vinte.

Agora quem ficara curioso tinha sido o Vilhena:

— E você costuma ler a Bíblia?

Sete, oito, nove... Os dedos continuavam a estalar em ritmo marcado.

— Eu não. Mas eu sei disso por causa do meu pai. Ele toca cavaquinho, sabe? Tem uma roda de choro que se reúne todo domingo na casa de alguém. E às vezes eles também tocam samba.

Dezenove, vinte, ufa! E a Bíblia com isso? Devia ter algum protestante no grupo.

— Agora levanta, vamos passar para a série em pé. O exercício do degrau.

Foram para a porta entre o escritório e a varanda, onde um degrauzinho no piso fornecia o necessário apoio para que o calcanhar e os artelhos se firmassem em níveis diferentes, numa boa inclinação.

— Então vocês têm uma espécie de grupo de pagode? Você também toca?

— Não é pagode não, doutor Manuel. É samba mesmo, das antigas. De Cartola, Noel, Ismael Silva, só tem fera no repertório. E mais umas coisas novas. Cresci ouvindo isso, desde moleque. Sei tudo deles. Por isso é que eu falei no Noel, essa história da verdade na Bíblia. Mas eu não toco, não. Só um pandeiro, de vez em quando, quando me junto com eles para curtir. Meu irmão mais velho, o Edu, é que toca clarinete. Isso quando aparece, porque agora ele saiu de casa e virou profissional. Toca com uma galera num conjunto de choro que até dá show por aí de vez em quando. O Arraia Miúda, o senhor já ouviu falar?

Ajeitou a posição do pé do paciente, ordenou:

— Estica bem. Trinta segundos.

Cantarolou:

— *A verdade, meu amor, mora num poço.*
É Pilatos lá na Bíblia quem nos diz.
E também faleceu por ter pescoço
O infeliz
Autor da guilhotina de Paris.

Manuel Serafim sorriu e devolveu a pergunta:

— E você acredita nisso tudo?

Primeiro falou o profissional:

— Agora o esquerdo, vamos lá.

Mas assim que o embaixador trocou o apoio do pé no degrauzinho da entrada da varanda, ouviu a resposta:

— Acredito, porque é Noel. E porque aprendi com meu pai, o velho Custódio que todo mundo respeita. O grande Noel Rosa não ia sujar o nome botando num samba uma coisa que fosse mentira. Pegava mal para ele. Então eu nunca li a Bíblia, mas acredito que isso está mesmo escrito lá. E acredito que o cara que inventou a guilhotina morreu na guilhotina ou na forca, de verdade. Ou degolado. Um troço qualquer no pescoço, que acabou com a vida dele.

O critério da fonte fidedigna. Respeitável. Dava para Vilhena explicar por aí, agora que se sentia um pouco fisgado pela conversa. Mas só quando acabasse a série de exercícios. Aquela era a final, ele sabia. Já fazia parte do alongamento. Não dava para se concentrar numa atividade física, sentir dor e discutir filosoficamente sobre a verdade ao mesmo tempo. Essa garotada de hoje se acostumou a fazer dever de casa enquanto ouve música e, ainda por cima, a televisão está ligada em desenho animado. E, como se não bastasse, manda mensagem pelo celular no meio de tudo isso. Desde pequenos, todos eles dispersivos. Tudo fragmentado demais. Para ele, não dava. Uma coisa de cada vez. Agora ia acabar a série que estava fazendo. No máximo, trocaria umas frases cordiais com Jorjão. Mas tinha de ficar na superfície. Depois, conversariam.

A pausa deu a Vilhena o caminho para pensar e escolher melhor o que pretendia dizer. Quando acabaram, pôde retomar com um bom exemplo.

— Já que você acredita em Noel Rosa, você acredita que a verdade mora num poço? Mora mesmo? Numa casa, com endereço, de telhado, janela, porta?

— Recebendo conta pra pagar, tipo comprovante de residência, daquelas que depois servem para abrir crediário? O senhor tá gozando com a minha cara, doutor Manuel. Pensa que eu não sei? Isso é só poesia, um jeito de dizer, de cantar, de caber na música e falar bonito. É verdade o que o cara está dizendo, mas não é assim certinho com as palavras na exatidão.

— Desculpe, meu filho, eu sei que você sabe. Estava só querendo dizer isso mesmo: que a gente lê e sabe, do mesmo jeito que você ouve e sabe. Sabe que pode acreditar numas coisas porque quem disse merece confiança. Outras pessoas não merecem e então a gente duvida até conhecer melhor. E também tem umas coisas que todos nós dizemos mas é só um jeito de dizer. Diz-se uma coisa que significa outra. E isso aí: a verdade mora num poço mas não se molha nem tem casa.

— É só fundo e escuro, é isso? Não dá para ver com clareza, na luz... Difícil de pegar.

— Isso mesmo. Viu só? Você sabe muito bem o que é. Não tem mistério.

Jorjão estava terminando. Foi até o banheirinho ao lado, lavou as mãos, pensativo. Na volta, enquanto guardava o material usado nos exercícios e recolhia a toalha estendida sobre a grande mesa do escritório, voltou à carga:

— Mas o que eu tinha perguntado não era muito sobre essas coisas assim de samba e de modo de dizer. Eu queria saber era de jornal. O que eu vejo a Mila lendo sempre para o senhor é jornal e revista.

— É verdade. Por enquanto, tenho aproveitado a presença dela para ler notícias — concordou Vilhena, pensativo. — Depois, talvez passe para uns livros, não sei.

— E o senhor acredita em tudo que sai no jornal?

A pergunta agora era direta. Exigia uma resposta à altura:

— Não.

Jorjão insistiu:

— E como é que dá para saber?

— Para ser sincero, não dá. A gente tenta acompanhar, ler versões diferentes, outros jornais, deduzir a partir de informações que já estão na memória. Mas certeza, mesmo, não dá para ter de saída. Às vezes, nunca.

— Pois é, mas tem muita gente que acredita, né?

— Tem mesmo — concordou o embaixador.

— E como é que a gente faz, então, para explicar que aquilo não é verdade?

A pergunta surpreendeu Vilhena. Olhou para o rapaz com atenção e quis saber melhor:

— Como assim?

— Deixa pra lá, doutor. Problema meu. Até quarta.

5

No caminho até o ponto de ônibus, Jorjão foi pensando se tinha feito bem em falar no assunto com o embaixador. Mas estava preocupado com o pai e não conseguia tirar aquilo da cabeça. Em algum momento ia precisar desabafar, comentar aquelas preocupações com alguém e não sabia por onde começar. Era bom ser com alguém experiente, e isso o embaixador Soares de Vilhena era, dava para ter certeza. E um sujeito decente, dava para confiar.

O rapaz sabia que, se começasse, ia acabar falando mais. Por isso, tinha receio de acabar incomodando o cliente. Mas mesmo assim tinha falado. O que não podia era continuar sem fazer nada, vendo todo dia o velho Custódio se consumir daquele jeito, perder a alegria, se afastar da música e dos amigos. Do jeito que estava, não podia ficar.

Sorte que ali era perto do ponto final do ônibus. Dava para pegar um lugar sentado para ir até a clínica onde trabalhava à tarde. E ir pensando mais, que tinha tempo de sobra. Quem sabe se não conseguia ter alguma ideia? Naquele trânsito iam levar mais de meia hora para chegar. Queria muito conseguir ajudar o pai. Mas não tinha a menor noção do que podia fazer. Nem mesmo de onde podia começar.

Se alguém tivesse engrossado direto com Custódio, desrespeitado o velho abertamente, ameaçado fazer alguma coisa ou tocado nele, era só Jorjão chegar lá na repartição, esperar o cara na saída e dar um corretivo, uma lição no sujeito. Tinha preparo físico, fazia esportes, jogava capoeira, conhecia artes marciais. Nesse caso, estaria ao seu alcance, ele até que podia tentar. Mas o que estava acontecendo era diferente, não era nada que ameaça ou porrada resolvesse. Nem o problema era com uma pessoa só, disso ele tinha certeza. Ainda mais depois que saíra a notícia no jornal. E como o velho não falava muito, ficava só caraminholando, trancadão, tudo se tornava ainda mais difícil. Não dava para adivinhar tudo só pelas coisas soltas que ele dizia. Só se o filho fosse um mosquitinho para ir até o trabalho do pai, se meter lá sem que ninguém visse e tentar descobrir o que estava acontecendo. Ou então, quem sabe?, se conseguisse conversar com um colega de trabalho do velho.

Mas não sabia em quem podia confiar. Do jeito que as coisas estavam, parecia que todas as amizades feitas em uma vida inteira de funcionário público exemplar, trabalhando no mesmo lugar, não tinham servido para nada.

Jorjão podia não saber muito bem o que estava acontecendo, mas tinha certeza de que o que fazia mais mal ao pai era justamente isso: achar que os amigos não acreditavam mais nele. Uma maldade. Só que, para descobrir o que tinha acontecido, seria necessário ser um intruso invisível e perfeito, capaz de acompanhar tudo sem ser visto nem ouvido.

Tinha começado uns dois ou três anos antes. Pouco mais, talvez. Foi tão aos poucos que não dava para ter certeza. Depois que mudou o chefão geral. E que foram nomeadas umas pessoas novas para trabalhar na repartição, tudo da mesma patota. Até aí, Jorjão sabia. Custódio tinha falado bastante, na ocasião. Nesse tempo ainda se empolgava com as coisas que aconteciam no trabalho e gostava de falar nelas de noite com a família, que ele fazia questão de reunir em volta da mesa do jantar, sempre que os horários dos filhos permitiam. Mesmo que agora Edu tivesse saído de casa e só ele continuasse a morar com os pais e a avó.

No início, Custódio tinha até ficado animado com as transformações e as caras diferentes, um jeito de fazer as coisas que parecia mais moderno. Afinal, era uma novidade num lugar onde a rotina tinha sido sempre igual. Mas aos poucos, a animação fora diminuindo. O pai passou a comentar de vez em quando sobre as mudanças em tom de desaprovação. Sentiu muito a transferência do Palhares, um dos colegas mais antigos, amigão, mandado para outro setor. Em seguida, a remoção do Vantuil, que por mais de vinte anos tinha sido seu braço direito no almoxarifado e fora designado para o depósito de São Cristóvão — promovido, mas para bem longe. E ainda por cima, houve a saída inesperada do Agenor, que de repente resolveu ir embora, antecipou a aposentadoria e se mudou para uma casinha em Araruama, perto da lagoa. Mais um pouco e não sobrava ninguém da velha guarda. Só a dona Guiomar servindo o cafezinho (agora com a filha trabalhando na recepção), o Zé Antunes no serviço de atendimento, o Nelsinho distribuindo correspondência na portaria, e mais um ou outro.

Jorjão conhecia todos eles, desde criança. Muitas vezes tinha ido até a repartição falar com o pai e sabia onde ficava a mesa de cada um. Outras vezes, tinha passado no boteco na Glória, onde eles se reuniam depois do expediente nas sextas--feiras para tomar uma cervejinha de "abertura dos trabalhos do fim de semana" — como diziam —, comer uns tira-gostos e jogar conversa fora. Alguns até iam a sua casa de vez em quando ou se juntavam à roda de samba. Todos conheciam bem o Custódio. Como é que de uma hora para outra podiam deixar de acreditar no velho? Só porque o nome dele saiu no jornal?

E por quê?

6

Quem acha que a sabedoria é privilégio apenas dos mais velhos pode se enganar e muito. Rememorando as dúvidas do jovem fisioterapeuta a respeito da verdade, Vilhena não podia deixar de sorrir.

Talvez por ele ter falado na Bíblia, lembrei-me também de um episódio que me enchera de confiança, lá na minha adolescência, quando o li na História Sagrada. Mostrava que um garoto podia ter mais discernimento que os juízes e anciãos considerados autoridade suprema — ainda que, de certo modo, o fato de terem se dignado a ouvi-lo e acatar o que ele dizia também tivesse deposto a favor deles. Sua atitude revela e confirma que o profeta Daniel era um homem superior, escolhido por Deus.

Eu era ainda apenas o menino Manu quando li e reli muitas vezes aquela história, atraído por seus ingredientes irresistíveis: tinha mulher pelada, velhos lascivos e um adolescente justiceiro. Colado a cada personagem, fui um jovem intruso solidário, sucessivamente capaz de entender a inocência da honra ameaçada, o desejo sexual espicaçado e impedido de se consumar, o impulso nobre de fazer justiça.

Outros deviam também ter se identificado com essa variedade de pontos de vista. O embaixador se lembrava de uma marchinha de carnaval sobre a Casta Susana. E ao longo de sua vida, pelos museus do mundo, vira incontáveis versões de *Susana e os Velhos*, recriadas por grandes mestres, como Tintoretto, Rubens, um bando de italianos e flamengos menos famosos, e até uma mulher, Artemísia Gentilleschi. Lembrava-se especialmente dos dois quadros de Rembrandt sobre o tema, em que Susana olha para fora da tela, direto para o espectador, como se quisesse incorporar seu olhar como testemunha e pedir auxílio ou então, quem sabe, como se temesse encontrar nele a existência de mais um cúmplice dos velhos, um visitante *voyeur* e devasso. Imaginava que a ambiguidade do episódio devia servir às mil maravilhas para explorar a nudez e o desejo na arte daquela época, a pretexto de fazer um comentário moralista de condenação da calúnia e defesa da inocência.

Tal costuma mesmo ser a hipocrisia, o mal que turva essas águas falsamente transparentes que se apresentam como cristalina denúncia dos venenos para a alma, considerou Manuel Serafim Soares de Vilhena.

E de olhos fechados, cabeça recostada no espaldar da poltrona, corpo cansado e relaxado após a sessão de fisioterapia, o embaixador mais uma vez foi um intruso na velha história. Como já o fizera em tantas ocasiões anteriores.

7

No tempo em que os hebreus viviam no cativeiro na Babilônia, havia um homem rico e poderoso chamado Joaquim. Era casado com Susana, mulher belíssima e virtuosa, filha de pais honestos, de uma família tradicional e respeitada. Sua casa ficava em meio a um magnífico parque e pomar junto ao rio, onde os judeus importantes e ilustres do local costumavam se reunir — e isso, numa cidade cujos jardins chegaram a ser considerados uma das sete maravilhas do mundo antigo.

Dois anciãos que haviam sido nomeados juízes e passavam por dirigentes do povo eram frequentadores habituais da casa, a pretexto de consultar Joaquim. Na verdade, gostavam mesmo era de ficar até o fim das reuniões matutinas porque a bela Susana tinha o costume de vir passear no jardim do marido depois que toda a gente saía.

Ou que ela achava que tinham saído — dizia-se o intruso Manu.

A Bíblia afirmava que os dois velhos "se apaixonaram por ela e, perdendo a justa noção das coisas, desviaram os olhos para não ver mais o céu e não ter mais presente ao espírito a verdadeira regra do comportamento. Ambos foram atingidos pelo amor a Susana, mas sem se confiarem mutuamente sua emoção. Tinham vergonha de declarar um ao outro o desejo que sentiam de possuí-la".

Finalmente, aconteceu que, num dia em que fingiram ter saído porém na realidade se deixaram ficar para trás do grupo de visitantes, os dois homens se encontraram de novo no jardim e, entre si, acabaram confessando seu desejo comum. Decidiram então ser cúmplices e combinaram unir suas forças, buscando um meio de surpreender a mulher sozinha.

Enquanto conversavam, Susana chegou com suas servas, e eles se esconderam entre o arvoredo, onde ficaram à espreita.

Como fazia muito calor, ela resolveu se banhar no riacho.

— Trazei-me óleos e unguentos — pediu a suas acompanhantes. — E mandai fechar as portas do pomar.

Assim que as outras mulheres saíram para cumprir as ordens, os dois homens se precipitaram em direção a Susana. Certos de que não seriam repelidos, foram diretos:

— Ardemos de amor por ti. As portas estão fechadas. Estamos sozinhos e ninguém nos vê. Entrega-te a nós.

Como ela recusasse, eles ameaçaram. Eram juízes, poderosos, poderiam prejudicá-la:

— Se não consentires, iremos denunciar-te. Diremos que havia um rapaz contigo e que por isso mandaste as servas saírem.

Susana viu que estava perdida. Mas nem por isso cedeu:

— Prefiro cair, sem culpa alguma, em vossas mãos, a pecar contra o Senhor.

E começou a gritar.

— Vamos denunciar-te por adultério — insistiram. — Somos duas testemunhas e todos nos respeitam. Serás condenada à morte.

Ela gritava mais ainda. Um deles correu até a porta do jardim e a abriu, chamando os criados. O alarido era imenso. Na balbúrdia, os anciãos falavam e acusavam Susana, diziam que um jovem acabara de fugir correndo e que a mulher ainda havia pouco estava pecando com ele. Garantiam que tinham visto. Asseguravam que acabavam de surpreender os dois amantes.

No dia seguinte, a cena foi mais formal. Repetiram a acusação diante da assembleia dos juízes, no mesmo jardim da casa de Joaquim. Mandaram trazer Susana diante de todos e ordenaram que ela tirasse o véu, a fim de poderem se fartar, extasiados, com a vista de sua beleza. E enquanto a moça se derramava em lágrimas e seus parentes e amigos se afligiam com ela, os velhos fizeram sua acusação. Contaram que na véspera, quando passeavam pelo jardim, viram a mulher do dono da casa chegar para seu passeio, dispensar as servas e mandar fechar a porta, sem tê-los visto por perto:

— Então, um rapaz que estava escondido se aproximou e pecou com ela. Corremos para eles e os surpreendemos em flagrante delito. Não pudemos agarrar o homem porque era mais forte do que nós, fugiu pela porta aberta. Quanto a ela, nós a apanhamos. Somos testemunhas do fato.

Não havia como negar. Era a palavra dela contra a deles. Dois anciãos, sábios, respeitados juízes do povo. Quem poderia acreditar que estavam mentindo? Que poderia dizer a pobre para provar sua inocência? Apenas algo assim:

— Deus conhece todos os segredos e sabe que isso é um falso testemunho que levantaram contra mim. Vou morrer, sem ter feito nada do que maldosamente inventaram.

Anos mais tarde, quando alguém me disse que Susana, *em* hebraico, *significa* lírio, *o símbolo da pureza, passei de intruso a colaborador do texto. Não resisti a uma intromissão criadora. Gostava de imaginar que nesse momento, eu, leitor, intruso no texto ao lado da mulher covardemente acusada, lhe dei um alento de esperança fazendo com que seu olhar perdido andasse a esmo, buscando algo em que se agarrar, e pousasse sobre um canteiro dessas alvas flores no jardim. E que esse olhar cálido teria então agido sobre os lírios, fazendo-os exalar um perfume poderoso, que atingiu as narinas de um garoto que estava entre a multidão e a tudo assistia.*

Mas sou obrigado a confessar que o toque poético foi apenas invenção minha. A Bíblia não fala nisso.

Conta apenas que o espírito íntegro de um adolescente chamado Daniel o fez proclamar com vigor:

— Sou inocente do sangue dessa mulher!

E enquanto todo mundo se virava para ele, estranhando e indagando as razões de tão esdrúxulo comportamento, eu, aquele intruso ignorado de todos, o futuro embaixador Manuel Serafim Soares de Vilhena, em todas as fases de minha existência, com diferentes apelidos, nomes, sobrenomes e títulos, e suas correspondentes formas de tratamento, nunca deixei de respirar fundo em admiração por aquele ato de coragem.

Muito pouca gente tem a hombridade de ousar se opor ao julgamento sumário e precipitado dos poderosos. Constatei isso durante toda minha vida, em tantas instâncias diversas. É muito raro alguém que se atreva a defender uma vítima frente a uma condenação geral. Albert Camus, um autor da minha especial predileção, escreveu que o mundo está dividido entre carrascos e vítimas e cada um de nós é chamado a escolher, a cada momento, de que lado se coloca. Algo mais ou menos assim. Mas para isso é preciso, em primeiro lugar, ter consciência dessa divisão para poder recusá-la. Em seguida, há que conseguir discernir e não se deixar enganar por lobos que se apresentam em pele de cordeiros. E é aí que as coisas se complicam, porque nem sempre temos os elementos para fazer isso. Ou não percebemos que é preciso procurá-los, quando eles estão faltando. Ser intruso em muitas histórias lidas, ao longo de muitos anos, colabora para desenvolvermos uma certa esperteza. Sagacidade leitora. Ajuda a desenvolver a capacidade de perceber lacunas ou incoerências em narrativas que tentam nos impingir versões espúrias a ocultar indícios significativos. A experiência acumulada nos dá a sensação de que aquilo não faz sentido totalmente. Como diz a linguagem popular, podemos desconfiar de que aquela história está mal contada.

Mesmo assim, nada nos garante que algumas muito bem contadas não venham um dia a se revelar como totalmente falsas. Eu não me perdoo por ter me deixado enganar na mais importante de minha vida.

Na história que tanto atraíra o jovem Manu, Daniel não hesitou e continuou a exclamar, em meio ao círculo que se formou a seu redor:

— Israelitas, estais loucos! Eis que condenais uma israelita sem interrogatório, sem conhecer a verdade! Recomeçai o julgamento.

No movimento que se seguiu, fez uma proposta concreta:

— Separai-os um do outro e eu os julgarei.

Sua firmeza era tal que impressionou a assembleia. Mesmo diante daquele inaudito atrevimento juvenil, os juízes e sábios em assembleia tiveram a grandeza de admitir uma dúvida e atenderam a seu pedido. Em seguida, lhe deram a palavra.

Ao interrogar, então, o primeiro dos velhos, depois de lhe fazer uma peroração sobre sua injustiça pregressa e seus julgamentos injustos, Daniel lhe perguntou:

— Debaixo de qual árvore os viste juntos?

— Debaixo de um lentisco — foi a resposta.

Daniel mandou levá-lo dali e pediu que trouxessem o outro ancião. O jovem igualmente começou sua fala por um sermão em que denunciava sua concupiscência e sua hipocrisia. Em seguida, acrescentou:

— Vamos, diz-me sob que árvore os surpreendeste em intimidade.

— Sob um carvalho.

Nem mais uma palavra foi necessária. Todos os presentes compreenderam o significado do que tinham ouvido.

— Pois essa mentira vai custar-vos a vida, aos dois, pelas mãos da espada do anjo do Senhor.

De acordo com a lei de Moisés, foi-lhes aplicado o mesmo tratamento que queriam infligir a Susana. Ambos foram mortos. Daniel foi louvado por sua firmeza, coragem e sabedoria e passou a gozar de alta consideração entre todos.

Final feliz.

E se, no entanto, aquela pergunta tão singela não tivesse sido feita? Como saber da contradição e descobrir a verdade?

Entre tantas notícias nos jornais que Mila vem ler para mim duas vezes por semana — e cujo noticiário tento suprir como posso nos outros dias, por meio dos telejornais ou com a ajuda de Ana Amélia na leitura das manchetes e da primeira página — como saber quais as perguntas não formuladas pelos entrevistadores? Quais as pistas ignoradas pelos repórteres, as dúvidas não levantadas pelos comentaristas? Quais as ressalvas não feitas, os indícios não seguidos?

Jorge está certo em se preocupar. Com sua intuição de alguém mergulhado num cotidiano difícil, com essa esperteza que

*as vicissitudes obrigam o homem do povo a desenvolver, ele perce-
be a gravidade do que está ocorrendo e levanta um ponto crucial.
Cada vez mais, esse é um problema da sociedade contemporânea.
Uma questão cultural relevante. De sérias consequências políticas. E inegável pertinência moral. Como distinguir um fato de
uma versão? Como saber até onde acreditar na mídia? E, por
outro lado, como não deixar que esse salutar descrédito se conver-
ta numa atitude desmoralizante da própria liberdade de expressão, a alardear que é tudo mentira a serviço de interesses escusos?
Como encontrar um ponto de equilíbrio?*

      *Hoje em dia, com notícias 24 horas no ar, isso tudo se
torna ainda mais sério. Fico assustado com o que é publicado
diariamente. E não consigo me fazer de intruso invisível nesses
noticiários para acompanhar de perto, em todos os detalhes, com
toda a atenção. É coisa demais. Uma avalanche de escândalos e
acusações. Chega tudo ao mesmo tempo e rapidamente já é des-
cartado. Aumenta a pressa. Com ela, a tendência de não conferir
direito aquilo que se apresenta como informação. Por outro lado,
cresce também para os profissionais a necessidade de preencher
espaços reservados a notícias nos tantos telejornais, nos radiojor-
nais, nas páginas impressas. Os ponteiros do relógio giram, a hora
do fechamento se aproxima, a premência de tapar aquele vazio
se sobrepõe ao zelo profissional — e à própria consciência ética.
Uma frase sugerida por uma fonte acaba se esgueirando com mais
facilidade pelas brechas de uma barreira de cuidados. Planta-se
uma nota aqui, aumenta-se uma insinuação acolá. Assim a mentira vai sendo semeada e crescendo. Cada vez mais, aumentam os
riscos: a versão ocupa o lugar do fato, o boato se espalha.*

      *Ou, mais grave ainda, como responder à questão levan-
tada pelo Jorjão? Ou seja: de que modo se poderia enfrentar a força daquilo que muitas vezes não passa de leviandade profissional,
pode nem ser mal-intencionado, mas mesmo assim pode causar
tanto mal? No caso de um engano, como explicar posteriormente,
como convencer os outros de que algo que saiu no jornal não é
verdade? Como consertar depois do estrago feito?*

      Se é que essas coisas tem algum conserto...

8

Voltando para casa depois do trabalho, pelo mesmo caminho de sempre, no mesmo horário de todos os dias, Custódio mais uma vez se surpreendia a ruminar as mesmas ideias dos últimos tempos. Nada de mais: afinal, nada mudava e ele não conseguia encontrar qualquer resposta para sua aflição. A única mudança tinha sido a da semana anterior, quando alguém na repartição deixara em cima de sua mesa um jornalzinho interno, que só circulava mesmo nas repartições do Instituto. Tinha uma seção de boatos e fofocas, como sempre, cheia de piadinhas e brincadeiras com o pessoal que trabalhava lá. Mas dessa vez, publicava uma referência pouco clara a uma certa comissão de sindicância que poderia ser constituída em breve — e o único nome citado era o dele.

Seus passos o levavam pelas calçadas esburacadas do centro da cidade, sobre o mosaico de pedras portuguesas que formavam desenhos muitas vezes incompletos, a caminho da estação do metrô da Cinelândia. Como todos os dias em que não estava com disposição de caminhar. De outras vezes, voltava a pé. Muitas. Quase sempre, aliás. Do Centro ao Catete era pertinho. Mas hoje se sentia cansado. Queria chegar logo.

Morava no mesmo bairro a vida toda, na mesma casinha de vila onde nascera. Talvez até viesse a morrer no mesmo leito onde fora concebido — era algo que até há pouco tempo de vez em quando lhe ocorria — pois hoje dormia na cama que tinha sido de seus pais. Só trocara algumas vezes os colchões que ao longo dos anos se gastavam sobre a solidez da madeira de lei. Às vésperas da aposentadoria, trabalhava ainda no mesmo emprego, na mesma repartição onde entrara ao ser nomeado, ainda adolescente, por um político à cata de votos, graças a um cabo eleitoral influente naquelas ruas da vizinhança, cobrindo parte do Flamengo, Glória e Catete. É verdade que, nesse tempo, mudara o nome do órgão do qual a repartição fazia parte, embora Custódio continuasse a chamá--lo de Instituto, como sempre. Mas no fundo continuava tudo igualzinho, até o endereço.

Mudaram apenas as funções — alguns nomes que as designavam foram caindo em desuso, ele foi muito lentamente sendo promovido. De contínuo, office-boy, mensageiro, auxiliar de serviços gerais ou que nome as diferentes épocas dessem à versão do antigo moleque de recados na estrutura administrativa burocrática, Custódio acabara passando para o almoxarifado onde aos poucos galgara os escassos degraus disponíveis. Havia poucos anos, chegara a chefe do setor.

O coroamento de uma vida profissional sem a menor mancha. Deveria enchê-lo de orgulho.

Sem dúvida, no primeiro momento, foi o que aconteceu, assim que saiu a promoção. Hoje já tinha dúvidas. Cada vez mais, lhe parecia que todos os seus problemas tinham começado justamente aí, por conta dessa melhoria de vida. Inveja, olho grande — era o que Mabel garantia.

Ele achava que não era nada disso. O que alguém teria para invejar em sua posição? Essa chefiazinha de um setor perdido numa repartiçãozinha de merda, esquecida no Rio de Janeiro quando a maior parte do ministério se mudara para Brasília havia quase meio século? A merreca que isso representava a mais no salário no final do mês? Essa importância à-toa? O privilégio de dar algumas ordens sobre como o material de limpeza ou uns blocos de papel deveriam ser arrumados nas prateleiras? Ou sobre como se devia registrar sua entrada e saída, preencher algumas fichas sobre essa circulação e controlar o estoque? Não, não podia ser por aí. Dessa vez a mulher estava enganada.

Nesses assuntos, em geral, ela acertava na mosca. Conseguia perceber como eram as pessoas logo nos primeiros encontros. Ao longo da vida, lhe dera toques preciosos. Mas agora não estava falando de gente que conhecia, com quem conversara, nem de olhares que percebera, risinhos ou cochichos que surpreendera ao encontrá-las pessoalmente. Era bem diferente, coisa da repartição. Uma espécie de um jogo em que ele estava metido sem saber como, uma partida complicada com lances desconhecidos, que todos jogavam à sua volta, e ele aos poucos foi notando que existia mas nem reparou quando começara. Um jogo em que ele não jogava, mas todos jogavam com ele. Até pensava que, se fosse futebol, ele seria a bola. Nem mesmo sabia qual era o objetivo nem quais as regras que determinavam tudo. Só tinha certeza de que era alguma coisa que ia muito além da Mabel e de uma ajuda que a mulher lhe poderia dar, no mundo daqui de fora que ela conhecia tão bem.

Era mesmo para conhecer. Nascera e se criara num apartamento pequeno no Catumbi, viera morar no Catete quando casou. Tudo muito parecido. Vizinhas, vida doméstica, crianças. Não era um universo complicado. Não admira que a mulher se movesse por ele muito à vontade. Afinal, nunca saíra daquele mundinho, pensou Custódio quase sorrindo, enquanto subia os últimos degraus da estação do metrô e tomava o caminho de casa.

Como sempre, iria passar na padaria e levar uns pãezinhos para a janta. A quantidade mudara ao longo desse tempo, aumentando ou diminuindo à medida que os filhos nasciam, cresciam, saíam de casa. As padarias mudaram também, e muito, tanto no seu interior — nas mercadorias que ofereciam, nos balcões, nas cestas cheias, nas caixas registradoras e nas embalagens do pão — quanto no exterior, nos letreiros, nas vitrines ou nas portas de metal que se desenrolavam para o fechamento no fim do dia. Trocaram de padeiros, de donos, de nomes, de esquinas.

Mas pelo meio de todas essas mudanças, ele continuou trazendo seus pãezinhos para casa todos os dias na saída do trabalho. Até mesmo às sextas-feiras, quando comprava o pão em outra padaria, no meio do caminho, ao lado do bar, porque nesse dia ia primeiro encontrar os amigos para uma cervejinha na Glória e só chegava bem mais tarde, depois que a mãe se recolhia. Mas sabia que então Mabel o aguardava com uma sopa pronta para esquentar na hora em que viesse. Geralmente bem depois do fim da última novela.

Ela não ligava. Sabia onde ele estava e com quem. Os mesmos amigos, na mesma esquina, no mesmo horário de fim do expediente. No final, voltando para a mesma mulher na mesma casa onde nascera e crescera. Aquela Mabel que ele volta e meia ainda se surpreendia descobrindo como a mesma menina de olhos vivos e marotos, por dentro da senhora corpulenta de andar arrastado que daí a pouco lhe serviria o jantar, e o acompanharia tomando um café com leite e pão com manteiga. Muitas vezes ainda à espera de esquentar novamente a comida nas panelas quando o filho chegasse mais tarde — Jorge, o caçula, o único que ainda morava com eles e a avó, depois que o Eduardo saiu para viver com a namorada. E não voltou, depois de se separar.

Mabel e Jorge. As únicas pessoas com quem Custódio conseguia se abrir um pouco sobre o que estava vivendo no trabalho e as preocupações que vinha tendo. Confiava neles. Em Mabel, que o conhecia como ninguém. Em Jorge, que conhecia muita gente e muitos ambientes, andava pela cidade toda, tinha cliente bacana na Zona Sul, paciente de todo tipo na clínica de reabilitação. Era safo, esperto, instruído, tinha até feito faculdade — esse, sim, o grande orgulho que ninguém tirava de seus pais.

Mesmo para esses dois, no entanto, Custódio não conseguia explicar. Podia falar com eles à vontade, e falava. Isso ajudava a sentir o peito menos pesado. Só que não era capaz de lhes passar direito o tumulto que sentia por dentro. Cada vez mais claro, embora formado por uma vaga sensação feita de muitas coisas miúdas. Mas também cada vez mais escuro, misterioso, escondido. Alguma coisa ia muito mal na repartição. E era com ele.

Ou pior. Era contra ele.

9

Embalado pela voz cálida de Mila, o embaixador percebeu que estava quase cochilando. Não era culpa dela, que lia bem, de forma agradável. Talvez ele é que estivesse relaxado demais ao final da sessão de fisioterapia. Não costumava ouvir a leitura assim, de olhos fechados, com o corpo cansado. Mas nesse dia tinham invertido a ordem e a leitura veio depois dos exercícios. Em geral era o contrário. Muitas vezes, quando Jorjão chegava a moça ainda estava lendo. O rapaz simplesmente se sentava e ficava esperando um pouco, ouvindo até que ela acabasse. Só hoje é que ela pedira para trocar o horário porque tinha uma consulta no dentista e precisaria chegar mais tarde.

À medida que Camila ia lendo, Vilhena se deixava levar à deriva, quase flutuando, docemente embalado pela suavidade daquela voz feminina. Muita saudade da filha, companhia permanente em seus pensamentos, por mais que tentasse deixá-la adormecida em segundo plano, no fundo da memória. Não conseguia deixar de culpar a si mesmo por sua falta de sensibilidade. Bem que Xavier escrevera ao sogro, telefonara, manifestara tantas vezes sua preocupação de marido zeloso com as queixas de Cecília, sua saúde delicada, sua fragilidade física, a facilidade com que se cansava. Como ela jamais manifestara qualquer sintoma de problema cardíaco em solteira, quando ainda morava com os pais, não ocorrera a Vilhena e Ana Amélia que a situação pudesse ser mesmo tão grave e, de repente, o coração da filha pudesse lhe falhar daquela maneira repentina. Ainda mais porque ela mesma não tinha a menor noção da gravidade de seu estado e sempre reiterava que não tinha nada, era tudo exagero do marido. Andava meio tristonha, era verdade. Ou cansada e sem ânimo. Isso eles percebiam no tom das cartas cada vez mais raras, no timbre opaco da voz quando lhes falava ao telefone, no laconismo das mensagens eletrônicas. Mas não tinham se dado conta da real ameaça que pairava sobre ela. Nem mesmo quando, por insistência de Ana Amélia, ela viera passar uma temporada de alguns meses no Brasil, cerca de um ano antes de morrer, quando o genro tentara compartilhar com eles a responsabilidade emocional de se decidir por uma internação psiquiátrica ou algo assim, para tratamento da depressão e até de eventuais delírios, se as suspeitas do marido fossem justificadas. Cecília resistia, negava, dizia que era Xavier quem imaginava coisas — e até certo ponto a mãe a apoiou, levando o pai a uma vaga neutralidade. Preferiram trazê-la ao Rio, para um longo período de carinho familiar que, aparentemente, lhe fizera muito bem. Todos os sintomas desapareceram. Em sua temporada carioca, ela não sofreu nenhum episódio que demonstrasse qualquer alteração de sua saúde mental. Todos se convenceram de que o quadro preocupante anterior se tratava apenas de um desajuste passageiro a um meio estrangeiro hostil, isolado, sem amigos, numa língua estranha, em meio a um clima difícil. Dificuldades surgidas no novo posto do marido e seus desafios, no convívio estressante com uma sociedade fechada e um governo autoritário. Talvez por terem chegado lá num inverno rigoroso, de longas noites geladas, impregnando-lhe na alma uma tristeza que no verão seguinte ainda a deixava prostrada. Ana Amélia se convencera de que a filha melhorava, estaria em condições de voltar para casa no início da outra primavera europeia, reforçada afetivamente, e tudo entraria nos eixos. Mas de repente, num rompante, sem explicar seus motivos, Cecília resolvera apressar o retorno, marcara a passagem e embarcara. Ainda no início do outono de lá. Nunca mais os pais a viram com vida.

— Leio mais?

Vilhena teve um ligeiro sobressalto com a interrupção de Mila.

— Claro, continue.

— Tive receio de que estivesse se cansando. Ou que preferisse cochilar e eu estivesse atrapalhando.

— De modo algum — contestou ele, incisivo. — Estava só de olhos fechados e posso ter me distraído um pouco, pensando em outras coisas. Mas quero que prossiga.

A voz dela não dava sono. Às vezes tinha uma espécie de efeito calmante, é verdade. Mas não dava vontade de dormir. De qualquer modo, isso dependia do texto escolhido em meio a tantas ofertas dos jornais diários ou das revistas semanais. Quando era uma crônica, por exemplo, e ela lia com um jeito bem sereno, Vilhena por vezes se sentia meio à deriva, flutuando no texto sem rumo certo. Gostava, achava a sensação muito boa, uma espécie de serenidade plena e fecunda. Combinava com estilo de cronista. Na maioria das ocasiões, porém, eles liam mesmo eram reportagens e um ou outro artigo de opinião. Notícias para começar o dia bem informado. A modulação dela era justa, precisa, quase neutra, num timbre de voz agradável e suave.

Será que ele tinha mesmo dormitado alguns minutos? Teria chegado a cabecear ou até mesmo ressonar?

Não, se tivesse cochilado não podia atribuir à moça nenhuma culpa nisso. Não era porque a leitura de Mila lhe desse sono. Pelo menos, não a maneira pela qual ela lia. Devia ser do próprio conteúdo da leitura, talvez devessem escolher outras coisas. Na verdade, já há algum tempo ele vinha achando o noticiário muito tedioso. Nada de novo sob o sol.

Os jornais é que o estavam cansando. Todo dia tinham notícias bombásticas e sensacionais, sem dúvida. Mas sempre repetidas, parecidas. O governo se gabando do que afirmava estar fazendo, a oposição criticando minúcias. Troca de acusações. Uma pletora de escândalos. Denúncias sem fim, uma atrás da outra, cada qual pior. As que pareciam mais inacreditáveis eram prontamente comprovadas por gravações, transcrições de telefonemas a partir de grampos realizados com autorização judicial, fotos comprometedoras feitas com celulares disfarçados, vídeos conseguidos com câmeras ocultas, depoimentos, testemunhas. Um festival de espionagem a atestar a intromissão em todas as intimidades. Olhos e ouvidos alheios em permanente bisbilhotice, onipresentes, muito mais vigilantes que qualquer pesadelo político de Orwell, em cuja obra premonitória ele tinha sido um intruso atento e perturbado tantos anos antes.

Hoje, via que era até ridículo continuar a pensar em si mesmo como esse leitor-intruso nos romances que lia, testemunha insuspeita do que ocorria no enredo sem que os personagens se dessem conta de sua presença. Essa ideia deixava de ter sua razão, principalmente no que se referia ao noticiário. Durante toda sua vida de leitor de literatura, desde os romances de aventuras e capa e espada, fizera parte do universo lido como uma presença espectral, ao mesmo tempo interna e externa, sugada para o interior, corresponsável pela construção de um sentido, algo que não está obrigatoriamente nas histórias que nos contamos mas é indispensável ao que alguém já chamou de *esta atividade furiosa que é viver*. E que só o leitor pode acrescentar ao livro.

Como leitor de jornais, porém, aprendera que as coisas se passam de modo diferente. E constatava que as próprias noções de intrusão e intromissão mudaram, nos tempos atuais. Agora esses movimentos passaram a ser escancarados, ainda que não trouxessem transparência para o que deveria ser cristalino.

O destino do dinheiro do contribuinte continuava se escondendo, perdido nos meandros burocráticos e na retórica enganadora. Mas a invasão do cotidiano passara a ser aberta. Seguramente, descontrolada. Não era possível que toda aquela febril atividade de investigação da vida alheia estivesse se fazendo sempre dentro da lei, com autorização das esferas responsáveis pela proteção dos cidadãos. E Vilhena duvidava que os resultados permanecessem resguardados pelo indispensável sigilo legal. Com toda certeza, não faltava quem exorbitasse. Nas profundezas de tantas escutas e tantas imagens devia existir um abismo de chantagem, ora velada ora mais ou menos explícita. Qualquer fragmento fora do contexto poderia dar margem a sentidos diferentes. Pensar nisso dava arrepios. Lembrava-se de um velho professor que lhe ensinara, a propósito de citações em trabalhos acadêmicos: a descontextualização é uma forma de desonestidade intelectual. Pois agora o país todo convivia com ela.

Ao mesmo tempo, era inegável que, em alguns casos, só mesmo com esses recursos de intromissão seria possível obter um ponto fixo de partida, do qual desenrolar o fio da meada. Como no labirinto do Minotauro, nos mitológicos porões da tirania em Creta. Ou nos romances de espionagem do tempo da guerra fria, cuja ação acompanhara invisível em leituras empolgadas. A linha entre a defesa da república democrática e a instituição de um Estado policial era tão tênue que, por vezes, devia se tornar invisível a quem não estivesse muito atento a ela. Quantos teriam a consciência dessa ameaça e o cuidado de evitá-la a todo custo?

Uma preocupação dessas, porém, deveria tender a mantê-lo desperto. Não o faria sentir sono. No máximo, enquanto Camila continuava lendo as notícias, ele se surpreendia com os pensamentos a vagar, meio dispersos, tentando analisar e entender melhor o que estava por trás da notícia. Mas isso não o levava a sentir as pálpebras pesarem ou vontade de cochilar. Pelo contrário: a preocupação lhe acendia um estado de alerta, de vigília permanente, como se sinais vermelhos piscassem ou sirenas tocassem de modo intermitente, acusando a presença de perigo.

A sensação de cansaço e tédio vinha muito mais da repetição uniforme dos casos, daquela série de nomes desconhecidos de repente alçados ao primeiro plano, a exigir acompanhamento ou localização imediata numa constelação infinita de suspeitos. Nascia da infindável sucessão de falcatruas que surgiam a cada dia. E em seguida eram esquecidas, sem que nada acontecesse com os acusados, enquanto as mais recentes denúncias e descobertas eram afogadas por uma enxurrada de novos escândalos.

Até mesmo as cartas dos leitores aos jornais se repetiam, agora tão imediatas ao noticiário, por e-mail, comentando o fato do dia já visto na véspera na televisão ou internet e chegando à página impressa simultaneamente com a publicação da notícia. Todas parecidas. Cheias de indignação justa mas também de leviandade injusta, na reação autêntica e emocional do primeiro momento, de quem não é especialista, só ouviu ou viu uma reportagem superficialmente, se revoltou a partir de uma informação apressada, misturou emoção genuína com dados truncados ou imprecisos e não se conteve: partiu logo para se manifestar sem pensar, quase por reflexo pavloviano. Uma correspondência formada por acusações de dedo em riste, sem dúvidas de espécie alguma, sem examinar evidências, sem qualquer espaço para presunção de inocência. Por vezes coberta de razão. Eventualmente, nem tanto. Mas sempre cumprindo o mesmo papel — o de dar corpo a um movimento que ajuda a formar um juízo coletivo, passa a dar uma cara à tal opinião pública que todos citam de boca cheia. E com isso se vão formando também os boatos, as versões distorcidas, as certezas infundadas. Quantas delas injustas?

Talvez fosse justamente o acúmulo disso tudo que estava entediando Vilhena naquela manhã. Além da conta. Sempre as mesmas notícias, ou tão parecidas que não dava para se distinguir uma da outra. Repetições de escândalos e de episódios de violência urbana. Todos causadores de uma paralisante sensação de impotência e merecedores de reações furiosas. Emoções exacerbadas e desgastadas pela mesmice. Indignação e leviandade. Palavras, palavras, palavras. O de sempre. Linguagem demais, funcionando como anestesia. Um festival de redundância, que acabava tendo o efeito de apagar tudo, confundindo denúncias e insinuações numa mesma massa amorfa. Entorpecimento construído aos poucos, para amortecer as tragédias cotidianas das perdas de vida ou os choques diários com a falta de escrúpulos de governantes e seus auxiliares ou opositores, todos pagos com dinheiro público e cevados a palavrório mentiroso e salvacionista.

— Acho que mudei de ideia. Podemos parar por hoje, Camila — interrompeu.— Estou cansado disso tudo.

— Quer que leia outra coisa? Ainda temos bastante tempo.

Ele hesitou um pouco. Talvez valesse a pena aproveitar. Gostava de ouvir a moça ler, cada vez mais. Mesmo ela tendo agora passado a vir três vezes por semana, não o cansava. Talvez pudesse procurar algum artigo bom, um comentário de um bom analista político.

Enquanto pensava no que poderia sugerir, Vilhena viu um vulto masculino se destacar da penumbra na lateral de seu campo visual, levantar-se da poltrona e caminhar para o meio da cena. Surpreendeu-se, porque achava que Jorjão já tinha ido embora havia bastante tempo. Mas devia ter ficado depois de mudar a roupa, porque não estava mais de branco.

— O que você sugere? — perguntou Vilhena a Mila.

— Vou ver o que há no segundo caderno — respondeu ela, abrindo outro jornal.

O vulto masculino se aproximou, cada vez mais, e se inclinou sobre a poltrona onde o embaixador estava sentado. Só então, logo antes de receber o beijo na testa, foi que Vilhena reconheceu o neto, presença inesperada ali, naquela hora.

— Luís Felipe! Eu nem vi você chegar. Estava aí há muito tempo?

— Uns quinze minutos. Vim trocar umas ideias sobre um trabalho. Mas não quis interromper. Podem continuar, que eu estava curtindo e tenho muito tempo. Só aproveitei a brecha para vir falar com você.

— Não, a gente pode parar. Eu estava mesmo meio cansado de tanta leitura.

— Desculpe... — murmurou Mila. — Quando isso acontecer, o senhor pode falar e a gente suspende.

Dobrou o jornal, começou a recolher tudo para sair. Despediu-se:

— Até quarta.

— Não, não vá embora — pediu Vilhena.

Receava tê-la magoado. Era uma moça tão delicada... Tinha de admitir que se acostumara com sua companhia, sempre polida. E discreta, inteligente. Passara a gostar de tê-la por perto.

— Fique até Ana Amélia trazer o café. Tome uma xícara conosco. Você sabe que também gosto muito de conversar no final da leitura.

— Mas hoje o senhor tem visita, já tem com quem falar. E não quero atrapalhar.

— Atrapalha coisa nenhuma. Fique, já disse. Podemos conversar todos juntos.

Apresentou formalmente:

— Este é o Luis Felipe, meu neto.

Camila ficou. Conversaram os três. E continuaram os quatro depois que Ana Amélia chegou com a bandeja e se juntou ao grupo, já que não desperdiçava uma oportunidade de estar com o neto único. Uma conversa tão animada que se prolongou pela mesa do almoço, pois nesse dia a embaixatriz fez questão de não deixar Mila ir embora antes.

Vilhena também parecia mais animado. À vontade, até conseguiu discutir com eles a sensação de tédio e mesmice que o vinha incomodando ultimamente no noticiário.

— Tédio? — estranhou Felipe. — Mesmo com tanta coisa acontecendo, vô? É de tirar o fôlego, um escândalo atrás do outro. Quando a gente acha que já viu tudo e nada mais surpreende, aparece outra denúncia cabeluda.

— Por isso mesmo. Não consigo tomar pé, tenho sempre a sensação de que tem muita história mal contada.

— Se o senhor quiser, eu posso ler outras coisas — ofereceu-se a leitora.

— O quê, por exemplo?

— O que o senhor quiser. Trechos de livros... Um bom ensaio, talvez. Um romance. Poemas.

— Não sei se ando com vontade de ouvir romance aos pouquinhos. Também não sei se andam escrevendo alguma coisa nova que possa me interessar. E poesia? Francamente, não sei se é o caso.

Felipe fez a ela uma pergunta um tanto inesperada:

— O que você sugeriria, Mila?

— Ele é que deve resolver o que quer — respondeu ela. — Minha função é só ler.

Virou-se para o embaixador e continuou:

— Não precisa ser um romance novo, posso reler alguma coisa que o senhor já conheça e esteja querendo ouvir de novo. Aquela velha história de fazer uma nova visita a esses reinos silenciosos...

Vilhena se surpreendeu. Era uma citação, e ele reconheceu. De quem? Não lembrava. Algum romancista moderno, provavelmente. Começo do século XX, lhe dizia a memória. Talvez Proust ou Virginia Woolf, um desses introspectivos. Reconhecia a imagem, não identificava o autor. Mas a frase definia bem a sensação que tinha quando mergulhava nos textos de ficção. Territórios de silêncio, ainda que tão eloquentes e feitos de palavras. Também palavras, palavras, palavras — outra citação, de novo lhe vindo à mente no mesmo dia, aliás, e essa ele sabia muito bem que era de Shakespeare. Mas ao contrário do noticiário dos jornais, esses textos dos bons livros sempre tinham coisas novas para dizer, mesmo em sucessivas releituras. Não se esgotavam nunca.

Talvez Mila tivesse razão. Era possível que pudessem variar o cardápio do que liam e introduzir alguns contos ou romances. Mas não tinha ideia do que poderia escolher.

Na conversa que continuava em volta da mesa, Felipe se dirigia novamente a Mila:

— Como é, não vai responder? Afinal, qual seria sua sugestão? O que você lê, em geral? O que gosta de ler? O que recomendaria?

Quase acuada pela série de perguntas diretas, ela ainda tentou se manter objetiva:

— Bom, já que ele não está com disposição de ouvir ficção, o que me ocorreu sugerir foi um ensaio. Uma reflexão. Por causa dessas coisas que estamos conversando.

— Um desses *best-sellers* sobre violência urbana? — perguntou Felipe.

— Pode ser... — admitiu ela, quase timidamente. — Mas eu não tinha pensado exatamente em livros de reportagem. Pensei foi em filosofia. Sei lá, algo da Hannah Arendt, por exemplo. Aquelas reflexões dela sobre a banalização do mal, e sobre a importância da memória e da trama narrativa para encontrarmos algum sentido na experiência humana. E de como é importante a gente ser capaz de mergulhar nisso e enfrentar esse desconforto, mesmo quando parece difícil. Para não esquecer e não deixar repetir, essas coisas.

O embaixador admitiu que não lhe ocorrera nada no gênero, mas talvez até pudesse ser interessante.

— Sempre ouvi falar nela, mas nunca li — reconheceu Felipe. — Se vocês forem mesmo entrar nessas leituras, sou até capaz de vir de vez em quando tirar uma casquinha e participar da conversa no final.

— Será muito bem-vindo, sempre, e você sabe disso — convidou Vilhena, se animando com a perspectiva de ter o neto por perto. — Segundas, quartas e sextas de manhã. Mas para ter chance de continuarmos com uma boa conversa no final, vamos ter de trocar o horário com o Jorge, porque geralmente começamos o dia pela leitura. E a sessão de fisioterapia com ele vem logo depois da Camila. Então não sobra muito tempo entre os dois, para em seguida ficarmos trocando ideias.

De repente, um pensamento lhe cortou a animação:

— Mas suas férias já devem estar acabando, Luís Felipe. Logo você vai ter de trabalhar o dia todo, não vai ter tempo para isso. Aí nem aparece mais para ver a gente.

— Mais ou menos, vô... Era sobre isso que eu estava querendo conversar com você hoje. Mais tarde, com calma. Foi por isso que eu vim aqui.

Problemas, mais uma vez, imaginou Vilhena. Esse menino não esquentava em lugar nenhum, não se satisfazia com nada. Foi um aluno brilhante, começara a carreira tão bem. Depois, com a morte da mãe, degringolou.

Vilhena tinha recorrido a todas as suas relações, construídas ao longo de uma vida, para lhe conseguir um bom posto no exterior, daqueles com que qualquer jovem terceiro-secretário sonharia. Ele simplesmente não quis. Alegou que ficava constrangido em ter tratamento preferencial, só porque era filho e neto de diplomatas influentes. Pura ingenuidade imaginar que esse fator poderia deixar de funcionar como uma marca poderosa no desenvolvimento de sua carreira. Não podia ficar cheio de dedos para aceitar as regras do jogo.

Por outro lado, a experiência de fazer algo interessante em Brasília também não o empolgara. Não sentia nenhum fascínio por estar junto ao centro do poder. Luís Felipe cumprira suas atribuições rotineiras, mas não passara disso, não aproveitara a oportunidade de estar bem situado no ministério para se destacar e crescer profissionalmente. Depois viera com aquela ideia de pedir para ser transferido para o Rio, um atraso de vida a essa altura de uma trajetória que poderia ser tão promissora...

Vilhena só concordara porque o rapaz lhe parecia meio triste, perturbado, e Ana Amélia insistira muito, achava que ele ainda estava muito traumatizado com o falecimento da mãe. De início, o avô fora contrário à ideia. Justamente por causa dessa perda, Luís Felipe deveria se jogar no trabalho e se ocupar em algo absorvente para se distrair. Também convinha ficar mais perto de Xavier, igualmente atingido pela morte de Cecília. A orfandade e a viuvez lado a lado poderiam encontrar algum conforto mútuo. Para a sua própria dor e de Ana Amélia, na perda da filha, não havia conforto. Nem mesmo uma palavra própria para designar o vazio, maior do que o de órfãos ou viúvos.

Mas pelo visto, nem pai nem filho desejavam essa proximidade. Não houve o menor gesto por parte de Xavier para desestimular aquela ideia da transferência de Felipe ou retê-lo por perto. Pelo contrário, até parecia estar um pouco aliviado com a perspectiva de afastar de si o filho único. Não se mexeu, porém, para facilitar esse distanciamento. Apenas lavou as mãos.

O avô acabou cedendo e encampando o pedido do neto para ser designado para alguma função desimportante em terras cariocas. Mas não chegara a aprovar a escolha. Um rapaz de sua capacidade a se desperdiçar em funções de cerimonial...

Poucos meses depois, entrara de férias. E agora já vinha com alguma outra conversa. Tomara que fosse interesse por algo novo, voltado para um crescimento profissional, à altura das responsabilidades que tinha condições de assumir. Um lugar onde pudesse utilizar seu potencial.

O futuro do neto o preocupava. Era um rapaz inteligente, estudioso, bem-formado. Como podia ser assim tão desligado, tão alheio a tudo?

Mas Luís Felipe já se voltava para Camila e perguntava, insistente:

— Vamos, você não respondeu à minha pergunta. O que você sugeriria? O que costuma ler?

— Ultimamente eu tenho lido muito é em inglês. Leituras profissionais.

Ana Amélia explicou que Camila era professora da faculdade de letras e estava também fazendo um curso de pós-graduação em literatura, preparando uma tese.

— Que literatura? — quis saber ele.

— Literatura comparada. Ficção contemporânea em língua inglesa — esclareceu Mila.

— Meu avô entende inglês, fala perfeitamente. Você pode ler em inglês para ele. Que tipo de livro? Qual o assunto da sua tese?

Vilhena atalhou:

— Deixe a moça em paz, Luís Felipe. Não seja indiscreto. Eu só queria mesmo era acompanhar os jornais. E ela está me ajudando muito nisso. Mas gostei dessa ideia da Hannah Arendt. Podemos também incluir isso de vez em quando.

Voltou-se para Mila:

— Você seleciona algum trecho para nós?

— Claro, se o senhor quiser. Será um prazer.

Vilhena reparou que Ana Amélia acabava de tirar o guardanapo estendido do colo, dobrá-lo e depositá-lo sobre a mesa, ao lado da xicrinha de café. Sempre atenta, dava esse sinal discreto e quase imperceptível de que a refeição se encerrava. Preparava a deixa para a saída da moça e para deixar o marido a sós com o neto. Tudo se passou a seguir como se ensaiado, nessa orquestração regida pela experiência da mulher. Desculpas por ter compromisso e horários, despedidas, acompanhamento de Camila até a porta.

Agora, conversar com Felipe.

10

— Você não disse outro dia que tem um cliente que é jornalista?

— Tenho, sim. O Túlio. Na verdade, não é jornalista de jornal, ele trabalha na televisão. Mas não aparece na tela, não é repórter. Só fica escrevendo o que os apresentadores leem no noticiário. Por quê?

Jorjão estava mesmo curioso. Mas o pai não respondeu a sua pergunta. Na verdade, fez outra:

— E como é que ele é?

— Moreno, forte, tem uns quarenta anos, talvez mais, quase cinquenta. Teve um acidente de moto com fratura do úmero. Um trincamento, aliás. Mas já está fazendo reabilitação há um bom tempo, acho que só fica comigo mais umas semanas. Se levasse os exercícios mais a sério e não fosse meio rebelde e preguiçoso, o médico já podia ter dado alta para ele.

— Não era isso que eu queria saber. Quando eu perguntei, estava pensando em outra coisa.

— O quê? Não estou entendendo.

Custódio fez uma pausa, procurou as palavras, achou melhor ser direto:

— Esse Túlio é um sujeito decente? Um homem de bem? Dá para confiar?

— Ah, pai, isso não dá para saber assim. Parece sangue bom. Mas como é que a gente adivinha uma coisa dessas? Por quê?

— Não sei explicar. Mas se ele for um sujeito decente, eu acho que quero conversar com ele. Sobre essas coisas que estão acontecendo na repartição.

Claro. Só podia ser. A única coisa que ocupava agora todos os pensamentos do pai, em todas as horas do dia. E Jorjão não conseguia penetrar direito naquela casca. No máximo, obtinha apenas a evocação de uma atmosfera ou uma descrição vaga. Acompanhando de fora, não dava para ir fundo: havia problemas, e a situação vinha piorando nos últimos dois anos. Mas ignorava de que se tratava. Sabia que o velho se irritava porque os colegas cochichavam olhando de banda para ele, todas as conversas paravam quando ele entrava numa sala, coisas assim. E tinha saído alguma coisa sobre o pai no jornalzinho interno do Instituto. Eram coisas que o próprio Custódio não entendia direito, só percebia. Por isso vivia tentando descobrir alguma coisa, em alerta constante. Não conseguia e ficava de péssimo humor, remoendo tudo o que acontecia lá dentro. Para que ia precisar agora de um jornalista?

Mas era evidente que Custódio estava querendo apoio. E achava que talvez o filho pudesse ajudar. Bom sinal. Ele tinha mesmo muita vontade de tentar fazer algo pelo pai.

— Bom, posso dar uma sondada. Mas, se eu soubesse o que você quer conversar com ele, talvez ajudasse. Aconteceu alguma coisa nova?

— Não sei. Quer dizer, aconteceu, mas eu acho que não foi nova. Só que por causa disso eu comecei a pensar melhor nas coisas que já estão acontecendo há um tempão. Pra ver se entendo melhor.

Na verdade, acontecera, sim. Poucos dias antes. Ouvira uma brincadeira de um funcionário novo, um garoto recém-contratado para auxiliar da portaria, e ficara chocado. Isso era uma novidade absoluta, nunca alguém tinha ousado fazer uma insinuação daquelas. Algo como:

— Aproveita e leva também esse envelope para dona Guiomar. Mas é urgente, viu? Não precisa deixar para entregar depois na cama...

E diante de seu ar atônito, completara:

— Pensa que eu não sei? Todo mundo sabe que o senhor tá comendo aquela pelancada.

Além de uma revoltante falta de respeito, expressa em linguagem vulgar, essa era uma ideia tão sem pé nem cabeça que só podia estar sendo manifestada de propósito para ele reagir, criar um caso, entornar o caldo. Uma provocação para comprar briga. Por quê? Quem tinha começado com uma coisa daquelas? Como tinha vindo crescendo até chegar àquele ponto? Dona Guiomar era uma digna senhora de meia-idade. É verdade que, há alguns anos, tinha sido um tanto bonitona e bem-fornida, o que se chamava de uma mulher bem-apanhada, mas sempre fora incapaz de dar intimidade a qualquer um. Servia o cafezinho com um sorriso, voltava para a copa, e só. Na hora do almoço, deixava usar o forninho para esquentar uma comida, vigiava para não queimar, chamava quando estava pronto. Mas a conversa nunca passava disso. Os dois se conheciam havia mais de vinte anos, sempre assim, ali na repartição. Nunca tinha falado com ela fora do horário do expediente. Sabia que era casada, tinha filhos e netos, morava lá longe num subúrbio, tomava dois ônibus para chegar ao trabalho. E nada mais.

A piada do garoto fez Custódio pensar ainda mais, sobre todas aquelas coisas que já vinha caraminholando nos últimos tempos. Desde antes de o nome dele aparecer no jornalzinho, sem ele ter a menor ideia de como nem por quê. Tinha sido a novidade da semana. No jornal interno da repartição. Um jornaleco ralo, de poucas folhas, não saía de lá, só os funcionários liam, não devia ser uma coisa importante. Mas era. Porque todos os leitores eram conhecidos dele. E iam ler aquelas poucas linhas que diziam que havia gente preocupada com os resultados da comissão de sindicância, porque funcionários antigos poderiam ser atingidos, talvez até mesmo ele, por exemplo. Estava escrito que era só *por exemplo*. Mas o exemplo que tinham dado era o do nome dele, completinho. Custódio Fialho Borges Filho. Até onde sabia, não havia sindicância nenhuma por ali. E se houvesse, não ia ser contra ele. De onde vinha aquela fofoca?

Ficou duas noites em claro, tentando dar ordem a suas ideias. Procurou analisar cada detalhe de como aquela situação vinha se desenvolvendo. Tinha começado com a nova chefia, disso ele tinha certeza. Mas por que para cima dele? E só ele?

De repente, em plena insônia, enquanto ouvia Mabel ressonar tranquila a seu lado no escuro, lhe ocorreu que podia estar enganado. Talvez não tivesse sido apenas com ele. Andava tão preocupado consigo mesmo que nem ligara os fatos. Mas outros colegas tinham saído, de repente, sem maiores explicações. Talvez fosse pela mesma situação. Era bom tentar falar com eles.

— Pai, fica mais fácil eu ajudar se o senhor me contar o que está acontecendo... Não quer experimentar? Começa a falar um pouco.

A voz de Jorjão interrompeu suas lembranças. Ele tinha razão. Era hora de começar a se abrir com alguém. Ninguém melhor do que o filho, dentro de casa, sentados junto à mesinha da cozinha onde o rapaz acabava de jantar, enquanto a mãe e a avó viam televisão na sala.

— É que depois que fui a Araruama tomei uma decisão — Custódio explicou ao filho. — E vou precisar de ajuda. Por causa disso é que pensei em falar com esse tal de Túlio, se ele for um sujeito direito.

Jorjão esperou, paciente. Sabia que finalmente o pai iria se abrir sobre o que o afligia, e isso não era fácil para ele. Fosse o que fosse.

Só não imaginava que pudesse começar assim:

— Bom, a primeira coisa que notei é que estavam gastando muito mais cartucho de impressora, que é um troço caro pra caramba. Achei que a nova chefia estava exigindo que o pessoal imprimisse mais papelada. Eu não tinha nada com isso. Mas depois, fiquei pensando: se fosse por isso, devia ter impressora funcionando mais tempo do que antes. E comecei a prestar atenção. Quer dizer, para eu imaginar uma coisa dessas, é porque eu já devia estar meio cabreiro, de olho em alguma maracutaia, mas nem eu mesmo sabia ainda do que estava desconfiando. Só comecei a reparar. E vi que não tinha motivo, que as impressoras não estavam trabalhando mais do que antes, quando se gastava menos tinta... Então quer dizer que estava tudo normal, não tinha problema nenhum. Não entendi, mas no começo também não me preocupei nem fiquei pensando nisso.

Lembrando disso, Custódio não conseguiu evitar um meio sorriso. Fez uma pausa e acrescentou:

— Até que me deu um estalo. O problema era justamente esse. Se ninguém estava imprimindo mais, como é que a repartição agora estava gastando três vezes mais cartucho de impressora? Aí fiquei de orelha em pé e resolvi, bem decidido, que ia controlar tudo ainda mais, conferindo cada detalhe, tipo pente-fino mesmo, sem dizer para ninguém.

Pelo lento relato que se seguiu, pouco a pouco a situação começou a tomar forma diante da imaginação de Jorjão.

Durante um bom tempo, meses a fio, de vez em quando um gasto extraordinário chamava a atenção de Custódio. Funcionário atento, zeloso responsável pelo almoxarifado, experiente na função, aqui e ali ele detectava algo que, sutilmente, fugia aos padrões. Consumia-se muito mais papel, mais material de escritório, mais produtos de limpeza. As compras de reposição eram cada vez mais volumosas, com maior variedade de itens, alguns sofisticados e desnecessários. Formulários a serem preenchidos passaram a ser adquiridos a preços menores do que as resmas do papel liso em que eram impressos — outro modo de dizer que o novo fornecedor do papel não impresso passou a cobrar muito mais do que seria lógico e admissível. E uma secretária um dia comentou que os outros eram inúteis, porque hoje em dia ninguém mais precisava encomendar papel já impresso com o logotipo e o endereço. Nem mesmo grade de formulário. Dava para fazer tudo na hora, no próprio computador, era só baixar e preencher. E que agora se guardava arquivo virtual, não precisa mais imprimir tanto papel. Ele não sabia, não mexia com isso. Mas ficou sabendo. O que sabia, com certeza, sem sombra de dúvida, era que os estoques de quase tudo estavam acabando muito depressa, as quantidades no depósito diminuíam muito mais rápido. E as compras eram cada vez maiores. Uma coisa não combinava com a outra.

Isso ele logo percebeu.

Mas custou muito a relacionar os episódios isolados. Só o fez em retrospectiva, bem mais tarde. Depois que chegou uma compra grande de material de informática e o valor da nota lhe chamou a atenção. Aquilo não podia estar certo. Antes de enviar a documentação para a contabilidade, tirou cópias e guardou. Pretendia apenas tentar entender aqueles valores quando tivesse ocasião para analisar com mais vagar. Assim poderia examinar mais tarde, em casa, conferir quantidades e quantias com calma e ver se detectava algum engano.

Iniciara então um minucioso trabalho de armazenamento de dados e comparação de documentos, algo a que, a esta altura, já vinha se dedicando há um tempão, sem que ninguém suspeitasse.

Ainda não desconfiava, mas estava desencadeando um processo que tornaria insuportável para ele a vida quotidiana na repartição onde sempre trabalhara.

Na conversa com o filho, tão adiada, Custódio não se limitou a contar. Mostrou a Jorge uma imensa caixa de papelão cheia de cópias de notas, pedidos, documentos variados. E recomendou, solene:

— Se me acontecer alguma coisa, filho, você pode ter certeza de que foram eles. As provas estão aqui. Estão há um tempão roubando dinheiro da repartição.

— O senhor tem certeza de que não está imaginando?

— E eu lá sou homem de inventar essas coisas? Tá tudo aqui: tem desvio de material, tem superfaturamento, tem sonegação fiscal, tem nota fria de todo tipo. Para quem souber ver. Eu mesmo não sabia que essas coisas tinham esses nomes, só sabia que era coisa de salafrário, roubo. Mas de tanto ver no telejornal essas investigações que andam fazendo em outros lugares, fui aprendendo como isso se chama. E vi que lá na repartição está igualzinho. As provas estão aqui. Pelo menos, dessas compras de material. Suborno, comissão, essas outras pilantragens que também aparecem a toda hora na televisão, disso eu não sei. Não vi nada, não reparei, não posso falar. Mas é bem capaz que tenha também. Alguém devia investigar. Foi por isso que eu pensei em falar com esse seu cliente jornalista.

Jorjão estava um tanto surpreso com o assunto. Podia ter pensado em tudo como fonte dos problemas do pai, menos em vê-lo assim transformado em justiceiro. Preocupado, perguntou:

— Quem mais sabe disso?

— Mais ninguém. Eles nem imaginam que eu possa ter provas. Mas sabem que eu estou desconfiando. Por causa disso é que estão infernizando minha vida. Até com a dona Guiomar já foram fazer fofoca, pra me complicar com sua mãe. Ou com o marido dela.

— Minha mãe? Dona Guiomar? Da copa? Aquela que serve cafezinho? Espera aí, pai, repete... Porque eu devo ter perdido alguma coisa. Não dá pra ver a menor ligação.

O velho ficou sem jeito, mas continuou:

— Pois é, eu no começo também fiquei assim, não via ligação entre as coisas. Mas depois comecei a achar que podia ter.

— Como assim? Explica melhor. Como é que a dona Guiomar entra nessa?

— Eu não sei. Mas sei que um moleque novo que entrou lá há pouco tempo, um desses garotos folgados que não respeitam ninguém, metidos a se enturmar com todo mundo, fez uma piadinha comigo que eu não gostei. Levantando o maior falso com a dona Guiomar, como se ela fosse minha amante.

Jorjão teve de prender o riso:

— Ah, pai, tem paciência, não dá para levar a sério uma história dessas. Deixa o moleque pra lá... Ou o senhor está comendo outra mulher lá da repartição e o garoto trocou as bolas? Dona Guiomar não cola...

O olhar de severidade que Custódio lhe lançou fez efeito. Se queria ouvir o que o pai lhe confiava, ele ia ter de segurar essas reações e deixar que a conversa fluísse, mesmo aos solavancos.

— Desculpe, eu não devia brincar com isso. Continue. Estou querendo ouvir. O garoto falou qualquer coisa maldando o senhor com a dona Guiomar. Está certo, isso eu entendi. Mas qual foi a relação que o senhor viu dessa fofoca com o esquema do roubo de material no almoxarifado?

Custódio ficou em silêncio. Jorjão não sabia dizer se o pai se ofendera, se arrependera de estar se abrindo com o filho, ou se estava buscando melhor as palavras para falar de algo que não sabia expressar. Talvez ele pudesse ajudar, tentando uma nova aproximação, vinda por outro lado. Quem sabe, pelo caminho que estava suspenso desde o começo da conversa:

— E o que é que isso tem a ver com a decisão que o senhor tomou depois de ir a Araruama?

— Pois é. Eu fiquei puto da vida com a piadinha do garoto e fiquei pensando que antigamente não era assim. Os moços respeitavam os mais velhos. E ninguém naquela repartição ia ter coragem de fazer uma coisa dessas. Mas pensei também que um pivete que tinha acabado de chegar não ia inventar uma coisa dessas. E que se ele estava dizendo isso assim, na maior, sem nem achar que era segredo, só podia ser porque estava repetindo alguma coisa que tinha ouvido, porque outras pessoas tinham falado. Alguém tinha inventado um absurdo daqueles. Mas quem podia ser?

Um a um, Custódio passara em revista mental os funcionários da repartição. Não conseguia acreditar que alguns dos que trabalhavam lá havia anos fossem capazes de uma maledicência como aquela, sem razão nenhuma. Principalmente por causa de dona Guiomar, figura materna respeitadíssima por todos, praticamente assexuada a esta altura. Então devia ser um dos contratados mais novos. Nesse caso, podia ser qualquer um. As perguntas passavam a ser outras. Por quê? Para quê? Do nada não era. Fofoca com velho não tem a menor graça, não ia se espalhar daquele jeito. Ou será que ele estava errado? Queria muito poder conversar sobre isso com alguém. Acabou chegando à conclusão de que só podia falar com alguém que conhecesse bem aquele mundo da repartição. E em quem ele tivesse confiança.

Foi por isso que um dia telefonou para o Agenor e lhe acenou com a possibilidade de aceitar o convite tantas vezes reiterado: ir a Araruama para uma pescaria de tarrafa. Durante o fim de semana, entre uma tarrafada e outra, uma pinguinha para esquentar e algumas confidências de parte a parte, acabou descobrindo o verdadeiro motivo da aposenta-doria precoce do colega.

11

— Não sei se você lembra, vô, que outro dia eu lhe contei que tenho um amigo cineasta. E que eu estava pensando em trabalhar num filme novo que ele vai fazer.

O embaixador lembrava perfeitamente. A novidade, de certo modo, lhe trouxera mais uma preocupação com essas tentações dispersivas do neto.

— Claro que lembro. Mas acho que você é que está esquecendo o que eu lhe disse quando falou nisso: tenha juízo. É preciso ter cuidado, uma coisa dessas pode tomar muito o seu tempo e prejudicar sua carreira.

— Fique tranquilo. Não sou maluco. Vou poder ajudar sem me prejudicar em nada.

— Mas essas coisas podem ser muito complicadas. Não tenho nada contra cinema, você sabe disso, sempre fui cinéfilo, frequentador de cineclube, amigo de cineastas. Mas ser espectador ou crítico é muito diferente de se envolver com produção. Não vejo como você poderia conciliar as duas coisas. Uma filmagem depende de muita coisa. Muitas vezes a equipe tem de ir para locações diferentes, precisa viajar. É um trabalho que absorve muito. Pode ter horários muito exigentes, em busca da luz certa. Ou obrigar a ficar dias e dias à espera de que uma temporada de chuvas chegue ou acabe. Ou ter de virar noite para cumprir prazos que permitam administrar melhor a economia. Não sei bem, nunca acompanhei de perto, mas sempre se tem alguma noção de como funciona. E isso acaba se sobrepondo à rotina de suas funções.

Fez uma pausa e acrescentou, pesando bem as palavras:

— Eu não gostaria de cortar sua animação. Mas, já que veio falar comigo, imagino que esteja disposto a ouvir minha opinião. E eu não acho que essa seja uma boa ideia.

— Sua opinião é sempre bem-vinda... — assentiu Felipe. — Mas não há motivo para se preocupar.

— Sua atração por novas vivências é louvável, meu filho. Você tem um espírito inquieto, gosta de arte. Isso tem seus pontos positivos. Mas há outras atividades artísticas que são mais compatíveis com a carreira diplomática — continuava Vilhena. — Literatura, por exemplo. É enorme a quantidade de diplomatas que foram escritores. No caso, a compatibilidade é perfeita. A carreira deu condições dignas para que pudesse florescer a obra de alguns dos nossos maiores poetas e romancistas. Temos também alguns colegas que se dedicaram às artes plásticas. E à música...

Ia justamente citar o nome de um embaixador que era excelente pianista, antes de frisar que não era possível ter um diplomata dedicado à dança ou ao teatro, por exemplo, artes com solicitações específicas e diferentes, quando Luís Felipe o interrompeu:

— Mas eu vou é escrever. Trabalhar no roteiro, só isso. Não vou acompanhar as filmagens. A não ser eventualmente, em uma ou outra entrevista. Ah, porque nem cheguei a lhe dizer. O longa-metragem vai ser um documentário.

— Sendo assim, é diferente. E vai ser sobre o que esse tal documentário?

— Verdades e mentiras. Fatos e versões. Falsificações.

— Já foi feito — limitou-se a dizer o embaixador, com um sorriso irônico. — E por um mestre. Definitivo. Vocês não vão fazer melhor. Nem vale a pena tentar.

O sorriso de Felipe foi bem aberto:

— O velho rato de cinemateca continua em forma, hein?

Quando a vista me permitia esses luxos, pensou Vilhena. Agora, foi-se o tempo.

Mas disse apenas:

— Querer competir com Orson Welles é suicídio. Esse tema é dele, magistralmente desenvolvido ao longo de toda a vida, desde a famosa transmissão radiofônica da *Guerra dos Mundos* como se estivesse mesmo havendo uma invasão de extraterrestres. Fez de uma ficção conhecida um simulacro tão real que levou pânico à cidade. Seria inconsciência minha deixar vocês caminharem para o matadouro desse jeito.

— Mas nossa ideia é muito diferente. Aliás, mesmo dizendo que é tudo verdade, o famoso filme dele, o tal *It's all true* (que aliás não era tão verdadeiro assim), não tem nada a ver com o nosso projeto. Não temos nenhuma pretensão maior, além de mostrar em imagens um assunto que nos preocupa e merece ser discutido no Brasil de hoje. Não passa de um modesto documentário sobre verdades e falsidades.

— Welles também já fez. Uns trinta anos mais tarde. Mais extraordinário ainda — reiterou o embaixador. — Chama-se *F for Fake*. Um labirinto de narrativas visuais falsas ou não, sabe-se lá quais e até onde. Magnificamente editadas. Fascinante. Ficção e reportagem encavaladas, carregando-se mutuamente. Linguagem absolutamente adequada a um filme sobre falsificações. O filme que Jorge Luis Borges faria se fosse cineasta. Não se metam nisso. É briga de cachorro grande.

— Não estamos nos metendo. Queremos fazer uma coisa completamente diferente, brasileira, sobre a história recente, a política. É só uma reportagem cinematográfica, vô. Mas eu quis vir falar com você antes de começar porque, de certo modo, foi de uma conversa nossa que nasceu a ideia. Lembra? Daí a uns dias eu falei sobre o assunto com o Leandro, esse meu amigo cineasta, e ele achou que podia ser um tema sensacional, casava com umas coisas que ele vinha querendo discutir.

Vilhena não recordava essa conversa em especial, detonadora do projeto. Mas sabia que devia ter falado. É verdade que vinha pensando muito sobre cobertura de imprensa, ultimamente. Refletindo e falando nisso. Mídia, formação de opinião pública, marketing político — como se dizia hoje em dia. Com certeza, já conversara com o neto sobre essas coisas. Sabia também que havia poucas semanas tinha se lembrado do filme *Cidadão Kane*. Quase pedira a Ana Amélia para tentar lhe conseguir uma cópia numa locadora. Tinha assistido tantas vezes ao clássico de Welles que, mesmo sem estar enxergando bem os detalhes na tela, teve vontade de refrescar a memória e acompanhar de novo aquela obra-prima sobre o uso da imprensa para ter poder. Nem que fosse apenas ouvindo o som, se não conseguisse distinguir as imagens.

Mas tinha quase certeza de que não falara nisso com o neto. Até mesmo porque se preocupava em não alimentar essas eventuais veleidades de candidato a cineasta, que já percebera em Felipe.

— Explique melhor.

— Não lembra que outro dia a gente conversou sobre a leviandade da imprensa hoje em dia? Calma, não vou sair fazendo os tais discursos inflamados que andam lhe irritando. Eu sei que você me disse que é preciso ter cuidado para não generalizar. Não vou fazer isso. Mas você também deu outro toque, quando falou que não dá para esquecer que a história do século XX é cheia de episódios obscuros.

— Infelizmente, é verdade. De documentos espúrios e de falsificações criminosas difundidas por meio da imprensa. Quando não criadas por ela, o que ainda é pior.

— Pois então, nosso filme vai ser sobre isso.

Mentiras, falsidades, embustes, logros, mistificações, truques ilusionistas. Fraude. Um bom assunto. Ao mesmo tempo, um mundo infinito.

— Vocês não acham que é um universo muito vasto?

— Claro que é. Vamos deixar de fora os episódios no exterior, mesmo os muito famosos e emblemáticos. Queremos nos concentrar apenas nos casos brasileiros de maior repercussão.

— Mesmo assim, ainda é muita coisa — ponderou o embaixador.

— Pois é... Essa é a minha dificuldade. Eu vou fazer uma pesquisa inicial, para depois elaborar o pré-roteiro. Vou tentar selecionar alguns casos, indicar possíveis entrevistados, sugerir material a ser filmado. Não é fácil. Por isso, estou pedindo sua ajuda.

Luís Felipe não deixava de ter razão. O projeto poderia ser interessante. E, por coincidência, guardava uma certa relação com observações que Vilhena vinha fazendo mentalmente nos últimos tempos, enquanto ouvia os telejornais ou as leituras da imprensa que Mila lhe fazia.

Cada vez mais, percebia que nunca o engano estivera tão à solta, jamais fora tão fácil o logro coletivo em tão larga escala. O contrário do famoso axioma: agora poucos enganavam a muitos durante o tempo todo. Bastava que o assunto ficasse pouco tempo em evidência. Era só substituir um embuste por outro, permanentemente, em revezamento contínuo. Pela repetição, garantia-se a aceitação do público, levado a crer que ninguém presta, que todo mundo é mesmo pilantra ou canalha, que em toda parte essas coisas acontecem desde que o mundo é mundo e não há o que se possa fazer. O efeito imediato era a sensação generalizada de que, nesse caso, é melhor se desligar. Afinal, não há quem consiga ficar vigilante, de orelha em pé, vinte e quatro horas por dia, sete dias por semana. Um programa eficiente de saturação emocional levando ao cansaço político e à anestesia moral. De quebra, ainda contribuía para a desmoralização da democracia, espalhando a convicção de que o Congresso não vale nada, o Judiciário não faz coisa alguma, não adianta ter leis, ou todo político não presta.

— Em que posso ajudar?

— Sei lá. Conversas, palpites, conselhos, indicações. Qualquer dica será bem-vinda. Eu venho aqui, a gente conversa e eu gravo. Depois, a partir disso, faço um roteiro de pesquisa e saio investigando.

— Então começo por um conselho geral: tratem de delimitar o campo de trabalho para não se perderem. Tem coisa demais.

— Isso já percebemos. Mais alguma coisa?

— O que me parece mais interessante é se, ao final do trabalho, conseguirmos verificar se existe um padrão brasileiro para essas falsidades. Em caso positivo, qual seria.

— Legal. Não tinha pensado nisso. Mas pode ser. A existência de algumas constantes na empulhação nacional, típicas de nossa cultura de espertalhões explorando a ignorância alheia...

Com sua experiência de homem vivido, o embaixador Manuel Serafim percebeu no ar o risco que essa reação entusiasmada embutia:

— Mas me parece imprescindível ter muito cuidado para que não haja pregação. Mesmo que detectemos certas constantes que permitam imaginar um modelo brasileiro de criação e imposição de um logro coletivo — porque é disso que se trata, não? — não podemos cair no discurso, no panfleto. Um bom documentário deve fornecer os fatos, mas deixar o espectador tirar suas conclusões. Não tem que conduzir o pensamento dos outros.

Felipe gostou da observação. Mas gostou mais ainda de flagrar o uso do pronome de primeira pessoa do plural. Aquele "nós" significava que o avô aderira ao projeto, estava dentro. Bom para os dois. Vilhena teria um projeto instigante para ocupar as ideias naquelas infindáveis semanas de indefinição e expectativa tensa, à espera de que o médico o liberasse para poder fazer a cirurgia na vista. E o filme ganharia algo valioso: a assessoria informal de um homem experiente, que conhecia os bastidores do poder, lera muito e estava familiarizado com a história da república.

Dava para ver que o embaixador já estava refletindo, buscando uma espinha dorsal para encaminhar o texto:

— Porque se a gente começar a paternalizar o público, a querer pensar no lugar dele, está desrespeitando a plateia. Recaindo no ponto de partida do vício que queremos denunciar, do que está na origem das manipulações da opinião pública. Ou, pelo menos, de grande parte delas, a que não se limita à esperteza rasteira do ladrão puro e simples ou do demagogo primário e escrachado, ambos apenas visando a encher o próprio bolso e ter poder sem limites. Estou me referindo a um paradigma mais sutil e sofisticado: à certeza de superioridade de algum "salvador da pátria", messianicamente convicto de que foi o escolhido pelo destino para conduzir aquele rebanho — porque é melhor, porque sabe mais, porque está certo. E por isso se situa acima dos outros e da lei. Pode ser um jornalista talentoso, um militar fanático, um político ambicioso, não importa. Pode até ser alguém com carisma e qualidades, mas dominado por aquilo que costumava se chamar o pecado da soberba. Palavra que nem se usa mais.

— Um cara que se acha... — interrompeu o neto.

— Que se acha melhor do que os outros — confirmou o avô. — Como o fariseu da parábola, que até para rezar faz a exaltação de si mesmo. Fica em pé lá na frente, bate no peito e se autoelogia. Só falta mandar que Deus ligue o holofote em cima dele e faça subir os sons de uma orquestração grandiosa. É um sujeito cheio de certezas. Empurrado por essas certezas, começa a admitir todos os recursos, inventados por si mesmo ou por sabujos auxiliares, capazes de tudo. Se tiver um fundo decente, um mínimo de princípios morais e algum resquício de hesitação ética, é só se convencer (ou ser convencido, o que dá no mesmo) de que a Causa exige esses desvios. Causa com C maiúsculo, aquela coisa que assegura que um lado tem sempre razão e o outro está sempre errado. Que há males que vêm para o bem. Que os fins justificam os meios. Que um crime praticado pelos amigos não é crime, e um deslize cometido pelos inimigos é imperdoável. Etc etc. Sempre a ética dos dois pesos e duas medidas.

Felipe já tinha ouvido o avô dizer algumas dessas coisas de maneira esparsa, entremeando comentários em conversas. Mas nunca o ouvira assim. Fluente como sempre, claro, o embaixador se expressava com muita propriedade em qualquer ocasião. Mas desta vez o tom estava diferente, pela veemência no limiar da indignação apaixonada. Era quase um discurso — daqueles cuja oratória inflamada o enchia de desconfiança.

Passou-lhe pela cabeça a ideia de que deveria vir mais vezes conversar com o velho. Ele devia estar muito sozinho, com necessidade de botar para fora os pensamentos que ficavam guardados quando lia os jornais. Ou ouvia a leitura deles que Mila lhe fazia, porque nem isso agora estava podendo fazer sozinho. E não tinha com quem dividir os comentários sobre a situação.

Felipe teve a sensação de que, mesmo com Ana Amélia, as conversas do avô sobre esses assuntos estavam mais raras. Pelo visto, os dois não costumavam mais ler os jornais do dia em paralelo, junto à mesa do café da manhã, num convívio matinal prolongado, cada um comentando com o outro um parágrafo ou uma manchete. Pelo contrário. Ocorreu-lhe a lembrança recente de uma grande bandeja sendo retirada do escritório com os restos de uma refeição. O avô devia estar tomando o desjejum ali, sozinho, antes da chegada do fisioterapeuta ou da leitora. Sinal de uma rotina transformada por novos horários e uma agenda com compromissos individuais se sobrepondo aos hábitos do casal, parte querida das lembranças infantis do neto, evocando uma cena matutina que sempre lhe parecera imutável.

Era uma tristeza aquilo: um cara tão vivido, com tanto para dar, inesperadamente tendo de ficar assim recolhido e isolado. Não admira que, de repente, estivesse agora começando a fazer discurso à toa, como qualquer velho aposentado, daqueles que jogavam dama ou xadrez à sombra das amendoeiras na pracinha do Posto Seis e que eram capazes de discutir horas em torno de qualquer bobagem.

Tentando sair das generalidades e puxar algum episódio específico, o rapaz pediu:

— Será que não valia a pena a gente ter algum caso concreto para começar a pesquisar? Um desses que você considera bem típicos? Não quer me dar uma sugestão?

— Pode ser a questão das cartas falsas atribuídas ao Artur Bernardes, por exemplo... Tem todos os ingredientes bem característicos que viriam a marcar o gênero. A má-fé, a total desonestidade, a intenção eleitoreira, a imprescindível participação de um grande jornal...

Felipe pegou umas folhas de papel numa pilha que estava em cima da escrivaninha e começou a anotar. O trabalho se iniciava.

12

As consequências da pescaria em Araruama foram várias.

Algumas foram prazerosas e puramente individuais. Agenor se animou com a companhia do ex-colega, lembrou-se do avô que o levava para pescar quando era menino e chegou mesmo a comprar uma tarrafa nova, feita a mão, de fio de seda, com um metro e oitenta de diâmetro — desejo cuja realização vinha adiando mas agora se justificara pelo pretexto de deixar uma rede de reserva para eventualmente emprestar a um companheiro. Custódio se distraiu tanto com a atividade que até considerou a hipótese de passar a participar de umas pescarias no canal do Jardim de Alá, acompanhando um amigo da roda de samba, que volta e meia o chamava. Tinha de reconhecer que fazia muito tempo que não passava umas horas tão agradáveis.

Outros efeitos foram mais sérios. O principal foi que Custódio conseguiu a informação que fora buscar: ficou finalmente sabendo da situação que levara Agenor a requerer aposentadoria parcial, proporcional ao tempo que trabalhara, quatro anos antes da integral a que teria direito se esperasse um pouco mais.

— Eu fiquei com medo, Custódio. Achei que aquilo podia acabar muito mal. Em briga, agressão, até em morte, Deus me livre. Meu filho é muito esquentado, vive se metendo em briga feia. Anda com uma turma que tem um pessoal meio da pesada. Se ele ficasse sabendo e resolvesse ir tomar satisfações... não gosto nem de imaginar.

Mas essa revelação só veio no fim do dia, no bar. Durante a pescaria mesmo, os dois amigos não tinham falado do assunto. A maior parte do tempo, ficaram calados. Conversa atrapalha nessas horas. No máximo dá para trocar umas frases soltas de vez em quando. Um comentário aqui, outro ali:

— Essa é a hora boa da maré. O sujeito tem de conhecer e saber aproveitar.

— Mas você conhece tudo.

— Tudo não. O cara tá sempre aprendendo. Mas também sempre muda o que a gente já sabia. Aí não adianta mais, tem de aprender de novo.

O que podia mudar na água verde que refletia o céu azul? Na superfície onde os raios do sol batiam e voltavam na cara dos pescadores, ofuscando o olhar? Tudo isso parecia imutável, desde o tempo dos Tupinambás, aqueles primeiros habitantes da região que tinham deixado sua marca por ali em todo canto, pelo que Agenor comentara mais cedo. Todo orgulhoso e compenetrado em seu papel de anfitrião, fizera questão de contar o que sabia da história local. Aquele lugar fazia parte do início mais remoto do Brasil: a primeira feitoria fora ao lado, em Cabo Frio. Era uma região de muitas riquezas históricas. O pequeno museu municipal estava cheio delas. E havia ainda os sambaquis, verdadeiros tesouros arqueológicos. Mais antigos ainda. Coisa da pré-história.

Custódio se lembrava da conversa que tinham tido na véspera, na varanda da casinha de Agenor, pouco depois de ele ter chegado para o fim de semana. Diante desse acúmulo de história, somado com as recordações de infância do amigo, era evidente que a cidade mudara muito. Estava cheia de hotéis, tinha calçadão, quiosques, automóveis, montes de turistas trazendo seus esportes de nomes em inglês e velas de náilon em cores vivas. Mas a pesca? Os peixes? O vento? Como é que essas coisas iam mudar? Estavam ali desde que o mundo é mundo.

— Construíram muita casa nova. Todas essas vilas aqui em volta da lagoa cresceram demais. E todo mundo jogava tudo nessa água: esgoto, sujeira, todo tipo de lixo. Teve um tempo em que a água ficou suja e o canal era tão assoreado que a lagoa nem se comunicava mais direito com o mar. Quase acabou a pesca. Mas agora parece que melhorou. Limparam, dragaram, estão revitalizando o canal. Está dando até tainha, outra vez. Se a gente der sorte...

— Tomara... às vezes parece que as coisas só mudam para pior.

Silêncios. Água clara, brisa boa. Velas coloridas ao longe, deslizando no espelho líquido. Dois amigos pescando. Os gestos simples com os quais Custódio se atrapalhava, sem prática, mas entre os quais Agenor estava à vontade, como se caminhasse em casa de olhos fechados.

— Já vi muita mudança por aqui. Quase tudo para pior. Só algumas foram boas. Mas este lugar, para mim, é uma vida inteira. Eu venho aqui desde pequeno. Com meu pai. Pescar com ele e com meu avô, pai dele. Os dois nasceram e se criaram aqui, no tempo em que isso tudo era só uma vila. E depois que meu pai se mudou para o Rio, a gente vinha passar o fim de semana na casa da família dele.

Agenor deu uma boa risada e contou:

— Eu me lembro de uma vez que aconteceu uma coisa engraçada. Eu era menino, estava pescando com os dois. E mais meu primo, que tinha mais ou menos a minha idade. Meu avô usava dentadura. Na hora de pescar, quando ele prendeu o fio da tarrafa entre os dentes para jogar a rede, alguma coisa deu errado, a linha não se soltou da boca, e a dentadura dele foi junto.

Custódio riu, mas também ficou com pena.

— Coitado! Uma cena dessas a gente não esquece mesmo.

— Pois é — concordou Agenor, rindo também com a lembrança. — E nós ficamos mergulhando e procurando, pra ele não voltar banguela pra casa e ainda tomar aquele prejuízo de ter que comprar uma dentadura nova.

— E deu para achar?

— Claro. Naquele tempo, era uma água limpa, clarinha, transparente, sem onda. Quando não tinha vento, ficava um espelho, até parecia que se alguém mergulhasse podia se cortar. Isso até hoje é assim. E a gente estava no raso. Tinha muitos lugares em que dava pé até para nós, meninos. Como o fundo da lagoa é quase todo de caco de conchas, branquinho, sem lodo, facilitava. Uma maravilha. A gente adorava. Quando as férias acabavam, ninguém queria ir embora. Era uma choradeira na hora de voltar para o Rio.

Dava vontade mesmo de ficar. Custódio entendia o amigo que largara tudo para escolher essa vida. Bem longe daquele clima que ele estava vivendo na repartição. Mas por que não tinha esperado um pouquinho? Ganharia mais. Teria vindo com o dinheiro integral da aposentadoria, todo mês. Por mais que quisesse descansar, era um sujeito sadio e não era tão velho. Ainda tinha muito gás, disposição para trabalhar. Tanto assim que até abrira uma vendinha e agora era comerciante, para não ficar à toa. Não precisava parar de trabalhar logo, largar um emprego bom, estável.

— Boas lembranças... — comentou, ao mesmo tempo fazendo uma tentativa de puxar o assunto que o interessava. — Foi por isso que você se aposentou mais cedo?

— Não — foi a resposta seca.

Só após uma longa pausa foi que Agenor completou:

— Mais tarde a gente conversa.

As evocações e explicações se estenderam depois, na varanda do bar. Pescaria encerrada, os dois foram tomar uma cervejinha. Com sardinha frita, de tira-gosto.

A brisa forte assoviava nas casuarinas. No primeiro momento, Agenor ainda divagara sobre os velhos tempos. Lembranças duras. O pai tivera a chance de estudar e escapar ao destino do avô — as salinas que gretavam e feriam os pés, o dia todo metidos na água salgada. Benção e maldição da economia de todo aquele lugar entre lagoas e restingas. Os moinhos de vento, rodando para dar força às bombas que ajudavam a secar a água dos quadrados molhados que forravam a paisagem. As montanhas de sal, erguidas pela força dos braços trabalhadores, de gente que ia perdendo a visão dia a dia, para aquele sol que reverberava no branco e cortava o olhar feito faca.

— Por isso meu pai quis sair daqui, melhorar de vida. E depois, quando teve filhos, obrigou todo mundo a estudar.

Fez uma pausa, pediu outra cerveja e suspirou:

— A gente sempre quer mesmo melhorar a vida dos filhos. E quando eles já estão crescidos e não dá mais para se meter, o sujeito pelo menos deve tomar cuidado para se recolher e não atrapalhar. Foi isso que eu fiz.

Nova pausa e anunciou o que se repetiria durante toda a conversa, quase como um estribilho a pontuar seu relato difícil:

— Por isso é que resolvi me aposentar. Aquilo podia acabar muito mal.

Começou então a contar uma história meio confusa e quase inacreditável. Pelo menos, para alguém que não o conhecesse havia tempo e soubesse que não estava inventando. Mas evidentemente verdadeira para alguém como Custódio, que com ele partilhara o serviço na repartição onde ambos trabalharam durante tanto tempo. E que ultimamente vinha sentindo no ambiente de lá uma atmosfera opressiva em tudo semelhante ao que Agenor narrava.

Os detalhes não importavam muito. Custódio sabia que o amigo tinha chefiado o setor de manutenção. A supervisão da limpeza também ficava por conta dele. Era um serviço bem de rotina: fiscalizar o que os outros faziam, providenciar consertos e acionar a assistência técnica quando necessário, tomar conta de um fluxo de pequenas providências para garantir que as coisas funcionassem bem.

Os problemas começaram quando a nova direção resolveu implantar um sistema de coleta seletiva de lixo. Como era preciso separar lixo orgânico do que fosse reciclável, aumentou muito o número de cestas de lixo. E precisavam ter cores diferentes, de acordo com o que se jogava nelas, para já facilitar o trabalho de depois juntar tudo, de acordo com o material, em grandes sacos plásticos que seriam encaminhados posteriormente para destinos diversos. Plástico, metal, papel, cada coisa seria aproveitada de uma maneira — mas aí já não era mais com ele. A própria firma que recolhia os detritos se encarregava disso. Sua função era apenas preparar tudo, ensacar o já selecionado e deixar separado.

Parecia muito simples. E seria, se os funcionários da repartição colaborassem e realmente jogassem cada coisa no recipiente certo. Mas Agenor logo reparou que, por mais que se pedisse, sempre vinha algum material misturado. Ele tinha assistido a uma palestra sobre a importância de evitar essa mistura, quando o departamento de recursos humanos promoveu um programa de preparação do pessoal para a implantação da reciclagem. Estava cumprindo suas obrigações, com cuidado. Mas nem todos faziam sua parte. E como chefe da área, ele se sentia responsável.

Quando era possível, dava uns toques de leve, no caso dos funcionários mais subalternos ou com quem tinha mais intimidade. Mas não podia chamar a atenção dos mais graduados. Ficava constrangido, não se sentia à vontade. Então acrescentou uma tarefa a suas atribuições: conferir o lixo todos os dias, para ver se havia muita mistura, e separar o que estava fora de lugar. Principalmente papel, era o que mais havia por lá, e o pessoal jogava muito na caixa errada — talvez porque se confundissem, talvez porque encontravam as outras cheias. Ele não se metia nisso, não era de sua conta descobrir por quê. Só precisava era separar. E todo dia, passou a pegar os papéis que vinham fora do lugar e a jogá-los nos sacos adequados. Mesmo que, para isso, precisasse voltar para casa um pouco mais tarde. Só queria deixar o serviço bem feito, tudo direitinho, sem acumular para o dia seguinte.

Uma vez, quando estava no meio dessa atividade, o novo diretor entreabriu a porta e o viu lá dentro, com uns papéis na mão. Deu uma bronca monumental, disse que não acreditava na explicação que ele estava dando, começou a perguntar a mando de quem ele estava fazendo aquilo. Agenor não entendeu nada, gaguejava, pedia desculpas, não sabia a razão de tamanha descompostura. O sujeito o chamou de mentiroso, disse que não queria ninguém ali depois do expediente, mandou que ele fosse embora imediatamente.

Mesmo sem fazer ideia de qual podia ser a razão para tanta zanga, Agenor obedeceu. Imaginou que o sujeito tivesse medo de que ele depois fosse querer cobrar hora extra, entrar com processo trabalhista, essas coisas. E passou a ter o maior cuidado para não ficar depois da hora. Mas continuou a zelar pela separação minuciosa do lixo, mesmo que isso significasse que ele tinha de tratar dos detritos pessoalmente. Só que procurava não extrapolar seu horário. E não pensou mais no assunto. Até mesmo porque começou um outro problema nessa ocasião. A Betinha, filha dele, tinha ido um dia até a repartição, para levar o resultado de um exame médico da mãe, que ela fora buscar para ele não ter de sair no meio do trabalho. Os funcionários mais velhos a conheciam desde criança — como tinham acompanhado o crescimento de Jorge e Edu, filhos de Custódio. De vez em quando, numa comemoração qualquer, as famílias se encontravam. Mas os mais novos nunca tinham visto aquela morena bonita que ele saiu apresentando, todo orgulhoso, de mesa em mesa. E daí a mais alguns dias, começaram a fazer brincadeiras. De início, só sobre a beleza da Betinha. Depois, foi ficando diferente. E um dia, o Palhares, que era o melhor amigo dele lá dentro, veio conversar, todo cheio de dedos, dizendo que era para ele ficar de olho na filha, porque estavam dizendo na repartição que ela tinha sido vista numa boate esquisita, com um sujeito mais velho, na mesma mesa que umas garotas de programa. Que dois colegas tinham visto. Que o dever dele, como amigo, era alertar, a menina podia estar se metendo com más companhias. Dava todos os detalhes: o que estavam fazendo, o nome da boate e até a referência do dia — numa esticada boêmia depois do churrasco de confraternização de fim de ano a que quase todos tinham ido, inclusive o próprio Custódio, mas ao qual Agenor preferira não ir, para ficar em casa com a mulher que estava adoentada.

13

Mila ouvira toda a conversa com atenção. Estava achando muito interessante. Valera a pena ter aceitado o convite do embaixador e ficado mais algum tempo com eles, enquanto Felipe discutia com o avô os assuntos da pesquisa para o tal roteiro em que estava trabalhando.

Ela nunca tinha ouvido falar em nada daquilo. É claro que estudara um pouco de história do Brasil e sabia que Artur Bernardes fora presidente na década de 1920. Tinha também uma vaga ideia de ter ouvido referências ao fato de que esse foi um período conturbado: ele tivera dificuldades com os militares e governara o tempo todo sob estado de sítio. Mas sua impressão era de que naquela época era sempre assim, toda hora tinha alguma coisa, ainda havia muitos problemas vindos desde o início da república. E o exército se metia muito, mesmo. Porém nunca tinha ouvido falar nesse episódio das "cartas falsas" que agora era evocado na conversa de Vilhena com o neto.

— Fui lá pesquisar no centro de documentação da Fundação, como você sugeriu — contava Felipe ao avô. — Realmente, eles têm muita coisa. Me mostraram até um manuscrito do próprio presidente, negando a autoria das tais cartas. E vi também um exemplar do jornal que publicou com destaque, na segunda página, a reprodução de uma delas. E um editorial veemente, intitulado "Injurioso e Ultrajante". Logo o *Correio da Manhã*... Um jornal que eu sempre ouvi dizer que era sério, respeitável. Papai sempre falou que a reação do *Correio* ao golpe militar de 64 foi digna e corajosa, em defesa da democracia.

— Pois é... Pra você ver como se fazem essas coisas. Mas vou corrigir um detalhe no que você disse; nessa ocasião, Bernardes não era presidente, era só candidato.

— Tem razão, eu me confundi. Ele só iria ser eleito em março de 1922. Ganhou a eleição apesar das cartas, e a denúncia foi de outubro de 1921. Mas perigou muito não se eleger, por causa delas. E a crise deixou reflexos por todo o período em que ele governou.

Mila aproveitou a pausa e perguntou:

— Mas, afinal, que cartas eram essas?

— Eram uma bomba para acabar com a candidatura dele, então governador de Minas. Um golpe audacioso. O jornal publicou o artigo e uma carta num dia, outra no dia seguinte, e foi por aí afora, num crescendo — explicou Felipe. — Elas ofendiam o exército, injuriavam o ex-presidente (e militar) Hermes da Fonseca, insultavam Nilo Peçanha, que era o outro candidato à presidência, e na carta era tratado como "moleque capaz de tudo"...

O embaixador interrompeu:

— Aí há um detalhe. Acho que, nesse caso, valeria lembrar as conotações racistas desse termo, *moleque*. Nilo Peçanha era mulato. Mestiço, como foram outros presidentes. Só que diferentemente do que ocorre nos Estados Unidos, o Brasil não tem o hábito de anular um dos lados que compõem essa mestiçagem e se referir a um mulato como sendo negro. Tanto que nunca mencionamos Nilo Peçanha como presidente negro. Não temos essa noção de que basta uma gota de sangue africano para caracterizar a negritude, de forma a apresentá-la como um defeito irremediável (antigamente para certos setores da sociedade) ou como motivo de orgulho (hoje em dia). Nossa tendência cultural é ver o mestiço como exemplo de uma mistura. Como mestiçagem mesmo. Mas é claro que isso não é sinônimo de falta de preconceitos, é só uma diferença. Há gente racista em todo canto. Ainda mais naquela época, ainda próxima de teorias pseudocientíficas sobre pretensas superioridades raciais. Os comentários atribuídos a Bernardes na carta apócrifa eram, evidentemente, racistas. Além de ofensivos. E provocadores com os militares. As cartas forjadas pretendiam indispô-lo com vários setores ao mesmo tempo, do exército aos partidários de Nilo Peçanha, passando por todos os não racistas.

— Os termos usados nas cartas são incríveis, com aquela veemência de jornal sensacionalista que se usava na época. Cheia de "orgias" e "canalhas" e palavras assim... — lembrou Felipe.

E deu mais detalhes. As cartas eram manuscritas, em papel timbrado do gabinete do governo de Minas. Numa letra parecida com a do governador. Desde o começo, Bernardes negou sua autoria. Havia contradições de datas, tudo era suspeitíssimo. O *Jornal do Comércio* não quis publicar e fez uma denúncia pública da manobra. Mas o *Correio* nem quis saber, o que leva alguns estudiosos a achar que o jornal era cúmplice ou incitador da fraude. Formou-se uma comissão de inquérito, composta por pessoas ligadas aos inimigos de Bernardes, e ele foi suficientemente ingênuo para aceitar — apesar dos conselhos do presidente Epitácio Pessoa, para que não o fizesse. A comissão recorreu a pretensos especialistas em grafologia que "atestaram" a autenticidade das cartas. Aí mesmo é que o *Correio da Manhã* subiu o tom da sua campanha. Passou a atacar o candidato como corrupto. Não adiantou nada o Clube Militar ter examinado as cartas e chegado à conclusão de que eram uma fraude e todo o episódio era uma infâmia. A campanha continuou. Nem foi levada em conta a declaração de peritos estrangeiros, da Itália e da Suíça, mostrando que a autoria não era dele. O jornal ignorou tudo isso enquanto quis, alimentando debates na Câmara e no Senado e declarações de juristas famosos. Só se calou quando, já depois da eleição de Bernardes para a presidência, os falsificadores confessaram a fraude, registraram sua confissão em cartório e deram provas abundantes de que tinham mesmo forjado os documentos mas, dessa vez, estavam dizendo a verdade...

— Depois, na presidência, Bernardes se vingou: fechou o jornal e deixou-o sem circular durante alguns meses, assim que teve um bom pretexto — explicou Vilhena. — De vítima a carrasco em pouco tempo. O mundo dá voltas.

— Eles têm um material fantástico lá na Fundação. Muita coisa vai ser útil para o filme, e não só para esse caso dessas cartas falsas.

— Muita coisa? Outros casos? — estranhou Mila.
— Como assim? Eles não são especialistas em documentos sobre a história recente do Brasil? Você está me dizendo que há muitos episódios assim na nossa república, acontecidos nos últimos anos?

— Muitos, muitos mesmo. Eu nem imaginava.

O embaixador completou:

— Provavelmente, só a ponta de um iceberg, porque deve haver outros tantos desconhecidos. Quando a gente começa a lembrar e listar, parece um poço sem fundo. Difícil escolher só alguns. Deve ser uma marca da maneira brasileira de fazer política.

14

A história que o amigo foi contando, na conversa de volta da pescaria, ia muito além do que ele dizia. A cada detalhe, algo contribuía para aumentar o mal-estar de Custódio, confirmando-lhe sensações conhecidas, semelhantes às que estava vivendo no Instituto, mas ainda difusas e sem clareza.

Em primeiro lugar, veio o choque de Agenor diante daquela intriga absurda sobre sua filha. Não só tinha total confiança no juízo e no comportamento de Betinha, mas tinha certeza de que ninguém podia tê-la visto em nenhuma mesa de boate na noite do tal churrasco de confraternização. Por duas razões. A primeira era que, a poucas semanas do casamento e ocupada com os preparativos, a filha mal encontrava as amigas e não sairia de noite com um bando de gente sem que o noivo fosse junto. A segunda tinha a ver com a exatidão da data. Agenor se lembrava muito bem de que não fora a esse churrasco porque a Marilena tivera uma intoxicação alimentar. Por isso, ele e a filha tinham ficado o dia inteiro e a noite a seu lado, revezando-se no atendimento a ela. Primeiro, em casa. Depois, de madrugada, no hospital para onde levaram a mulher quando precisou tomar soro e fazer uma reidratação. Em seguida, assim que ela melhorou e teve alta, a moça continuou cuidando da mãe. Sem sair de perto um instante. Logo que puderam, as duas foram para Araruama descansar um pouco, emendando com o fim de semana seguinte. Betinha até faltara ao trabalho uns dois dias. Não podia ter tido qualquer noitada em boate nessa ocasião. A mãe estivera com ela o tempo todo.

Agenor tinha certeza absoluta de que o Palhares lhe contara uma mentira. Mas tinha quase a mesma certeza de que o outro não inventara aquilo, estava apenas repetindo algo que ouvira e que corria entre os colegas no serviço. Eventualmente, se poderia até admitir que um dos funcionários mais novos tivesse se enganado e confundido a moça com alguém parecido, ao garantir que ela estava naquela companhia no tal lugar — afinal, os recém-chegados à repartição só a tinham visto uma vez. Mas aquele detalhe de que a falsidade fosse garantida por duas testemunhas... De jeito nenhum. Era inconcebível. Mentira pura e descarada. Mais que isso, combinada e envolvendo mais de uma pessoa. Os tais colegas anônimos que Palhares se recusara a identificar, dizendo que não era dedo-duro nem queria fazer fofoca. Queria só dar um toque. Para o pai da moça, velho amigo, ficar sabendo. Nem lhe passara pela cabeça que podia não ser verdade.

Quer dizer, a história corria sem que ninguém duvidasse. E alguém a inventara de propósito. Por quê?

Ouvida a intriga, Agenor primeiro resolveu ficar calado por uns tempos, fingir que não sabia de nada. Por um lado, isso atendia ao pedido do Palhares, a fim de não expor o amigo como fofoqueiro. Mas, por outro, lhe permitia observar todo mundo no trabalho.

Só que não teve tempo para esmiuçar muito aquela história. Logo surgiu um fato novo.

Entre os papéis recolhidos no lixo, fora da cesta onde deviam ter sido postos, havia umas folhas soltas, com anotações impressas dos compromissos de uma agenda. Horários e nomes, eventuais endereços, um ou outro número de telefone. Entre eles, sublinhado forte, a indicação de um encontro num hotel com um deputado muito conhecido. E a observação ao lado, manuscrita: *acertar $$*. Impossível não ver. Aqueles cifrões se destacavam na folha, dançavam diante de seus olhos. Enquanto Agenor os olhava, perplexo, a secretária do chefe entrou correndo, perguntando por um papel que sumira de sua mesa, o vento podia ter tirado do lugar quando alguém abrira a janela, será que alguém recolhera e tinha jogado no lixo? Já procurara entre o resto da papelada, verificara no chão, não tinha achado, o diretor estava furioso, ele mesmo fizera umas anotações na folha, do próprio punho, e a pusera em cima da pilha... Ao ver o papel nas mãos de Agenor, levou um susto que não conseguiu disfarçar.

Quem disfarçou foi ele, ao lhe entregar o documento:

— Será isso aqui? Estou sem óculos, não consigo ver o que está escrito, não tenho ideia do que seja.

Ela fingiu que acreditou. Mas devia ter comentado alguma coisa, porque, a partir daí, as coisas pioraram muito. De imediato, o diretor chamou Agenor. Lembrou-lhe que não era a primeira vez que ocorria algo semelhante, ele já estava avisado, aquilo não seria mais tolerado.

— Primeiro, ele ficou me chamando de bisbilhoteiro e de X9. Me ameaçou, garantiu que ia descobrir para quem eu estava espionando. Perguntou muito. Mas eu não tinha mesmo o nome de ninguém para dizer, nem que quisesse. Ele falou que eu era *reincidente*. Repetia essa palavra a toda hora, como se fosse um crime. Disse que, se fosse no futebol, eu já tinha recebido um cartão amarelo, e na próxima ia ser expulso.

Daí a uns dias, depois que a secretária foi também transferida para algum outro lugar e nunca mais foi vista na repartição, quem veio falar com Agenor foi um assessor do chefe:

— Você nem imagina, Custódio. Uma conversa mole, sebenta, escorregando que nem sabão. Eu logo vi o que era. Ele perguntou de novo quem eu conhecia no ministério, quem me nomeara, a quem eu era ligado, imagine, como se eu andasse com esses bacanas. Parecia um interrogatório: se eu era cabo eleitoral de alguém, se nas eleições trabalhava para algum partido, se não tinha vontade de fazer uns bicos para o pessoal deles. Iam precisar, pagavam bem. Queria saber o que eu andava querendo para ficar calado, disse que eles podiam me dar uma força se eu esquecesse o que vi. Eu fiz de conta que não entendi, fingi que era um cara meio panaca, disse que não sabia do que ele estava falando, eu não tinha visto nada, não consigo ler sem óculos. Essas coisas. Mas me fiz de bobo até o fim e não topei aceitar dinheiro nenhum. Falei que o serviço regular já me cansava, eu não queria pegar mais nada para fazer...

A partir dessa recusa, a vida de Agenor na repartição começou a ficar insuportável de vez. Passou a ser repreendido a toda hora, humilhado por qualquer detalhe miúdo. E em poucos dias, somaram-se à intriga sobre Betinha outras fofocas apimentadas. Dessa vez sobre seu filho. Piadinhas sobre as preferências sexuais do rapaz. Insinuações a respeito de drogas — primeiro, uso; em seguida, tráfico. Boatos sobre prisões e ligações com bandidos.

Custódio bem que se lembrava vagamente de ter ouvido alguns comentários desse tipo, mas não lhes dera importância. Limitara-se a achar que eram mexericos de desocupados, fofoca de quem acabava de chegar à repartição e não sabia de nada sobre as pessoas que trabalhavam naquele andar. Não imaginara que alguém pudesse levá-los a sério. Nessa ocasião, andava recolhido e preocupado com seus próprios problemas: começava a perceber os primeiros sinais de que algo estranho andava acontecendo por ali, alguma coisa que fugia aos padrões e se destacava da rotina, no lugar em que trabalhara a vida toda, com tudo sempre igual. E não estava entendendo nada. Nem ao menos conseguira precisar em que área detectava algo esquisito. Apenas se isolava e tentava observar melhor o estoque guardado, os documentos que passavam por suas mãos, o material que entrava e saía do almoxarifado.

— Mas você não tentou esclarecer? Conversar com um de nós? — perguntou.

— Eu mesmo não sabia o que dizer, Custódio. Achei que primeiro precisava de um tempo para pensar. Mas não tive tempo nenhum. Bem nessa hora, parece que foi tudo acontecendo de repente. No dia em que eu resolvi que ia puxar uma conversa com o Palhares, ele recebeu a notícia de que ia ser transferido e ficou todo nervoso, arrasado, achando que estava sendo perseguido, lembra? Dois dias depois foi a vez do Vantuil, mandado para o depósito em São Cristóvão. E você andava todo trancado, reclamando que ia ser complicado trabalhar sem o seu auxiliar de tantos anos, e que um novo funcionário não ia estar acostumado nem conhecer o serviço... Lembra? Como é que eu podia conversar com alguém no meio desse tumulto?

Claro que lembrava. Foram dias pesados.

— Desculpe, Custódio, mas a saída do Vantuil te tirou do prumo mesmo. Você andava num mau humor que ninguém aguentava. Olhava todo mundo meio de banda. Rosnava quando alguém dava bom-dia. Parecia que ia pular no pescoço da gente de uma hora para outra por causa de um lápis ou canetinha... — explicou Agenor, quase rindo. — Eu lá ia chegar perto para comentar fofoca?

Foi a vez de Custódio esboçar um sorriso:

— Desculpe. Eu nem desconfiava que você pudesse estar precisando bater uns papos sobre esses assuntos. Também estava atravessando uns momentos difíceis lá no Instituto. Mas nem por isso resolvi me aposentar antes da hora.

— Pois é, mas acontece que então eu comecei a pensar nisso. E achei que era uma solução. A Betinha estava casando e saindo de casa. A Marilena e eu podíamos nos mudar para cá. Íamos ter uma qualidade de vida melhor. Tínhamos aqui a casa que havia sido do meu pai. Andara alugada mas estava vazia nos últimos tempos, o inquilino tinha saído. E como ele pagava uma merreca, o dinheiro que deixava de entrar não chegava a fazer muita diferença. Podíamos alugar meu apartamento no Rio e ter uma renda extra. Compensava. É pequeno, mas sempre dá alguma coisa. Bem mais do que a casa de Araruama rendia. Como disse o corretor, o mercado de imóveis carioca é em outro patamar.

— E sua mulher topou? Numa boa?

— A Marilena até ficou botando pilha, achando que era uma boa ideia, ela sempre adorou Araruama. E tinha acabado de se aposentar no Estado. Na verdade, eu acho até que foi ela quem veio com essa saída, só que nem desconfiava que fosse uma saída, eu nunca contei a ela essas histórias da repartição, acho que ela era capaz de morrer de desgosto. Mas andava muito animada com essa ideia de se aposentar, de nós dois termos mais tempo para ficar juntos, essas coisas. Nossa rotina estava mudando mesmo: ela ficava mais em casa bem na hora em que a última filha saía. Na cabeça dela, era uma vida nova. Começou a dizer que a gente podia abrir um comércio, e coisa e tal, eu fui me acostumando com esses planos. Acho que entrei de carona no sonho dela.

Custódio se lembrou de um provérbio que a mãe costumava repetir, do fundo de sua memória de menina criada na roça:

— Pelo jeito, ela atirou no que viu e matou o que não viu.

— Pois é... Hoje eu acho que fiz muito bem. Aquilo não podia acabar bem — repetia o amigo, ao concluir. — Se aquelas histórias chegassem aos ouvidos do meu filho, nem sei o que ele seria capaz de aprontar. Ele não é bandido, mas é brigão. Anda sempre metido em confusão. Vive com uma turma que gosta de resolver tudo na porrada. Assim que soubesse, ia querer tomar satisfação geral. Eu já era capaz de ver a cena: ele invadindo a repartição com outros caras, virando mesas, quebrando cadeiras, distribuindo socos e pontapés. E em seguida o pessoal da segurança entrando na briga, a polícia chegando, todo mundo na delegacia. Ia sobrar para quem? Para ele e para mim.

— É... A corda sempre arrebenta pro lado do mais fraco.

— Isso mesmo. Antes que isso acontecesse, achei melhor sair.

Custódio não tinha esse recurso. Ia ter de descobrir outra saída. O apartamentinho do Catumbi que Mabel herdara dos pais só dava despesa e não havia quem quisesse comprar. Não tinha casinha em Araruama para compensar. Nem vontade alguma de se aposentar. Queria mais era denunciar, abrir o bico, botar a boca no trombone.

Por isso estava ali agora, finalmente contando tudo ao Jorjão, abrindo o coração com o filho, tentando um encontro com um jornalista que nem conhecia mas que talvez pudesse ajudar a encontrar as provas necessárias para botar aqueles safados na cadeia.

15

Mais uma vez, Luís Felipe chegara antes que Mila acabasse a leitura. Mais uma vez, ela ficara depois da hora. Mais uma vez, Ana Amélia se juntara a eles ao trazer a bandeja com suco e cafezinho. Aquilo estava virando uma nova rotina.

Mas dessa vez, ao ajudar a servir o café, quando foi levar a xícara para entregar ao embaixador em sua poltrona, Mila esbarrou numa pilha de papéis meio desorganizada em cima da bancada da estante e derrubou tudo no chão.

Ana Amélia logo acudiu, tomando a xícara das mãos da moça e a levando para o marido, enquanto Mila e Felipe se abaixavam para recolher os papéis. Ao mesmo tempo, o rapaz viu a papelada espalhada e perguntou:

— Mas o que é isso?

Teve respostas desencontradas.

— Um convite para o show do Arraia Miúda na Lapa — disse Mila, recolhendo e lhe entregando um impresso que estava em cima de tudo. — Igual aos que Jorjão nos deu. Deve ser legal.

— O Jorge deve ter tirado as coisas de cima da escrivaninha quando foram fazer a fisioterapia e posto aí de qualquer jeito — explicou Ana Amélia. — Ultimamente ele às vezes faz isso. De vez em quando não arma mais a mesa de massagem e faz seu avô se sentar na escrivaninha para os exercícios.

— É que mudamos a série — disse Vilhena. — Uma vez por semana, não precisamos mais fazer nenhum exercício em que eu tenha de deitar. São só os alongamentos em pé e as flexões com peso. É melhor estar sentado num lugar alto. E a escrivaninha é ótima para isso: sólida, forte, de jacarandá, mais estável que aquela cama de armar estreitinha e alta que o Jorge chama de mesa de massagem e sempre me deixa com um pouco de receio de levar um tombo.

Olhando fixo para uma pasta de cartolina verde que acabara de recolher no chão, onde estava quase recoberta por outros papéis, deixando apenas ver a etiqueta manuscrita que chamara sua atenção, Luís Felipe tornou a perguntar:

— O que é isto aqui? Está escrito *Fragmentos*, na letra de minha mãe.

— São uns papéis soltos dela. Coisas sem importância — disse Vilhena.

— O quê, por exemplo?

— Umas anotações esparsas, bilhetes, uns trechos de citações que ela copiou de algum lugar, notas fiscais de compras, listas de compromissos, duas ou três fotos velhas... E algumas coisas de banco: cartões vencidos, carta de um gerente da conta em Paris, canhotos de cheques.

— Como é que eu nunca vi isso?

Mila percebeu que Felipe não estava apenas surpreso, mas seu tom de voz revelava que ficara um pouco sentido. Como se tivessem guardado dele um segredo da mãe. Aquele era um momento íntimo de família e ela não devia estar ali. Sentia-se sobrando, uma intrusa. Mas não podia simplesmente pedir licença e sair. Tinha que achar um pretexto sutil que lhe permitisse se retirar com delicadeza. E rapidamente, porque o mal-estar era crescente.

— São pedaços da vida da minha mãe — insistia Felipe. — Como é que vocês não me mostraram?

Houve alguma pequena hesitação no instante de silêncio em que o avô demorou a responder.

— Não sei... nenhum motivo em especial. Talvez distração, esquecimento.

— Uma coisa dessas não se esquece, vô.

— Não na sua idade, Luís Felipe. Na minha e com minhas preocupações de saúde, esqueço tudo. Mas você tem razão em nos acusar. É imperdoável, ainda que eu peça perdão. Minha culpa, minha máxima culpa.

O rapaz baixou o tom:

— Não, tudo bem, nada de mais. Eu não estou acusando ninguém. Só estranhei.

Ana Amélia estranhou também, em silêncio. Fazia semanas, talvez meses, que passara aquela pasta às mãos de Vilhena e este dissera que queria dar uma olhada antes de entregá-la ao neto. Por que não o fizera? Mas mesmo intrigada, veio em socorro do marido:

— Desculpe, Felipe, a gente não podia ter esquecido. Eu disse que ia dar isso a você, devia ter dado logo. Garanti a seu avô que ia lhe entregar, que ele nem se preocupasse com isso. Mas como ele quis olhar de novo, acho que eu entendi que ele mesmo se encarregava disso. E cada um ficou descansado, certo de que o outro já tinha cuidado do assunto. Coisas da idade, como ele disse. De qualquer modo, faz muito pouco tempo que isso está conosco.

— Pouco tempo? Como assim? De onde surgiu? Não estava aqui? Não veio de lá junto com todas as coisas dela? Meu pai já foi removido há anos, a mudança foi completa. Como é que isso não veio? Ou estava com ele?

— Não, parece que ficou para trás. Recebemos agora. Não entendi bem se estava no meio de umas roupas que seriam dadas e umas coisas que iam para o lixo, ou se estava caído atrás de um móvel.

— E só agora encontraram?

O tom de incredulidade era tão evidente que Mila se sentiu constrangida. Luís Felipe estava quase acusando abertamente os avós de estarem mentindo para ele. E ela não queria estar assistindo a essa cena. Não devia estar ali. Não precisava ficar.

Resolveu sair, mesmo sem sutileza alguma:

— Desculpem, mas eu hoje não vou poder ficar. Tinha me esquecido, mas tenho um compromisso. Até segunda.

Mal lhe deram atenção. O que não foi surpresa porque já contava mesmo com a possibilidade de sair de mansinho, quase se esgueirando para fora do escritório. Não contava era com a resposta de Felipe:

— Até segunda, não. Até logo mais... Quer ir ao show comigo? Te ligo mais tarde.

Mila nem sabia a que show ele se referia, porque o do Arraia Miúda era só na semana seguinte. Mas concordou, despediu-se rapidamente e foi saindo. Ao fechar a porta, ainda ouviu Ana Amélia explicar:

— Não, Felipe. Não encontraram a pasta só agora. Mas esteve perdida por lá durante muito tempo. Só nos entregaram há poucos dias.

Desta vez, Mila tinha certeza de que era mentira.

Notara o tom verde brilhante da cartolina em cima da escrivaninha de jacarandá desde a primeira vez em que entrara naquele escritório, ainda para a entrevista inicial com o embaixador, antes de começar a ler os jornais para ele. Com toda certeza, o próprio Felipe já passeara o olhar pela pasta algumas vezes, no meio de outros papéis. Só não lhe chamara a atenção. Até esse momento, ele não tinha reparado nem desconfiado de que fosse alguma coisa ligada à sua mãe.

Mas ela não tinha nada a ver com aquilo.

16

Jorjão não poderia dizer que estava sendo surpreendido. Afinal, sabia perfeitamente que alguma coisa estava sendo armada. Tinha falado com Túlio sobre o pai e combinado o encontro dos dois. Num gesto solidário, tinha até mesmo levado Custódio à redação onde seu cliente trabalhava. Lá, havia sido testemunha da primeira conversa entre eles.

Depois, durante alguns dias ainda acompanhou o desenrolar dos fatos — tanto pelos eventuais comentários do jornalista no decorrer de uma sessão de fisioterapia, quanto pelas novidades que o pai ia lhe contando em casa, agora que as confidências vinham mais fáceis, já que se quebrara a barreira entre eles. Sabia que, a partir das cópias de documentos que Custódio lhes passara, a televisão encarregara dois jovens repórteres de sair fuçando tudo que pudesse ter qualquer relação com aquele assunto, entrevistando gente, indo atrás de mais detalhes.

Mas no dia em que o programa foi ao ar, Jorjão não podia deixar de reconhecer que quase levou um susto. Jamais poderia imaginar que a denúncia ganhasse aquele destaque. Horário nobre, noticiário de prestígio, chamada no início do programa.

As imagens na tela falavam por si mesmas. Pilhas de material sem usar, quantidades inacreditáveis de equipamento que levariam anos para ser utilizadas — se é que seriam um dia. Endereços de fornecedores que não existiam, remetendo a empresas-fantasmas, que se apresentavam sediadas em lugares impossíveis de se localizar.

A câmera mostrava tudo. Aqui, um beco em que as casas não eram numeradas, ao lado de um valão onde esgoto corria a céu aberto, debaixo de um poste com um emaranhado de fios distribuindo ligações elétricas clandestinas. Ali, um parque sem nenhuma construção. Não podiam ser endereços de empresas fornecedoras de material. Eram locais abandonados, onde não havia ninguém. Mais adiante, finalmente, alguém: um morador humilde de alguma comunidade esquecida, que não tinha a menor ideia de que seu nome e identidade estivessem sendo usados como fachada para acobertar uma corrupção graúda.

O nome de Custódio não era mencionado, mas as incoerências reveladas pelos documentos guardados por ele iam sendo denunciadas. E as folhas das notas fiscais ocupavam a tela toda, com trechos em destaque, logo aumentados para chamar a atenção e permitir uma leitura melhor. Daí, passavam para os gráficos. E uns bonequinhos em desenho animado, com umas ratazanas guardando moedas num cofre, para explicar melhor como o bando agia. Não precisava ninguém entender como funciona um almoxarifado para ver logo que aquilo não batia, estava cheio de irregularidades absurdas. Desonestas. Um retrato claro de como a quadrilha fazia sua roubalheira. E mais os nomes de uns bacanas que apareciam aqui e ali. Com as explicações finais: o diretor Fulano de tal não retornou nossos telefonemas, a assessoria do deputado Beltrano explicou que ele está viajando e não pode dar entrevista mas enviou uma nota esclarecendo que deve haver algum engano pois ele não tem qualquer relação com esse assunto. E nem mesmo conhece esse diretor. A frase ficou escrita na telinha. No fundo, uma foto dos dois sozinhos, rindo numa mesa de restaurante à beira do lago de Brasília.

Por enquanto, tinha sido apenas uma boa reportagem num noticiário de televisão. Mas já se anunciava que ia ser aberta uma investigação. Será que então ouviriam também o Agenor? Será que ele contaria sobre o papel que estivera em suas mãos, com o nome do deputado na letra do diretor, seguido de \$\$\$? Será que alguém conseguiria entrevistar e localizar a secretária afastada por ter deixado aquele papel ao alcance de olhos indiscretos?

Jorjão sabia que o pai não tinha falado nada disso com Túlio. Só dera as primeiras indicações sobre o que tinha observado e passara ao jornalista as cópias dos documentos. Tudo o mais tinha sido investigação da reportagem. Tinha certeza de que Custódio jamais iria quebrar a confiança de Agenor e sair contando o que o amigo lhe revelara. Mas pelo pouco que conhecia do outro, imaginava que a essa altura ele também estaria pensando em abrir o bico e passar também algumas informações, ao ver o assunto na televisão. Era fácil. Não precisava aparecer nem se expor. Era só contar o que sabia e mencionar a existência da secretária.

O resto ficaria por conta dos repórteres. Descobrir o nome dela, seu endereço, investigar o que fazia, convencê-la a falar, apurar as ramificações daquela história. Com certeza falaria. Quem é que ia perder uma oportunidade daquelas para se vingar de uma demissão e ainda aparecer na televisão, nos jornais e revistas? A partir daí, era só se produzir para dar entrevista e ficar famosa. Com uma boa fama: a de quem defende o dinheiro do povo e ajuda a combater esses salafrários corruptos e suas maracutaias. Uma pouca vergonha. Talvez ela tivesse até guardado umas cópias de recibo de depósito bancário. Ou uma agenda velha. Ia ser fácil convencer todo mundo de que ela não tinha culpa nenhuma, era uma assalariada, estava só cumprindo ordens do chefe. Mas, se administrasse bem a chance que a vida lhe dava, podia se dar bem. Jorge não a conhecia, não sabia que cara (e que corpo) a mulher tinha. Mas sabia que, na certa, ela ia falar. Até mesmo para se dar bem com isso. Com sorte, se ela fosse uma baranga podia acabar se candidatando a vereadora pela oposição. E se fosse uma gata gostosona, ia logo ser convidada para posar pelada para um site ou uma revista masculina. Mesmo se não fosse tão gata nem tão gostosona, para que existe Photoshop? Podia até ser contratada para alguma coisa na televisão. Por exemplo, ser assistente em algum sorteio, sorrindo e levando a bolinha da loteria para o apresentador ver. Nem precisava decorar papel. Ou ser uma daquelas bailarinas que ficam fazendo figuração no fundo do palco em programas de auditório. Claro que ela ia falar, contar o que sabia e até o que não sabia. Uma chance daquelas podia ser um bilhete premiado para o sucesso.

Sentado na poltrona da sala, ao lado dos pais e da avó no sofá já meio velhinho e puído nos braços, enquanto entravam os comerciais ao final daquele bloco de notícias, Jorjão se surpreendeu quase sorrindo com aqueles pensamentos, viajando por onde a imaginação o levava. Também tivera sua participação para que aquela denúncia chegasse a esse ponto. E se sentia bem, agora, vendo a satisfação do pai:

— Agora esses caras vão ver o que é bom para a tosse. Pensavam que iam levar tudo assim na mão grande? Que a gente era tudo um bando de otário? Que ninguém ia ver? Ninguém ia reclamar?

Custódio comemorava, de pé, indo em direção à cozinha. Era um momento de alívio, depois de muito tempo de aflição e agonia.

Voltou com duas latinhas de cerveja, abriu uma, passou a outra para o filho. Perguntou a Mabel:

— Vai querer uma também?

— Não, obrigada — disse ela, se levantando.

Jorge estranhou aquela falta de entusiasmo das duas mulheres. Custódio também. Tanto que já perguntava:

— Algum problema?

Mabel acariciou a cabeça dele, como se faz com uma criança:

— Não, meu bem. Nenhum problema. Estou só indo buscar umas empadinhas na cozinha.

— Você não me engana. Não gostou do programa. O que foi?

— Não é que eu não gostei. Fico muito orgulhosa de você, Custódio. Você foi muito corajoso. Mas fico também um pouco preocupada, com medo. Por sua causa. Essa gente é capaz de tudo.

E a avó completou:

— Você devia ter tido mais cuidado, meu filho. Não precisava ter se mostrado.

— Mas eu não me mostrei, mãe...

— Se mostrou, sim. Só um vulto escuro sem aparecer a cara, com aquela voz de taquara rachada para disfarçar, mas se mostrou.

Jorjão achou graça. Só mesmo a avó para chamar de "taquara rachada" aquela distorção eletrônica que os produtores do programa tinham usado para não permitir a identificação do entrevistado.

— Claro que se mostrou, meu bem — concordou Mabel. — Quem te conhece pouco pode ter ficado sem saber quem era. Mas todo mundo na repartição a esta altura já sabe. Você é que chefia o almoxarifado, que tem acesso a essas notas, que sabe como se gasta ou se guarda todo esse material... É claro que só pode ter sido você.

— E esse teu jeito de endireitar um pouco os ombros antes de falar uma coisa importante... Pode ser um vulto, mas quem te conhece e vê esse gesto logo sabe que é você. Desde pequenino você faz isso. Igualzinho a seu pai.

Só aí Jorjão se deu conta de quanto a avó estava perturbada com aquilo. Poucas vezes na vida a ouvira falar no marido. Nunca vira um retrato do avô. Ela dizia que lá na roça, de onde ela veio, não tinha retratista. E ficara viúva muito cedo, quando Custódio ainda era bebê. As referências a esse tempo eram esparsas e por vezes contraditórias. Deviam ser lembranças muito dolorosas de uma vida dura. Com a idade, iam ficando misturadas. Às vezes ela recordava que viera para o Rio, grávida, com o marido caminhoneiro que queria se instalar na cidade grande. Ele ficou indo e vindo, trouxe uns móveis e uns trecos, começou a montar a casinha no Catete onde a família morava até hoje. Chegou a abrir uma pequena transportadora, estava cheio de planos, queria organizar os caminhoneiros numa associação. Mas de repente, veio o acidente com o caminhão. O marido morreu e ela ficou trabalhando de empregada doméstica para criar o menino, até conseguir comprar a máquina de costura com a qual varara noites para conseguir pagar as contas e não perder a casa. Outras vezes ela se atrapalhava, se confundia, contava que o marido gostava de brincar com o filho quando ele começou a andar, buscar a criança na creche antes que ela chegasse do trabalho — e então parecia que ela já estava num emprego antes de ele morrer. De qualquer modo, a felicidade familiar não durara muito. E o fato é que ela evitava falar nele.

Ouvir essa referência surpreendeu o neto, que de repente se deu conta da possível evolução daquela denúncia. Por mais cuidado que a produção do programa tivesse tomado, era bem provável que muita gente reconhecesse o pai, após vê-lo no noticiário. Podia ser que a comemoração de hoje virasse um problemão amanhã. Aquilo podia ser só o começo de uma avalanche. Começou a se perguntar se a mãe e a avó não teriam uma certa dose de razão em suas preocupações.

A frase também teve algum efeito sobre Custódio, que repetiu:

— Meu pai?

Mas antes que alguém pudesse dizer mais alguma coisa, o telefone tocou. Era o Agenor. O primeiro chamado de uma série que ia manter todos acordados até tarde naquela noite. Ligaram o Palhares, o Vantuil, até a dona Guiomar e o marido. E mais uma porção de vizinhos e amigos que não tinham nada a ver com a repartição mas tinham reconhecido Custódio e queriam dar os parabéns, na base do:

— Aí, hein? Na televisão...

Pelo visto, as duas mulheres tinham razão. Muita gente o identificara. Para não falar dos que não se manifestaram.

Estava só começando.

17

O embaixador Soares de Vilhena esticou o pescoço e recostou a cabeça para trás, apoiando-a no espaldar alto da poltrona *bergère*. De olhos fechados, soltou todos os músculos e se deixou ficar, relaxado. Só não dispensara o Jorge porque notava no próprio corpo que as sessões de fisioterapia lhe estavam fazendo muito bem. Já movia as articulações com mais facilidade. As dores no joelho tinham diminuído tanto que por vezes chegava a passar um dia inteiro sem se lembrar delas.

Não fazia o menor sentido ficar sem fazer os exercícios. Por isso acabava de dedicar a eles uma hora de seu tempo.

Mas preferira telefonar para Camila e pedir que nessa segunda-feira a moça não viesse ler para ele. O cancelamento tinha a vantagem extra de facilitar o pedido principal: que ela ligasse para Luís Felipe e avisasse que essa atividade estaria suspensa. Preferiu não falar diretamente com o neto nem encarregar Ana Amélia dessas providências. Ela também merecia ser poupada. Mas o fato é que não tinha qualquer vontade de que o rapaz aparecesse em sua casa nessa manhã. Sabia que ainda não estava pronto para voltar ao tema que lhes causara tanto mal-estar da última vez: a tal pasta de cartolina verde que fora de Cecília.

Ficara muito irritado com a impertinência de Luís Felipe.

Como podia o neto ter se permitido aquela ironia acusadora? Praticamente insinuara que os avós tinham se apropriado de alguma coisa importante que pertencera a sua mãe. Como se eles fossem capazes de um ato dessa natureza. Ora, onde já se viu uma coisa dessas? Em primeiro lugar, eram pessoas íntegras. Além do mais, Cecília não era apenas a mãe de

Felipe, mas também a filha deles, subitamente morta por um colapso cardíaco, muito antes do que seria de se esperar. Uma dor sem tamanho nem medida. Pais não devem ter de enterrar filhos. Não é da ordem natural da vida. Tinham tanto direito quanto o neto àquele gesto de saudade e carinho, de mergulhar na intimidade dos papéis dela, quantas vezes quisessem e pelo tempo que quisessem, buscando reencontrá-la um pouco.

A insinuação de Luís Felipe não fora apenas desrespeitosa e inconveniente, mas um acinte quase ofensivo. Merecia não passar em branco. Era justo que agora deixasse o rapaz por alguns dias exilado de seu convívio.

— Mila está atrasada.

Vilhena não percebera que Ana Amélia estava no escritório e já depositava uma bandeja sobre a escrivaninha.

— Ela hoje não vem.

— Aconteceu alguma coisa? Ela telefonou avisando?

— Não. Eu mesmo a dispensei.

— Como assim?

— Como se fazem essas coisas, ora! Peguei o telefone, apertei as teclas, compus o número, falei com ela.

— Você mesmo? Em pessoa? Procurou o número e ligou? Sem pedir ajuda a ninguém?

— Por que o espanto? Pensa que não sou capaz? Só porque tive secretária toda a vida? Acha que não enxergo mais nada, nem para dar um telefonema? Até pelo tato um cego encontra as teclas.

— E simplesmente a dispensou? Para sempre? Ou só por hoje?

— Para que tantas perguntas, posso saber?

Ana Amélia conhecia perfeitamente o mecanismo. Quando ele não queria responder, invertia o processo e passava a interrogar o interlocutor. Uma maneira eficiente de não dar satisfações e, ao mesmo tempo, mostrar quem mandava ali. Para chegar a esse ponto, era preciso que estivesse muito perturbado. E ela imaginava por quê: a cena com o neto na semana anterior. Vilhena não falara mais nisso, mas passara o sábado e o domingo caladão e resmunguento.

Suspirou. Ia ser difícil. Mas sabia que não dava mais para adiar. Sentou-se no braço da poltrona, de frente para o marido, alisou-lhe o rosto numa carícia leve e disse:

— Há muito tempo nós precisamos conversar sobre isso, Manu. Acho que chegou a hora. Quanto tempo temos? Você também dispensou o Felipe ou temos o risco de que ele de repente entre pela porta adentro e nos interrompa?

Num gesto de impaciência, Vilhena afastou o braço dela:

— Levante daí. Pode quebrar o braço da poltrona.

— Deixe de bobagem, meu querido. Esse móvel aguenta muito mais do que isso e nós sabemos.

Ele não podia distinguir o rosto dela, quando Ana Amélia se levantou, lhe deu as costas e foi até a porta. Só percebia o vulto. Mas era capaz de apostar que estava com aquele meio sorriso contido, que reservava para ocasiões cúmplices, em que ninguém mais além dele conseguiria descobrir um fiapo de humor. Teve um movimento de irritação sobressaltada. Será que agora Ana Amélia ia bancar a ofendida e sair do aposento?

A hipótese o surpreendeu. Ela não era chegada a fazer cenas. Nem a vir com essas piadinhas evocadoras de velhas brincadeiras sexuais naquela poltrona — ainda que com diferentes cores e padrões nos estofamentos já trocados algumas vezes. Resolver bancar a prima-dona justamente num momento em que ele estava preocupado e aborrecido era de uma insensibilidade sem limites. Misturar cobrança e joguinho de sedução àquela altura chegava a ser ridículo.

Junto à porta, Ana Amélia girava a chave.

— Pronto, agora ninguém nos interrompe. Você não precisa me dizer se Felipe vem ou não. Se vier, vai ter de bater para que eu abra. E até lá, temos tempo de começar a conversar.

Voltou para junto do marido.

— Quer café?

— Não quero nada.

Puxou uma cadeira para perto dele. Alisou-lhe a mão apoiada no braço da poltrona e disse:

— Meu querido, não podemos deixar que isso fique no meio de nós, uma pedrinha que cresce e vai virando uma montanha. Temos de conversar sobre essa pasta da Cecília.

— Não sei do que você está falando. Eu não tenho nada a dizer sobre esse assunto.

— Pois eu tenho, e muita coisa. Não sei por onde começar e pode ser que seja tudo uma bobagem enorme. Mas não estou mais aguentando guardar isso tudo no meu peito, só para te poupar e porque não tem mais jeito mesmo. Cecília está morta, não há nada que possamos fazer. Quando podíamos, se é que algum dia pudemos, não fizemos. Nem ao menos percebemos que ela precisava de nossa ajuda. Essa dor que levamos por dentro vai...

— Pare com isso! — interrompeu ele, quase gritando — Já disse que não sei do que você está falando.

Ela estava disposta a enfrentar.

— Sabe, sim. Tanto sabe, que não entregou logo a pasta ao Felipe, como disse que ia fazer. Está com ela aí em sua mesa há um tempão. Não foram poucos dias, essa mentira eu sustentei por lealdade a você. Mas foram meses, quase um ano desde que a Angelina voltou para o Brasil e mandou nos entregar. E se combinamos que íamos dar ao Felipe e você interceptou a pasta, é porque, como eu, de alguma maneira ficou intrigado com o conteúdo dela. Sem entender direito, mas percebendo que eram sinais de alguma coisa errada.

— Você está imaginando coisas. Deu para isso agora? Só me distraí e não lembrei. O que poderia haver de errado nuns papéis velhos e esquecidos para trás?

— Em primeiro lugar, Manu, sejamos francos: o simples fato de terem sido esquecidos para trás. Uma governanta experiente como Angelina, trabalhando a vida inteira numa embaixada, já ajudou a fazer dezenas de mudanças, conferindo minuciosamente cada item. E, se por acaso alguma coisa fosse esquecida, o fato seria comunicado logo que fosse descoberto. A pasta seria despachada pelo malote diplomático e já estaria em nossas mãos ou nas do Xavier e do Felipe há muito tempo. Não haveria qualquer razão para que ela esperasse até se aposentar, voltar para o Brasil e trazer pessoalmente esses papéis velhos. Anos depois.

— Ela não trouxe pessoalmente. Mandou entregar.

— Em mãos. Não é esse o detalhe que importa.

Ele ainda fez uma tentativa:

— Vai ver, a pasta tinha ficado no meio das coisas da Angelina naquela ocasião e só foi encontrada agora, quando ela mesma fez sua mudança para o Brasil.

— Nem você mesmo é capaz de acreditar nisso.

O jeito era entregar os pontos, mesmo sem admitir. Só perguntou:

— E você? É capaz de acreditar em quê?

Ele mesmo não sabia o que esperava ou temia que ela começasse a dizer.

Só sabia que, desde o primeiro momento em que teve a pasta em suas mãos, aqueles papéis tinham lhe trazido algo que serviu para alimentar uma sensação indefinível que, com certeza, já tinha antes, mas era muito escondida e esmagada. Enterrada no fundo da consciência. A impressão, vaga mas nítida, de que alguma coisa era incoerente no relato dos últimos tempos da vida de Cecília. Ou dos seus últimos momentos? Qual a duração real da verdade que lhe escapava debaixo da versão dolorosa que todos aceitaram? Por mais que pensasse na filha e remoesse lembranças e pensamentos sobre que angústia poderia ter provocado que seu coração frágil de repente se confrangesse tanto que deixasse de pulsar, Vilhena se recusava a admitir, mesmo para si próprio, um substrato mais turvo. Mas o fato é que convivia com tênues suspeitas de que algo sutil não se encaixava bem no relato que todos lhe tinham feito sobre a morte dela: Cecília voltara do Brasil recuperada e contente mas logo sua depressão voltou e ela teve de ser internada. E alguns meses depois, tivera um infarto fulminante enquanto dormia.

Por isso, não se surpreendia agora ao constatar que Ana Amélia, com sua fina percepção, também desconfiava de alguma coisa e achava que aquela era uma história mal contada.

Esse era o único aspecto que ressaltava com nitidez daquilo que a mulher começou a conversar com ele sobre os papéis da tal pasta verde. As observações dela se concentravam na correspondência da filha com o gerente do banco em Paris. Uma conta dela, mas conjunta com Xavier. Só a utilizava no exterior. Nela estava depositado e aplicado o dinheiro que recebera na venda de um pequeno *estudio* na rue Vieille du Temple, que os pais de Ana Amélia haviam legado para a neta única. Eventualmente, Cecília depositava algum dinheirinho lá na conta corrente, de modo a ter fundos para o débito automático de um cartão de crédito que usava apenas em algumas viagens. Mas nunca quando vinha ao Brasil, ocasião em que deixava cartões e talões de cheque em casa. Mantinha outra conta no Rio, na mesma agência desde solteira, e implicava muito com a burocracia brasileira para qualquer coisa que se referisse a transações com o exterior. Preferia não misturar os canais. Os pais sabiam isso desde sempre.

Mas quando veio dessa vez para a longa temporada carioca que acabaria sendo a última, à medida que foi se sentindo melhor e mais feliz na casa e na cidade, Cecília começara a fazer planos diferentes. Falava em vir mais vezes e ter seu próprio cantinho no Rio, sem precisar ficar com os pais (como quando vinha sozinha) ou em hotel (quando vinha com o marido). Chegou a ver alguns apartamentos pequenos em Ipanema e no Jardim Botânico. Comparou preços, sondou uma arquiteta sobre os cálculos de um eventual orçamento para uma possível reforma. E telefonou para o gerente do banco em Paris para se informar sobre quanto tinha exatamente, quais os prazos de resgate, que taxas deveria pagar para trazer o dinheiro, essas coisas.

Vilhena se lembrava bem disso porque o assunto rendeu. Durante vários dias a filha se queixou irritada, porque o gerente da conta dela estava de férias e o substituto dele se atrapalhava todo, dava informações absurdas e truncadas. Os dois tinham discussões desgastantes em francês em longos telefonemas internacionais e não chegavam a conclusão alguma. De toda vez ele repetia que ia verificar novamente mas sempre voltava com a mesma história e Cecília ficava furiosa, a dizer que aquilo não podia ser verdade.

Agora Ana Amélia relembrava todo esse processo, ao falar na carta do gerente do banco, guardada na pasta verde. Uma carta formal mas gentil, de alguém que começava esclarecendo que na volta das férias soube do mal-entendido que estava havendo nas informações sobre a conta. Prosseguia lembrando que em determinadas datas foram feitas determinadas operações com o cartão de crédito de Cecília e que o acúmulo dessas transações havia ultrapassado o limite estipulado por ela mesma para o débito automático — além de fugir ao perfil costumeiro da usuária. Por isso, ele, pessoalmente, tivera o cuidado de telefonar para a titular da conta, informando o ocorrido. Ela estava ausente na ocasião mas ele falara com o senhor embaixador, que autorizara o resgate de uma quantia aplicada, a ser transferida para a conta, a fim de cobrir a despesa e permitir o débito automático. Passados mais uns dias, o próprio embaixador tornara a lhe falar por telefone, dessa vez solicitando a transferência de parte dos fundos para uma outra conta — esta apenas em seu nome — tendo em vista a necessidade de proteção do patrimônio pois a saúde emocional de sua esposa estava abalada e a família receava seu descontrole na administração dos bens. O gerente reconhecia que a titular da conta era ela, mas, como se tratava de uma conta conjunta com o marido e ele tinha as senhas corretas, o banco atendera à solicitação. Além do mais, o casal era cliente daquela agência havia muitos anos, o gerente os conhecia, distinguia a voz do embaixador por telefone, e já sabia havia algum tempo que sua esposa tinha a saúde frágil. Só quis facilitar a administração dos bens do casal num momento penoso. De qualquer modo, não se tratava de nenhuma operação irregular. Esclarecia que não fazia parte de suas atribuições fazer esse tipo de relatório detalhado a que agora se dedicava, mas só o fazia para atender à solicitação de Cecília em seus insistentes telefonemas e em sua recente correspondência. Como evidência de sua boa vontade no trato da questão, estava até atendendo a seu pedido de lhe enviar agora essa carta em envelope contido em outro maior, não timbrado, em nome de outra pessoa ainda que no mesmo endereço, acompanhado das cópias de extratos e demais documentos que ela afirmava haver perdido. Ao mesmo tempo, sugeria que ela procurasse se inteirar desses detalhes com o senhor embaixador quando ele regressasse de viagem e confirmasse a veracidade de tudo o que relatava. Reiterava ainda sua certeza de que não houvera a menor irregularidade nas providências tomadas a pedido de um dos titulares da conta.

— Grande novidade... — desdenhou Vilhena. — Até aí, nada de mais. Isso tudo nós sabíamos. Pelo menos, em linhas gerais. O próprio Xavier conversou conosco a esse respeito.

— Conversou... Bem antes de tudo, é verdade. Antes de ela vir para cá passar aquela temporada conosco. Quando ele queria botar Cecília num hospício, porque achava que ela estava ficando maluca. Veio até com aquela conversa de interdição judicial, para pedirmos em conjunto. Ainda bem que você ficou firme e cortou, não deixou essa ideia seguir adiante.

— Não fale nesses termos, Ana Amélia. Não era hospício. Tratava-se de uma clínica de repouso, para nossa filha ser tratada por profissionais da melhor qualidade e ficar boa de uma depressão. De que adianta voltarmos a essas águas passadas? Tudo isso desapareceu quando perdemos nossa menina. Isso é que não tem jeito. Vamos lembrar de quando ela estava bem, feliz. Não da doença.

— Mas você não acha que o que está nessa pasta ajuda a mostrar que ela talvez não estivesse doente nem imaginando coisas?

— Não mostra nada. A pasta não contém nada que nós já não soubéssemos. Só esses papéis do banco e um ou outro rascunho do tal conto que ela estava pensando em escrever. Vivia tomando notas e nunca seguia adiante. Sempre assim esparsas. Uma coleção de fragmentos. Falou nesses planos literários a vida toda. Qual a novidade?

— Várias novidades. E tenho certeza de que você reparou nelas. Só não está é querendo admitir, nem para você mesmo. Por exemplo, por que Cecília pediria que a correspondência do gerente fosse enviada para outro endereço? Aliás, o mesmo endereço, a residência da embaixada, mas em nome de outra pessoa, Angelina — com um envelope dentro de outro, sendo o segundo para ela. Pedido a que o banco atendeu, como dá para ver pelo que vem guardado na pasta, preso com clipe a toda essa correspondência.

— Podia estar também um pouco paranoica, pobrezinha. Nesse caso, acharia que o porteiro ou Xavier ou alguém a estava perseguindo. Daí querer manter segredo de seus assuntos pessoais.

— E você reparou na documentação que o banco anexou?

— Cópias de extratos de cartão de crédito...

— Isso mesmo. Com despesas altíssimas em boutiques de grandes grifes em Genebra e Milão. Até em joalherias. As tais "despesas pouco condizentes com o perfil habitual da cliente", a que ele se refere. Foi isso que estourou o limite do cartão.

— Ela pode ter comprado e se esquecido. Mulher às vezes se empolga com compras e passa da medida.

— Não naquelas datas, Manu. Você examinou com atenção? Todas as compras foram concentradas em poucos dias. Coincidindo com as duas viagens que o Xavier fez a trabalho quando Cecília estava aqui conosco.

Ele ficou em silêncio. Ela repetiu:

— Não foi Cecília quem fez essas compras de luxo na Europa, Manu. Ou clonaram o cartão dela, ou roubaram, ou foi Xavier que usou. Coisa que ele não precisava fazer, evidentemente, porque tinha os dele.

Uma pausa mínima antes de prosseguir:

— Ou emprestou e passou a senha a alguém, que usaria sem que ele estivesse acompanhando naquele momento. Por exemplo, porque estava na sala de reuniões de uma conferência internacional.

O embaixador continuou calado. Ana Amélia completou:

— E se você me disser que acredita que um profissional como Xavier faltou a uma reunião de trabalho ou deixou de comparecer às sessões das conferências internacionais onde fazia parte da nossa delegação, para ficar batendo perna pelas elegantes boutiques de moda da cidade, a escolher presentinhos sofisticados naqueles preços, para surpreender Cecília com mimos quando ela voltasse para casa... Francamente, Manu, nesse caso quem começa a pensar em interdição de cônjuge por insanidade sou eu.

Ele não disse uma palavra. A mulher tinha razão. Não havia como negar as evidências para si mesmo. Ana Amélia concluía:

— Acreditar nessa lorota é indigno da nossa inteligência. E da de Cecília. Tenho certeza de que ela não acreditou.

18

— E como foi a viagem a Brasília?

— Foi bem.

— Conseguiu resolver o que queria?

— Mais ou menos.

Pelo jeito, Felipe não queria falar no assunto. Camila respeitou. Na verdade, achara tudo meio estranho durante essa semana. A começar por aquela cena do rapaz com os avós na sexta-feira anterior, de onde ela se retirara às pressas enquanto ele prometia ligar para levá-la ao show. Em seguida, quando ele telefonara e se esclarecia que confundira as datas, porque o Arraia Miúda só se apresentava daí a uma semana, a moça percebeu que o cancelamento o aliviava. Depois de admitir que não estava com vontade de sair nesse dia, combinou de irem juntos na semana seguinte. No domingo, quem lhe telefonara havia sido o embaixador em pessoa — para cancelar a leitura de segunda-feira e pedir que ela transmitisse esse recado a Felipe. Mila sabia que não era atribuição sua, mas não custava fazer esse favor a Vilhena. Nova surpresa: o rapaz atendera a seu chamado já no aeroporto, a caminho de Brasília, e pedira a ela que não falasse aos avós sobre a viagem. Depois, sumiu a semana toda.

Mas o importante era que passara para apanhá-la e agora estavam ali, a caminho do encontro com Jorjão na Lapa, onde assistiriam ao show.

Claro que ela tinha ficado curiosa sobre o mistério da pasta verde. Mas só um pouco. Estava mais curiosa e bastante animada era com a perspectiva desse programa.

Nunca tinha saído para a noite na Lapa e tinha referências muito contraditórias. Nas poucas vezes em que passava por lá de dia, via aquelas ruas decadentes do centro do Rio, uma cidade tão deteriorada nessa área, e lamentava o estado de abandono de uma região tão bonita e cheia de história. Mas percebia que além de ruas de comércio popular e cortiços, com uns sobrados muito degradados, havia também vários trechos em que o belo casario antigo fora recuperado, abrigando brechós, antiquários e restaurantes. Mila crescera ouvindo o pai dizer que aquela era uma região perigosa que moça de família não frequenta, zona de prostituição, malandragem, navalhadas, bandidos brigões. Até mesmo toda a literatura carioca sobre o bairro retratava essa realidade. De repente, nos últimos anos, parecia que o lugar despertara de um longo sono e deixara para trás esse pesadelo. Após a imponente silhueta dos Arcos, o velho aqueduto colonial, e o arvoredo do passeio público a se abrir para o aterro e os ventos do mar mais adiante, era uma festa permanente. De gente jovem, mesinhas ao ar livre, copos na mão, troca de olhares, risos, namoros, música por toda parte.

Camila não sabia quando tinham começado esses novos tempos. Tinha ficado muito tempo fora ou em Brasília — primeiro com os pais, depois estudando. Vinha ao Rio rapidamente, encontrava os amigos, saíam, mas nunca aconteceu de irem para aquelas bandas. Hoje, finalmente, ia conhecer a nova Lapa renascida e impregnada da velha. E justamente num show do Arraia Miúda, o tal conjunto em que o irmão do Jorge tocava clarinete, e de que ele falava com tanto entusiasmo.

Ia também poder conhecer o Jorge um pouco melhor, ir mais além das poucas palavras que trocavam na casa do embaixador. Geralmente enquanto tomavam um cafezinho junto à mesa da copa, entre uma sessão de trabalho e outra. Mas ele lhe parecia um cara interessante, com um sorriso aberto e verdadeiro, uma simpatia cativante e um jeito de falar cheio de colorido. Ia ser bom estar com ele em outro ambiente.

— Você já ouviu o Arraia Miúda tocar?

A pergunta de Felipe interrompeu o silêncio em que tinham vindo ao longo de toda a orla. Já estavam quase no Flamengo.

— Não, mas o Jorge fala tanto neles que estou curiosa. E li no jornal uma referência muita elogiosa.

— Pois eu ouvi, e são muito bons mesmo. Até pensei em procurá-los para ver se podem tocar em algumas dessas recepções que volta e meia tenho de ajudar a organizar para visitantes estrangeiros importantes.

— Boa ideia.

— Também acho. Um belo conjunto de choro. Foge um pouco do estereótipo do samba e é uma coisa bem brasileira. Dependendo da ocasião, pode funcionar muito bem. Mais como uma música de câmera do que aquela explosão sinfônica do samba.

— Sinfônica? — repetiu ela, estranhando.

— É. No sentido de massa sonora. Não literalmente, é claro. Não me refiro aos instrumentos em si. Mas na presença imponente.

Mila não sabia se concordava inteiramente com aquela opinião, mas entendeu o que ele queria dizer. Talvez Felipe estivesse pensando mais numa bateria de escola de samba, com dezenas de instrumentistas. Mas ela achava que nem sempre era assim. De certo modo, podia se fazer samba também com muito pouco — um violão, umas vozes, um pandeiro ou tamborim. Quase com a intimidade de um sussurro cantado. Mas quanto ao choro, estava de acordo com Felipe. Música de câmera. E brasileiríssima. Tinha tudo para fazer muito sucesso com qualquer pessoa que apreciasse música de qualidade.

19

Bem que Edu tinha insistido para que Custódio levasse Mabel para ver o show. Até mesmo a avó poderia ir, ela sempre gostava de ver o neto no palco, ele podia reservar uma mesa para a família, o lugar era agradável. Mas nesse dia Custódio não se animou. Tinha sido uma semana muito carregada. Melhor deixar para outra vez. Tinha certeza de que a carreira musical do filho estava deslanchando, em ascensão. Não faltariam oportunidades para assistir a outro espetáculo. Já vira esse mesmo várias vezes. E era sexta-feira, queria encontrar os amigos.

Engraçado isso. A gente pensa que está indo para um lado e a vida empurra para outro. Ele e Mabel se sacrificaram tanto para que os filhos estudassem, fizeram tanta questão de que eles tivessem um diploma e agora era isso. Eduardo largou pela metade o curso de música mas, no fim das contas, parecia estar engrenando bem na profissão sem precisar de nenhum papel com certificado. Jorge quisera muito fazer medicina mas não se classificou no vestibular. Depois de duas tentativas, desistiu de ser doutor. Sem ter uma base muito boa de quem estudou em colégios caros, era mesmo muito difícil. Acabou escolhendo outra carreira da área biomédica e foi ser fisioterapeuta. Juntou com o gosto pelo esporte e estava se especializando na recuperação de atletas. Ia muito bem. Feliz com o caminho profissional que lhe chegara quase por acaso. Trabalhava num clube, fazia uns bicos num hospital e tinha os clientes particulares. Sonhava em montar sua própria clínica, em alguma sala comercial num ponto bom. Além de conseguir ganhar para pagar o aluguel, os funcionários e despesas de manutenção, precisaria de algum capital para comprar os aparelhos. Mabel vivia dizendo que, se conseguisse vender o apartamento que herdara dos pais, ia ajudar os filhos. A ajuda a Jorge ia ser essa. Edu ainda não resolvera o que queria, mas falava num clarinete novo, importado, e num computador melhor para poder compor e gravar, e usar uns programas de música mais sofisticados, de última geração.

Mas Custódio não acreditava que dessa vez a venda saísse. Aquela novela se arrastava havia anos. Quando ainda eram noivos e ele ia namorar Mabel em casa dos pais dela, o Catumbi era um bairro agradável, com prédios baixos, casarões, chácaras com quintal, ruas sombreadas. O apartamento que ela herdou continuava o mesmo, no mesmo lugar. Agora, alugado por uma ninharia. Mas tudo em volta mudara. Hoje o pequeno edifício sem elevador, revestido de pó de pedra e coberto de pichações, estava incrustado num complexo de favelas dominadas pelos traficantes de drogas. Era perigoso morar por aquelas bandas. O inquilino não pagava o aluguel havia anos e Mabel ainda tinha de arcar com todas as taxas e despesas de manutenção para não ficar com o nome sujo na praça. Havia mais de seis anos que tentavam vender o imóvel e se livrar daquele problema. Já tinham reduzido o preço várias vezes e nada. Os eventuais candidatos acabavam sempre desistindo. A decadência do bairro assustava.

Custódio não achava que nessa negociação agora as coisas fossem ser diferentes — mesmo que eles estivessem pedindo quase metade do preço que os corretores tinham calculado quando foram avaliar. Tinha certeza de que ainda não seria dessa vez que Mabel poderia comprar os móveis novos da sala, trocar a lavadora e ajudar os filhos.

Custódio estava cansado. Tirara um peso das costas com o programa de televisão. Mas o clima no Instituto estava péssimo para o seu lado. Ninguém falou no assunto. Mas também ninguém conversou com ele a semana toda. Cada vez que entrava numa sala, todos ficavam em silêncio. Os grupos que cochichavam no corredor ou na saleta do cafezinho se desmanchavam assim que ele se aproximava. Os olhares que lhe lançavam eram daqueles que nas histórias em quadrinhos costumavam vir desenhados com uma fileira de facas miúdas em direção ao alvo.

No caso, ele.

Por quê? Que mal tinha feito?

Pelo jeito, estavam todos com medo ou com raiva. Como se se sentissem ameaçados. Ninguém entendera que não estava acusando os colegas. Não era traidor, dedo-duro, alcaguete. Apenas procurara um jornalista para alertar sobre a roubalheira que vinha se instalando em seu local de trabalho. Quem não estava no esquema não precisava se sentir atingido. E não podia acreditar que todos lá na repartição fizessem parte da quadrilha. Então por que esses não se manifestavam? Por que ninguém viera se oferecer para contar mais detalhes de alguma coisa que também tivesse observado? Por que ninguém ficara solidário ou lhe dera os parabéns pela coragem? A única exceção tinha sido dona Guiomar, que fizera questão de telefonar logo depois de o programa ir ao ar, na noite de domingo. Mas o próprio marido dela, que também viera falar com ele naquela ocasião, lhe dissera que agora mesmo é que achava melhor os dois não ficarem conversando dentro da repartição. Para se proteger, explicara. De quê?

Só queria defender o que era de todos, da população em geral, e estava sendo desviado por algum esquema que não chegava a entender mas tinha certeza de que existia e era grande. Pois ele não era funcionário público? Até o nome estava dizendo. Tinha que funcionar para o público. Essa era a sua profissão. Será que ninguém entendia?

Mesmo cansado, pensou em ir caminhando. O que sentia não era cansaço físico, era mais como uma surra emocional que lhe fazia doer o corpo todo. Talvez fosse até bom fazer um exercício que ajudasse a relaxar depois e dormir bem. Mas acabou se decidindo pelo metrô. Era mais rápido. Estava louco para encontrar os amigos no botequim da Glória, para uns petiscos gostosos e o indispensável chopinho de sexta-feira a caminho de casa.

Fez muito bem. A turma do bar o recebeu como a uma celebridade. Todos o tinham visto e reconhecido na televisão. Não era difícil. Sabiam que ele trabalhava no Instituto. Conheciam seu vulto magro e espigado, sua cabeça comprida, mesmo se a televisão escurecera a imagem sem deixar distinguir as feições, o bigode ralo, os olhos miúdos. Seu jeito era inconfundível.

Foi saudado efusivamente, em coro:

— Aí, hein? Ficou famoso...

— Hoje você não paga nada. É por conta da gente.

— Isso mesmo. Precisava ter mais gente com a sua coragem pra denunciar esses salafrários. Botar esses ladrões na cadeia.

— E você acha que esses caras vão pra cadeia? Deixa de ser otário. Rico não vai em cana. Só quem vai preso é ladrãozinho pé de chinelo.

— Uma vergonha!

— Zé, traz mais uma rodada aqui. No capricho.

— Vamos fazer um brinde. Ao Custódio!

— Ao Custódio!

20

Recolhido a sua penumbra silenciosa, Vilhena pensava na conversa com Ana Amélia. Havia dias que remoía o que ela lhe dissera. Talvez ela soubesse que ele precisava desse tempo para elaborar os pensamentos, afiná-los melhor. Não voltara ao assunto desde aquela segunda-feira. Mas ele reconhecia que a mulher tinha razão: não era mais possível pretender ignorar os indícios que ela apontava.

O que não disse a ela, como não dissera a ninguém, era que, durante todo o tempo em que a pasta de cartolina e seu conteúdo estiveram em seu escritório, ele não tinha reparado no que os papéis do banco contavam, porque nem mesmo lhes examinara os detalhes. Nem pensara em conferir que despesas haviam sido feitas com o cartão de crédito ou quando. Dispensara mentalmente a carta do gerente como mera correspondência burocrática, descartada de saída.

O foco de sua atenção tinham sido as anotações para o rascunho do conto que a filha tentava escrever. Se é que fosse uma peça de ficção, como outras que Cecília eventualmente já tentara fazer antes, desde mocinha, e cujos esboços lhe mostrara. Agora Vilhena começava a considerar a hipótese de que pudessem ser rascunhos de um desabafo pessoal, só que escritos na terceira pessoa. E isso o perturbava muito.

Apenas pequenos fragmentos, manuscritos, na letrinha inclinada da filha. Geralmente, pouco mais de um parágrafo. Falando sobre uma personagem sem nome, a que ela se referia apenas como *a mulher*. Em diferentes papéis, de tamanhos diversos. Dois ou três com marcas de terem sido dobrados. Uma folha arrancada de uma agenda de bolso. O verso de uma conta. Um deles até num guardanapo de uma confeitaria. Como se as ideias ocorressem de repente e a filha as anotasse no que tinha à mão.

O embaixador tinha vontade de relê-los agora, mas não era mais possível. Felipe levara a pasta com tudo o que havia dentro. E ele não queria pedir ao neto que os trouxesse de volta. Não eram muitos fragmentos, pouco mais de meia dúzia, e já os relera algumas vezes, ainda que com dificuldade. Não os sabia de cor, mas lembrava o suficiente. Algo neles o atraíra, leitor contumaz, para que fosse um intruso junto a essa mulher de que falavam.

Alguns despertavam sua curiosidade sobre o feminino. Outros aguçavam sua compaixão pelo humano. E havia aqueles a que não conseguia aderir, os que chegavam a irritá-lo pelo tom melodramático, pelo uso de clichês da língua, pelas repetições descuidadas. Meio mal escritos, cheios de lugares-comuns. Cecília jamais seria uma boa contista se insistisse naquela linha. Vilhena teria gostado de dar uns conselhos à autora, se ela tivesse chegado a lhe mostrar pessoalmente um rascunho mais concatenado com esse material.

Como pudera se enganar tanto com uma pessoa? Conviver a vida inteira, achar que conhecia, e de repente se ver reduzida a uma situação dessas? Em que mar se afogam as ilusões da juventude? Entre lágrimas, a mulher soluçava e não encontrava resposta alguma para suas indagações.

Cada vez que a lembrança voltava, sentia de novo um calor na face. Quando a recordação lhe veio diante do espelho do banheiro, a mulher viu que seu rosto ficava vermelho. Ai, as mocinhas românticas ruborizadas... Já não era mais mocinha e tinha perdido qualquer romantismo havia muito tempo. Mas o calor no rosto não era sinal de menopausa. Era sintoma de vergonha.

A mulher não sabia em que ponto da história o príncipe encantado se transformara em ogro ameaçador. Só sabia que estava condenada a viver com ele para sempre. Mesmo depois que o conto de fadas se transformou num sofrimento atroz.

Se não fosse pelos filhos, há muito tempo a mulher já teria fugido ou encontrado um meio para sair daquela situação. Várias vezes já planejara ir à polícia ou procurar um advogado. Mas se ousasse desafiar o homem todo-poderoso, sabia que as consequências acabariam atingindo sua prole. Só por isso encontrava forças para enfrentar aquela tortura cotidiana.

Num jantar de cerimônia, quando a mulher foi dar sua opinião em meio à conversa generalizada, ele a cortou com rispidez. "Cale a boca! Você não entende nada disso!" Falou em voz alta, lá do outro lado da mesa, no mesmo tom agressivo que costumava usar na intimidade. Ela notou que os outros convivas ficaram constrangidos. Fingiram não ter ouvido e começaram todos a falar ao mesmo tempo. Os olhos dela se encheram de lágrimas de humilhação. Tentou secar com o guardanapo de linho, disfarçadamente. Mas tinha certeza de que todos repararam.

A mulher não sabia mais o que fazer. Como se defender de alguém que tem poder? As leis, os costumes, o bom-tom teciam uma teia a seu redor, onde ela estava presa à mercê da aranha. Como denunciar seu calvário e enfrentar quem está seguro de poder contar com a impunidade?

Alguém fez um comentário sobre veículos do corpo diplomático que estacionam em locais proibidos porque seus donos sabem que não vão pagar as multas. O poder da polícia não os alcança. Eles não precisam se submeter.

Vilhena ficara um pouco intrigado com aquele material. Mas não lhe dera maior importância consciente. Pessoalmente, achava que eles faziam parte de uma espécie de moda que se espalhara um pouco desde que Clarice Lispector, mulher de diplomata, começara a escrever uns contos sobre a rotina do cotidiano e os problemas psicológicos femininos e com isso acabara se transformando num dos maiores nomes da literatura brasileira e num ícone do feminismo internacional. Surgiram muitas autoras bem postas na vida tentando a mesma vertente de explorar o tédio do dia a dia doméstico. Cecília, filha e mulher de diplomata, também tratava de fazer sua incursão nessa área. Mais uma entre tantas. Não tinha qualquer importância literária.

O embaixador não chegava a achar que a filha tivesse talento narrativo — nem aqueles poucos parágrafos soltos e fora de ordem, escritos em papéis esparsos, poderiam lhe dar uma noção precisa sobre isso. Mas os lera e relera algumas vezes, tentando decifrar a letra inclinada. Lembrava-se bastante bem de suas reações à leitura. Não passaram de curiosidade, saudade da filha, carinho, rigor crítico. Um certo alívio inconsciente por ela não ter chegado a publicar. Mais inconsciente ainda, uma certa condescendência paterna (ou paternalista?) com uma ou outra expressão bem usada eventualmente capaz de tocar um leitor, mesclada a uma vaidade de só admitir que algo fosse assinado por alguém de seu sangue se fosse mesmo muito bom. Mas disso nem ele mesmo tinha noção. Seria necessário algum leitor intruso junto a ele para detectar tais sutilezas. E nem ocorria a Vilhena a possibilidade de ser personagem de alguém. Para ele, essas coisas eram claras. Ficção é ficção. Realidade é realidade.

Tal clareza, porém, era ausente na sua relação com aqueles fragmentos. Por isso não os entregara logo ao neto. Muitas vezes tentara decifrá-los, vislumbrando neles indícios de uma tessitura diversa na dor da filha, fiapos a que antes não tivera acesso. Outras tantas repelira tais pensamentos, preferindo dar ênfase a sua certeza de que Cecília estava emocionalmente perturbada nos últimos anos, inventava coisas e acreditava nelas. Não tinha por que duvidar da versão oficial.

E se essa versão, no entanto, não correspondesse aos fatos? No processo de reiterar essa crença, Vilhena agora constatava que se anestesiara e desprezara vestígios mais claros — como os da correspondência com o banco, que Ana Amélia lhe mostrara havia alguns dias, alimentando de forma nova sua imaginação.

Depois dessa conversa, ele começava a ter dúvidas. Talvez não fosse apenas ficção o que se evocava naqueles fragmentos. Quem sabe se, mesmo num relato fictício quanto às circunstâncias, a personagem não poderia ser calcada em sua filha? E se ele, que sempre se considerara um intruso a degustar as criações alheias, e disso se orgulhara, dessa vez tivesse sido omisso diante de um sofrimento real?

Já vinha pensando muito nisso, havia algum tempo. Como não conseguira perceber que a dor de Cecília estava chegando a um ponto tão agudo que a faria ter um infarto súbito e ir-se embora para sempre?

Se os fragmentos lidos não fossem de ficção, mas reais, certamente lhe davam pistas mais seguras sobre a natureza desse sofrimento pungente.

Mas se fossem de um conto, obra de ficção? Só por isso as pistas seriam menos reais?

Muitas vezes a mulher pensava em contar tudo para as pessoas que amava. Mas depois voltava atrás. Justamente porque as amava, não queria que soubessem. Destruía as cartas que escrevera e não mandava. Em seguida, porém, voltava a escrever, mesmo sabendo que não mandaria, porque elas eram sua única válvula de escape.

A mulher precisava escrever, escrever, escrever. Era a única maneira de mostrar para si mesma que quem mentia era ele, mas ela não estava ficando louca. Talvez devesse fazer um diário, para registrar os acontecimentos no calor da hora, ainda com todos os seus detalhes e a emoção intacta. Ele depois misturava tudo e tentava lhe impingir o que correspondia a seus desígnios, como se fossem fatos ocorridos realmente. Ele era assim e ela sabia. Tinha memória seletiva. Contava as coisas fora do contexto. Convencia qualquer um. Repetia tudo distorcido, com veemência e intensidade. Esquecia o que lhe convinha. Não admitia correções nem divergências. Usava seu prestígio e sua autoridade de homem importante. Dizia aos outros que a mulher delirava. Não era verdade, mas ninguém mais sabia. Ele tinha credibilidade.

Nas leituras que Camila fizera dos tais trechos da Hannah Arendt, havia também uma insistência da autora sobre a importância de contar, narrar, fixar para não deixar esquecer e para tentar conter a repetição do mal. Ou aquilo que Robert Louis Stevenson dizia, que todo livro é uma carta circular aos amigos, mesmo ainda desconhecidos, na esperança de que entendam. Seria possível aproximar essas ideias dos fragmentos que Cecília deixara?

21

O tráfego estava surpreendentemente bom ou Camila calculara mal o tempo. Acabara chegando com bastante folga, bem antes do horário combinado com Edu na livraria.

Aproveitou para passear pelo jardim do museu, que não conhecia. Mesmo se já não soubesse que o palácio que ele circundava era do século XIX, daria para ver que o parque era muito antigo. Pelo porte e imponência das velhas figueiras bravas com sua profusão de raízes, pelo paisagismo que seguia modas que tinham ficado para trás havia muito tempo. Caminhos sinuosos e sombreados revelavam laguinhos com peixes, aqui e ali estreitados e cruzados por pontes em que os balaústres de cimento imitavam galhos de árvores podados.

Numa dessas curvas, uma pequena estatueta em ferro fundido chamou sua atenção: um menininho rechonchudo brincava com um filhote de animal. Ainda que sem asas, podia ser um anjinho barroco. Ou um Cupido pagão, um daqueles clássicos e encantadores *putti* que povoam igrejas, praças, fachadas e salões italianos. Mas o bicho com que se divertia, forçando-o com suas mãozinhas rechonchudas a abrir a bocarra cheia de dentes ameaçadores, era um pequeno jacaré. Camila não pôde deixar de sorrir. Pelo estilo, imaginava que a escultura era francesa. Provavelmente importada, como tantos dos chafarizes e estátuas da época em que chegara às ruas e praças cariocas a moda desses ornamentos urbanos que pouco antes se espalhara por Paris. Talvez o artista soubesse que sua obra vinha adornar um exuberante parque tropical, à beira de um espelho d'água. Quem sabe, com o reptilzinho de ferro ele quis homenagear a natureza selvagem que imaginava, no exótico jardim de uma família nobre daquele distante império mestiço em território úmido e escaldante... Algo como *Enfant au Caïman*. Divertido.

Ainda estava apreciando o menino com o jacaré quando viu Edu se aproximar, já num sorriso bem aberto e com os braços estendidos para acolhê-la num aconchego. Beijinhos, abraço bom. Corpo morno, macio, pele fresca, cheiro gostoso. Encantamento renovado. Bom demais para ser verdade. Às vezes Mila ainda se perguntava se não estava sonhando. O corpo concreto garantia a seus sentidos que era real.

Ela se surpreendera um pouco com a rapidez com que tudo tinha acontecido e os dois tinham se descoberto daquela forma, em torno de uma mesa barata na madrugada de um restaurante popular da Lapa. Enquanto ela, Luís Felipe e Jorjão conversavam e beliscavam croquetes, coxinhas e outros petiscos para acompanhar a cerveja, Edu mergulhara quase em silêncio num pratarrão de cabrito assado para aplacar a fome de depois do show. Mas não tirara os olhos dela. Depois, os quatro ficaram conversando até o dia raiar, como se nunca tivessem feito outra coisa. A moça mal acreditou quando ouviu Felipe, à vontade, sair de sua reserva do início da noite e começar a fazer confidências, contando a eles que estivera em Brasília para encontrar uma ex-governanta de embaixada, que se aposentara e que, ele estava convencido, poderia lhe falar sobre os últimos tempos de vida de sua mãe, para quem ela tinha trabalhado.

Com a mesma naturalidade, o assunto da conversa depois deslizara de mãe para pai. E mudara de família. Num instante os dois irmãos passaram a discutir com os amigos sobre suas preocupações com uma situação em que se metera o pai deles, funcionário público, na repartição em que trabalhava. Mila mal acompanhou a história que contavam. Só entendeu que ele denunciara alguma irregularidade e agora os filhos temiam represálias. Mais forte que qualquer relato a que pretendesse dar atenção era a presença de Edu a seu lado, sua vitalidade, as coisas engraçadas que encaixava no que dizia. E mais o jeito de ele rir, o gesto espontâneo com que quase a arrepiava ao se virar para aproximar a cabeça da dela e sussurrar algo em seu ouvido em meio ao barulho ambiente, ou a maneira firme de tocar seu braço de vez em quando para chamar a atenção para alguma coisa ou sublinhar algum ponto do que dizia. Numa dessas vezes, ele se deixou ficar, como esquecido. Ela tomou a iniciativa de retribuir e descansar sua mão sobre a dele. Ele passou o braço livre sobre seus ombros. Depois ela se recostou nele e assim ficaram, enquanto Felipe e Jorjão conversavam de forma inesperada sobre problemas íntimos de suas famílias. No final, os dois rapazes saíram juntos e foi Edu quem a levou em casa. E desde então ela e ele se encontraram todos os dias.

Agora estavam ali, juntos novamente. Ele contava que chegara mais cedo do que esperava porque a conversa com a mãe tinha sido rápida. Da casa dos pais até o museu era um pulo. E avistara Mila de longe, parada junto ao laguinho.

Ela explicou que tinha descoberto a estatueta entre as plantas e ficara se deliciando com a ideia do que teria passado pela cabeça do artista para esculpir uma dupla como aquela. Falou no império mestiço e tropical.

— E daí? Nada de mais. Somos mesmo. Mestiços e tropicais. Basta sentir o calorão do trópico. E não precisa ninguém ter dúvida sobre isso de mestiço. Todo mundo no Brasil é mesmo misturadinho. E não precisa ser moreno feito eu para todo mundo ver isso assim *di prima*.

— Eu sei, foi por isso que falei. Para nós, é obvio, só não vê quem não quer. Mas nem passou pela cabeça do escultor fazer um caboclinho brincando com o jacaré. A imaginação dele não chegava a tanto, ia ser exotismo demais... O que achei divertido foi o esforço de insinuar essa convivência entre América e Europa mas nem ao menos conceber que elas pudessem estar fundidas por aqui. Fica tudo separado, uma ao lado da outra. Cada um na sua: o ícone selvagem e a citação clássica.

Enquanto começavam a caminhar pela alameda, ele concordou:

— Mas eu acho que é assim mesmo que os estrangeiros nos veem. Sabem que temos uma soma de influências na cultura, mas imaginam que é só uma ao lado da outra ou por cima da outra. *Apartheid* ou dominação. Não têm noção da mestiçagem cultural. Em música é a mesma coisa. Acham que o samba é todo africano, por exemplo. E não têm nem ideia do tanto de mistura que possa ser o choro. Mas não é de hoje, sempre foi assim. Quando dom João VI chegou ao Rio, fugindo das tropas francesas, um grande espanto da corte foi ver um jovem mulato como o padre José Maurício, neto de escravos da Guiné, aluno de um cara com o apelido de *O Pardo*, regendo e compondo com tanta qualidade. E ainda incorporando um coral de meninos e adultos cujas peles tinham todas as cores do arco-íris humano. Da mesma forma que os instrumentistas, todos já atuando na cidade.

— Eu não sabia disso.

— Nem eu. E olhe que sou músico e mestiço. Só fiquei sabendo há pouco tempo, quando comemoraram os 200 anos da chegada da Família Real e saiu um monte de reportagem sobre isso. Sobre a admiração que um maestro austríaco da época sentiu por José Maurício, que o deixou de queixo caído. Mas também sobre as sacanagens que um maestro português da corte fez com ele, se sentindo ameaçado pelo talento do mulato. O que eu já sabia, sim, desde que aprendi no Conservatório, é que no Brasil existe uma linhagem de maestros mestiços famosos nessa música que chamam de erudita. José Maurício dá aulas a Francisco Manuel da Silva, o do hino nacional, que vai dar aulas a Carlos Gomes, o tal "selvagem da ópera" que vai deslumbrar Milão alguns anos mais tarde. E muitos outros. Para não falar nos instrumentistas. Aí não tem fim.

Interrompeu-se, puxou Mila de leve em direção a umas mesas com cadeiras agrupadas perto de um balcão, numa espécie de quiosque:

— Não quer um suco? Vou tomar uma água.

Sentaram-se, ele fez os pedidos.

Em seguida, animado, começou a falar sobre o choro, sua paixão musical. Primeira música urbana brasileira, com quase século e meio de existência, mistura total de ritmos africanos e europeus. Uma maneira muito brasileira de digerir as músicas estrangeiras num molho original e criar uma coisa nova.

— Coisa de craque mesmo — concluiu. — Puro prazer de tocar. E pura mistura.

— Isso mesmo. Puro prazer de tocar... e pura mistura... — repetiu Camila, antes de terminar seu suco.

Mas, para si mesma, pensava que as palavras de Edu serviam muito bem para se referir a eles, naquele namoro que começava, e não apenas ao choro. Puro prazer de tocar. E pura mistura. Percebia que os dois eram muito diferentes mas talvez fosse justamente isso que a atraía tanto em Edu. Além de pele, cheiro, gosto e outras delícias mais óbvias. Mas sabia que estava despertando para um universo riquíssimo de que não fazia ideia. Sentia-se uma ignorante total diante desse mundo que ele lhe abria. Ficava achando que sabia coisas, só porque conhecia um pouco de literatura ocidental e tinha uma infinidade de referências sobre a tradição artística letrada. De repente, um clarinete que solava frente a um conjunto de violões, cavaquinho e bandolim lhe mostrava por quantas frestas a criação pode se esgueirar e se impor.

— Eu não conheço quase nada disso.

— Pois trate de ir se preparando para conhecer muito. Vou te carregar pra todo lado. Não vou deixar uma gata dessas solta por aí. Podíamos começar por uma boa gafieira. Quer ir dançar na Estudantina no sábado?

Antes que ela pudesse responder, ele soltou uma exclamação mostrando:

— Olhe só quem pintou no pedaço!

Levantou-se, saiu andando apressado por uma das alamedas e, antes mesmo que ela conseguisse distinguir Jorge se afastando de costas, já ouvira as três notas do assovio agudo com que, de longe, Edu chamava o irmão. Num instante o trazia para perto e o incorporava ao encontro, a se desculpar enquanto puxava uma cadeira de outra mesa para se sentar junto deles:

— Não vou demorar. Tenho que almoçar correndo e sair.

— A mãe guarda o rango, você sabe.

— Não é isso, mas tenho hora marcada depois. Em geral nem almoço em casa quinta-feira. Mas hoje ela pediu pra vir. Disse que estava querendo conversar sem o pai por perto.

— Também me chamou. É pra falar sobre os planos do que vai fazer pra cada um com o dinheiro do apartamento da vovó.

— De novo? Ela está careca de saber o que eu quero. Há anos que a gente fala nisso. E ela sempre acha que agora está por pouco, que vai vender logo. Sempre repete que vai entrar uma grana daqui a uns dois meses no máximo.

— Diz que desta vez sai mesmo. Mas o pai não acredita, não quer que ela entre nessa para evitar outra decepção. Então ela não quer conversar na frente dele enquanto não assinarem os papéis.

— Eu estou que nem ele. Só acredito vendo. Alguém lá vai querer botar grana num lugar na linha de tiro? Sujeito a levar bala perdida em disputa de ponto por traficante? Sai mais barato comprar logo uma laje dentro da favela.

— Não, falando sério, ela me falou que até já marcaram a escritura. Parece que tem um cara comprando mesmo.

— Se for, é por uma merreca. Não vai dar nem pra metade de todas as coisas que ela quer fazer.

— Deixa a velha sonhar, Jorjão, não corta a dela. Enquanto ela estiver fazendo planos, está animada.

O irmão fez uma pausa e concordou:

— Tem razão. Melhor assim. Eu fiquei com medo era de que ela estivesse querendo conversar assim meio em segredo, porque tivesse alguma novidade ruim nos troços do pai lá na repartição.

— É... a barra tá muito pesada lá para ele. E acho que está só começando. Você viu o jornal de hoje?

— Não — admitiu Jorjão.

— Eu também só vi há pouco, antes de sair. Mas pela conversa com a mãe, ela ainda não leu e não tive coragem de contar. Não quis cortar a animação dela com a venda do apartamento. De noite, quando chegar, o pai fala.

Pela conversa dos irmãos, Camila percebeu que tinha saído alguma coisa num jornal com o nome do pai deles, incluído em alguma roubalheira por um relatório de uma comissão de sindicância. E eles tinham certeza de que era mentira. E de que, pelo contrário, fora o velho quem começara a denunciar um caso de corrupção. Uma acusação tão absurda e sem pé nem cabeça que só podia ser confusão. Com toda certeza iam retificar no dia seguinte. Só podia ser uma troca de nomes, Edu tinha certeza.

Ouvindo aquilo, Camila sentiu um certo mal-estar. Talvez fosse porque estava seguindo de perto as conversas de Felipe com o avô, desde que o rapaz retomara os encontros com Vilhena. Achava que ele não contara nada sobre sua ida a Brasília, e não sabia por quê. Do mesmo jeito que ficou uns dias sem aparecer, voltou. E não se falou no assunto.

Mas o fato era que ela vinha acompanhando as pesquisas que ele fazia para o filme e trazia para discutir com o embaixador. Surpreendia-se com a quantidade de episódios desse tipo na história do país. E se espantava ao constatar que, na maioria das vezes, tinham funcionado e feito um estrago enorme, destruído reputações, liquidado pessoas. Como pretendiam.

Por exemplo, o plano Cohen. Uma farsa velha, de 1937. Mas que serviu a seus propósitos para ajudar a deflagrar o golpe com que o governo rasgou a constituição, decretou estado de guerra no país e instituiu o Estado Novo. Era uma falsa acusação de que os comunistas estavam querendo dar um *putsch* (como Felipe explicou que se dizia na época) e tomar o poder, num plano fictício. Documentos fraudados numa falsificação grosseira. Nesse caso, quem divulgou a falsidade foram justamente as autoridades de um regime fascista e continuísta. Deu certo. A ditadura de Getúlio Vargas entrou numa nova fase, de mais arrocho e repressão. Só trinta anos depois um general confessou em suas memórias que tinha sido o autor da farsa, e que não havia qualquer fundamento para todas as acusações.

Mas pelo que Camila vinha aprendendo, a democratização não garantira o fim desse tipo de crime. Felipe falara também no episódio das cartas Brandi, uma crise às vésperas das eleições de 1955. Também uma denúncia falsa e golpista. Desta vez, vinda dos antigetulistas. Sinais trocados, mesmo padrão. Seria uma correspondência entre Brandi, um deputado argentino, e o ministro do trabalho brasileiro João Goulart (que só daí a alguns anos seria presidente). A carta levava a crer que se fazia contrabando de armas na fronteira para apoiar um plano de instalar no Brasil uma república sindicalista, em que Goulart seria apoiado por Perón, o presidente argentino. Uma história estapafúrdia e cheia de incoerências. Mas nem por isso deixou de encontrar seu jornalista leviano, disposto a fazer um escarcéu, na agitação ruidosa de um festival de acusações infundadas, a partir de um pretenso documento que não devia ter merecido qualquer credibilidade, poucos dias antes de que os eleitores fossem às urnas. Como golpe, não funcionou. Uma investigação do exército chegou logo aos culpados, que confessaram o crime. O assustador foi constatar como a imprensa embarcara numa farsa desse tipo. Sem qualquer hesitação. E o clima de caças às bruxas assim criado ajudou a ancorar várias tentativas de golpe nos anos seguintes, até a bem-sucedida de 1964.

Como nos últimos dias Camila tinha sido ouvinte das conversas entre Vilhena e o neto sobre casos desse tipo, foi nítido seu desconforto diante da ligeireza com que Edu e Jorjão falaram na tal notícia saída no jornal essa manhã. Talvez algumas semanas antes sua ingenuidade também a fizesse acreditar que a verdade logo prevaleceria. Agora, não via mais motivos para um otimismo infantil que a fizesse supor isso. Resolveu se meter:

— Vocês não acham que deviam procurar um advogado?

— Para quê? — surpreendeu-se Edu.

— Para se aconselhar, pelo menos. Saber se é o caso de escrever uma carta para o jornal, por exemplo. E em que termos.

— Não precisa. Eu tenho um cliente jornalista e ele sabe da verdade. Com certeza, vai desmentir logo, sem a gente nem ter de pedir nada — garantiu Jorjão.

— Você tem certeza? — insistiu ela.

Percebeu uma leve dúvida no amigo.

— Acho que sim. É um cara legal, direito. E conhece a história.

— Então fala logo com ele — sugeriu Edu.

— Deixa eu ler primeiro e ver o que foi que saiu... Quando eu chegar em casa vou dar uma olhada no jornal — disse Jorjão se levantando. — Estou mesmo em cima da hora, não posso me atrasar.

Antes que ele saísse, ela insistiu:

— Mas não adia isso não.

— Isso o quê?

— A conversa com um advogado.

— Está bem, mas acho que não conheço nenhum. Vou ver o que é que escreveram e depois falo com Felipe para ele me ajudar. Quem sabe, pode indicar alguém.

Ela e Edu foram para outro lado. Entraram no Museu do Folclore, ali perto, onde deram uma olhada no acervo permanente. Mas Mila nem se concentrou muito naquelas peças lindas, de cerâmica, feitas do barro da terra e transformadas em arte pelas mãos e o talento de gente simples. Tinha ficado preocupada. Tão preocupada que, mesmo mais tarde, no apartamentinho de Santa Teresa, enquanto Edu estudava uma música nova, seus pensamentos vagaram um pouco para longe daquilo que ultimamente era seu maior encantamento: a beleza do som do clarinete, sopro humano a escorrer por dentro da madeira, melodia a fluir líquida e sem arestas. Hoje ali, diante da janela aberta para as árvores da mata atlântica que ainda chegavam perto, da mesma forma que um dia, na barroca Viena de Mozart, notas com aquela sonoridade arrepiaram as águas do Danúbio onde se refletiam cúpulas e volutas rococó.

22

Se for assim, não me interessa. Para que chegar aqui e contar mais um casinho? Quero lá saber de caso? O caso só me interessa para tentar chegar ao avesso do caso, ao infracaso, ao supracaso, a um mistério que tudo tem. E que ao longo da vida eu tentei esquecer, comportando-me muitas vezes como se esse transcendente fosse desprezível. As coisas, os causos, os casos. Eu nem sei o que é. Mas contando, quem sabe se arranho e intuo? Ou quem sabe se você sabe? Você, leitor a quem contarei, futuro intruso em minhas memórias, se eu um dia me resolver mesmo a embarcar nesse projeto.

 Pode ser também que o mistério seja que não há mistério algum. Como já disse o poeta. Isso seria mesmo o mais intrigante de tudo. Existir para nada. Apenas rolar a pedra de Sísifo morro acima, para que ela despenque de novo pela encosta. Castigo eterno e absurdo. Sem sentido. Sem avesso nem infra nem supra. O caso raso. Tudo raso e límpido. Menos a linguagem. Essa nunca consegue ser cristalina. Pelo menos, não na literatura, com a mania de insinuar sentidos e possibilidades. Dúvidas. Poder ser de outro jeito. Criar imagem diferente dentro de cada pessoa. Não só no que se escreve. Na linguagem de qualquer arte. Mais do que com qualquer outra, porém, na da literatura. Feita com as palavras. Mais ancoradas no que está ao alcance de todo mundo, a ser usado a toda hora. Por isso mesmo, mais soltas para infinitas imagens.

 Mas nisso eu não estou disposto a me aventurar a esta altura da vida. Depoimento e memórias, talvez. Até pode ser uma hipótese possível. Literatura, não. É turvo demais. Se, por acaso, enveredar por um projeto memorialístico, prometo a mim mesmo que terei o maior cuidado e não vou me enredar nessas questões de linguagem, que só embaçam. Se ceder a essas sugestões deles, tratarei de me garantir e buscar um registro mais científico, mais próximo da historiografia. Ou do próprio jornalismo. Quero tudo claro. Iluminado. Fatos. Ou versões, até aceitáveis, sem nenhum problema, mas desde que sejam explícitas, expostas lado a lado, em suas diferenças e semelhanças. Apenas como o registro de outra maneira de apresentar os fatos. Não preciso embarcar nelas.

Nessa questão de falsidades, por exemplo, em que o Luís Felipe anda tão interessado. Posso incluir algo sobre isso numas memórias. Lembrar que houve uma fraude, um dossiê espúrio. Um monte de papéis e palavras forjando uma narrativa mentirosa. Mas não vou inventar minhas próprias conclusões. Nem mesmo compartilhar minhas deduções, quero apenas registrar. Os papéis, suportes dessa tinta em que se narrava, eram reais. Faziam parte do factual, inegável. Os personagens também — ainda que nem sempre tivessem feito o que lhes era atribuído.

Para contar com veracidade, passa a ser inevitável examiná-los. Partir do documentado. Como devem fazer historiadores e jornalistas.

O jornal de ontem trazia a notícia de um rapaz morto numa favela, num confronto com policiais. Estes diziam que ele estava armado e reagiu. Recolheram uma pistola a ser entregue à perícia para que se comprove que foi usada e deixou vestígios de pólvora na mão dele. Mostram que apreenderam com ele uma mochila carregada de armas, munição e drogas. A família nega, diz que ele era estudante e trabalhava numa lanchonete ali perto. Cada lado diz o que lhe compete e lhe interessa, previsível como sempre. Todos já vimos esse filme. Depois sai das páginas dos jornais. Em vão espero que um dia um repórter pergunte à família em que escola ele estudava, em que endereço trabalhava. E saia investigando. Mais do que apenas se limitando a ouvir uma eventual testemunha que se apresenta, mora ali perto, está sujeita a pressões de um lado e do outro. Mas onde estão os cadernos do estudante, com as datas de suas anotações dia a dia? A lista de chamada guardada na secretaria do colégio? O trabalho de grupo feito com os colegas? O freguês rotineiro da lanchonete, capaz de atestar seu horário de trabalho? Nenhum jornalista apura mais nada? Ou nada disso existe? E, se não existe, por que não se apura isso? É sempre mais fácil escolher uma versão e repetir.

Separar joio e trigo é trabalho insano e não reconhecido. Sempre procurei fazê-lo, para mim mesmo, no íntimo.

Mas na minha idade, não tenho mais tempo de vida a perder com isso. Então para que escrever memórias? O que preciso, sim, sem direito a escapatória, é entender o que houve com minha filha.

Inexorável.

A sugestão de Camila e Felipe não era de se descartar assim, sem mais nem menos. Escrever suas memórias — ou ditá-las — poderia ser interessante. Mas não estava preparado para isso. Nem mesmo desejoso. Pelo menos, no momento.

Vilhena sabia que tudo tem de ser contado pelo menos uma vez, ao menos a um ouvinte, um destinatário. Nem que seja só para poder fazer sentido para quem conta. Mas como leitor, sabia também que não podia narrar nada enquanto não lesse direito. Antes precisava decifrar aquilo que a filha contara de modo entrecortado naqueles fragmentos esparsos. Não podia ficar desorientado, sem saber de onde vinham as linhas de sentido. Perdido feito cego em tiroteio — como ouvira Siá Mariquita dizer tantas vezes lá na fazenda, junto à pequena fogueira no terreiro em frente à porta da cozinha, depois que a noite caía e todos se reuniam para contar casos e histórias. Mesmo que agora estivesse quase cego, fisicamente, sem conseguir enxergar quase nada, não podia se deixar engolir pela escuridão mental.

A história da literatura lhe comprovava isso. Autores cegos que puderam iluminar seus leitores e revelar o real, mesmo sem enxergar nada ou vendo mal, eram exemplos que se sucediam pelos séculos, nas diferentes culturas — de Homero ou Milton ao cego Aderaldo. Ainda outro dia estivera conversando sobre isso com Camila, que lhe falara num estudo recente sobre cegueira e literatura, examinando as criações artísticas de Jorge Luis Borges, James Joyce e João Cabral de Melo Neto. Sem esquecer o belo romance de Saramago disfarçado de ensaio, ou o filme nele inspirado, a que não assistira mas que Mila comentara, ao lhe trazer a fala de um personagem: *A única coisa mais terrível que a cegueira é ser a única pessoa que consegue ver.*

Cegos capazes de ver mais que os outros eram personagens recorrentes da tradição literária. Camila, sempre eficiente na sua área, também lhe trouxera alguns exemplos em contos brasileiros. Mas nem precisava. Vilhena conhecia bem esses que pareciam não ver mas tinham *insights*, uma forma de visão interior, como visionários ou videntes, em condições de reorganizar o mundo a partir de outros parâmetros. Capazes de apreender fatos ocultos ou revelar sinais vindos do céu.

De certo modo, ele os acompanhava desde a Grécia antiga, guiado por Tirésias, quando havia muitos anos lera as tragédias de Sófocles e, intruso ao lado de Édipo, recebera do adivinho cego o terror do conhecimento trágico de seu destino. Em seguida, intruso também colado no marido/filho de Jocasta, em desespero furara os próprios olhos com uma fivela e, novo cego após ver a verdade, saíra a vagar com suas órbitas ensanguentadas, rumo aos abismos do exílio, abandonado pelos deuses. Mas não pelas filhas/irmãs, Antígona e Ismênia, que dele cuidaram com desvelo.

Era a isso que o embaixador Manuel Serafim Soares de Vilhena sentia estar se reduzindo agora. Um velho cego na dependência de ser guiado por uma moça. Obrigado a reconhecer que fora incapaz de conduzir a própria filha e de lhe apontar saídas que a aliviassem ou sendas que a livrassem do terror pessoal que lhe paralisara o coração. Tinha vontade de se incluir no coro grego da tragédia e repetir com eles seu refrão, um desejo expresso de jamais haver existido, para não ter de viver aquela situação. *Melhor não ter nascido.* A citação lhe vinha nítida e com força, mesmo depois de tantos anos sem reler Sófocles.

Ana Amélia, preocupada com seu recolhimento crescente nos últimos dias, bem que tentava amenizar aquele pessimismo. Forçara a conversa sobre a filha a partir dos papéis na pasta, para trazer o problema à tona e até mesmo para ver se ele se destrancava e desabafava um pouco. Mas não ficara depois na mesma situação que ele, remoendo tudo sem parar, escarafunchando a memória em busca de novos indícios ou súbitas visões reveladoras.

Ela era mais do tipo dedutivo. Preferia seguir pistas concretas. Com isso, de vez em quando passava a dispor de mais elementos. Agora encasquetara de buscar mais informações com a governanta aposentada que lhes mandara a pasta. E fazia um ar de dúvida quando Vilhena lhe dizia que, após receberem os papéis e terem ligado para Angelina a fim de agradecer, ele não se lembrava de onde deixara o número do telefone dela.

O embaixador tinha certeza de que a evasiva apenas lhe ganharia algum tempo sem ter de voltar a repisar o assunto. Não muito. Se conhecia bem a mulher, ele estava seguro de que em pouco tempo Ana Amélia o descobriria. E traria novos elementos àquele pesadelo de remorsos com o final da vida da filha. Por vezes achava que estava chegando ao limite, não aguentava mais.

Ainda bem que outras questões vinham agora ocupar seu espírito.

Por um lado, tinha hora marcada no médico essa semana. Podia estar chegando o momento de decidir sobre a cirurgia da catarata — hipótese que cada vez mais o atraía. Desejava mesmo fazer logo a operação, para se livrar daquele isolamento e dependência. Voltar a ser livre para mergulhar nas leituras sempre que quisesse. Fazer intrusões por novos territórios, revisitar os antigos. Mesmo com os riscos de algo não correr bem na intervenção cirúrgica, descobria-se sonhando com essa possibilidade.

Por outro lado, tinha feito uma sugestão para o filme de Luís Felipe e não fora capaz de defendê-la à altura. Teve certeza de que o neto não entendera bem e, só por isso, não embarcara com entusiasmo na ideia. O embaixador se via diante desse desafio intelectual: queria pensar melhor e elaborar argumentos para convencer os rapazes de que não estariam fugindo do assunto se enveredassem por esse caminho.

Ou, em último caso, poderia depois incluir o tema em suas eventuais memórias. Se, afinal, decidisse partir para isso. Ainda não sabia, mas a ideia já lhe parecia menos estapafúrdia do que no primeiro momento.

De qualquer maneira, achava que valia a pena examinar outro tipo de fraude que também lhe parecia comum na história recente do país. Não mais a mentira pura e simples, o plano totalmente inventado a partir do nada, apenas com um alvo e uma meta a alcançar. Não mais tampouco a falsificação que impõe uma versão para ocultar um fato real por meio da acusação de um inocente. Mas aquela que, simplesmente, encobre um crime e o nega, sem acusar ninguém. Apenas fingindo que ele não houve, não passou de um engano ou uma ilusão.

Para essa trapaça de outra espécie, o fato em questão deixava de ser crime, ou passava por uma espécie de lavagem ou branqueamento, de modo a poder ser jogado em outra esfera totalmente diversa. Foi mais comum durante a ditadura, mas talvez hoje em dia ainda estivesse muito mais presente do que se supunha. Mesmo fotografias poderiam ser esquecidas ou ganhar novos sentidos ao lado de uma legenda adequada. Bastava contar uma história bem ajeitada. Dependendo de quem contasse, a imprensa engolia. Aí é que estava todo o segredo desse tipo de mentira. Os jornalistas não faziam as perguntas que deveriam e limitavam sua apuração a um mero recebimento do que as fontes lhes passavam, facilmente desviados pelos rótulos ideológicos automáticos, carimbados na versão. Ou então se encolhiam diante do temor de que algo lhes acontecesse — como no tempo da ditadura ou nas prefeituras do interior, onde havia fortes indícios de máfias ou matadores de aluguel atuando à vontade.

Nos casos muito gritantes — como suspeitas de assassinatos de ex-presidentes —, décadas depois se iniciaria uma revisão histórica da versão oficial. Era o que estava ocorrendo ultimamente com o exame do acidente que matou Juscelino Kubitschek, onde agora, cada vez mais, já se admitia a hipótese de um atentado. Ou, com a morte de João Goulart, após um intervalo de poucos meses, que recentemente, a partir de denúncias da família, já começava a ser investigada como tendo sido causada por envenenamento e ligada à Operação Condor, com ramificações por todo o Cone Sul. Até mesmo outra morte ocorrida na mesma época levantava suspeitas — a de Carlos Lacerda, então articulador da Frente Ampla, e mediador na aproximação entre os dois ex-presidentes e ex-adversários, para então tentar uma aliança entre todos os líderes de peso que se opunham aos militares. Não deixava de ser irônico que um jornalista leviano e tribuno veemente desse porte, ligado a tantos golpes, dossiês falsos e tentativas golpistas, tivesse seu final de vida tão enredado em boatos turvos, desconfianças, insinuações, em que aparecia dessa vez como vítima.

Nos casos de desaparecimento de figuras nacionais dessa repercussão, a versão mentirosa oficial só pudera ser imposta durante a ditadura.

Anos depois, porém, quando o governo militar se acabou, nada disso mais era notícia. Não restava qualquer atração jornalística em voltar ao assunto, ainda mais com tanta coisa nova acontecendo, a começar pela morte do presidente eleito, Tancredo Neves, e pela posse de seu vice. E mais toda a discussão da nova constituição. Aqueles fatos velhos só interessavam mesmo aos historiadores. Natural.

No entanto, na redemocratização, volta e meia ocorriam mortes violentas que tinham tratamento completamente diferente segundo os suspeitos de sua autoria. Aí é que o embaixador Vilhena vinha com sua teoria, de que funcionava o tal carimbo ideológico. Se um capanga de poderoso atirava em alguém ligado a um movimento popular, não havia dúvida de que a esta altura da história a opinião pública não admitia mais essas barbaridades: o bandido poderia até ser eventualmente protegido em âmbito local, até mesmo por julgamentos suspeitos, mas não seria encoberto pela imprensa nem ignorado pela opinião pública. Não havia mais a menor condição de que isso acontecesse. O clamor da consciência coletiva fazia ouvir seu peso. Era um importante passo à frente para o país, ainda que tardio. Mas se num município do interior começasse a parecer que um prefeito assassinado fora morto por interesses contrariados a serviço da corrupção, muitas vezes dentro da própria base de apoio ao governante, então a cobertura da mídia dependeria do partido do acusado ou de sua posição política. Sutilmente o crime poderia passar a ser contado como uma tentativa de sequestro ou um assalto comum, sem que se vislumbrasse nele o envolvimento suspeito de qualquer pessoa merecedora do rótulo ideológico considerado correto.

Vilhena tinha conversado bastante com Felipe sobre isso, tentando convencê-lo a incluir esses casos no filme. Mas o neto achara que seria uma forma de dispersão e decidiu concentrar o foco apenas nos dossiês que costumavam aparecer em períodos pré-eleitorais. Segundo ele, essa característica era parte do padrão que aos poucos ia descobrindo: o objetivo de queimar um candidato mediante a exposição pública de um escândalo que, no calor da campanha, a mídia garantia ter ocorrido e ninguém aprofundava. Como a imensa maioria das denúncias correspondia realmente a fatos verdadeiros, os falsos iam de cambulhada. A execração de inocentes passava a ser um reles acidente de percurso. Ninguém se preocupava depois em retificar. Mesmo jornalistas honestos embarcavam nesse tipo de denúncia fácil e mentirosa. E ao mesmo tempo que corroíam a honra alheia, desmoralizavam a própria imprensa, fazendo o leitor atento, aos poucos, perder a confiança nos jornais.

— Como é que um profissional que se respeita e se pretende sério inventa uma coisa dessas? — estranhara o neto numa dessas conversas. — Porque, afinal, nem todo cara que embarca numa campanha justiceira desse tipo é um desclassificado moral.

— Claro que não — concordara o embaixador. — Há quem seja só leviano e irresponsável. Por isso não gosto de pensar que é *o cara*, como você disse. Mesmo sendo ele o primeiro que usa as páginas da mídia ou a tela da televisão para levantar uma infâmia dessas. Creio que na maioria das vezes não foi ele quem inventou. Alguém que fica nas sombras forjou esse material e o passou às mãos dele. O tal jornalista pode estar apenas se achando o máximo, um porta-voz da moral, mas não passa de um pobre coitado, um infeliz manipulado, um ser desprezível sendo usado por alguém.

Depois que Felipe lembrou ao avô os conselhos que o próprio Vilhena lhe dera no início do projeto, enfatizando a importância de não se dispersar porque o universo a cobrir era imenso, o embaixador ficou meio sem jeito de continuar a insistir. Mas ainda achava que esse aspecto do tema devia entrar na pesquisa para o filme. E continuava a pensar nele.

Ainda bem. Porque assim aliviava um pouco a pressão de ficar o tempo todo pensando em Cecília, sua angústia, os mistérios de seu coração frágil de quem a vida se despediu tão cedo.

23

Não podia dizer que aquela era a primeira vez que seu nome saía no jornal.

Inteirinho — Custódio Fialho Borges Filho.

Alguns meses antes, já acontecera. E do mesmo jeito vago, associado a uma comissão de sindicância interna de que ele jamais vira qualquer sinal de atividade dentro da repartição. Mas agora não estava impresso só no jornalzinho interno dos funcionários do Instituto, como da outra vez. Antes ele se aborrecera com aquilo, se sentira atingido e injustiçado, passara várias noites dormindo mal, mas sabia que era uma coisa sem muita importância para os outros. Para ele, sim, ocupava um espaço enorme: era seu nome que estava sendo publicado com alguma insinuação que ele mesmo não sabia de que era, mas tinha certeza de que não era coisa boa. Porém lá estava ela, impressa, para todo mundo no trabalho ler, num jornalzinho que os chefes chamavam de "promoção de imagem" mas ele achava que era só de bobagem e de fofoca e que pouca gente lia, só mesmo os colegas.

Desta vez era diferente. Muito pior.

Todas as letras e espaços que formavam o nome Custódio Fialho Borges Filho tinham saído enfileirados num jornal de verdade, desses que qualquer um compra na banca. Um jornal que não custava caro e, por isso mesmo, era o que todos os amigos liam, até o pessoal da roda de samba e da turma da cervejinha de sexta-feira no botequim da Glória. Mesmo que nem todos comprassem todos os dias, bastava um ter lido naquela manhã para falar com os outros e a história se espalhar. Uma história cabeluda que ele mesmo ainda não tinha conseguido descobrir exatamente o que era.

Lera e relera, tentando descobrir o que não estava escrito, mas não chegara a perceber nada. Porém sabia que tinha. Porque o que estava escrito era uma mistura de mentiras, em cima de um punhadinho de coisas verdadeiras e inegáveis.

Era verdade que o nome dele era esse. E que ele trabalhava lá no Instituto, onde tinha uma função de responsabilidade no controle do material. Era verdade também que ultimamente havia suspeitas de irregularidades nessa área — ele, por exemplo, suspeitava muito, tinha praticamente certeza de que a roubalheira estava comendo solta. E também não tinha dúvidas de que alguns meses antes seu nome já fora associado a uma investigação sobre essas irregularidades — justamente quando o jornalzinho interno publicara aquele boato sobre uma comissão de sindicância de que nunca ninguém ouvira falar e de cuja existência jamais se tornou a saber.

Mas do jeito que estava tudo isso junto agora, num jornal para valer, desses que se vendem em banca e amigo da gente lê, até parecia que estavam desconfiando que ele fosse ladrão. Quer dizer, a notícia não dizia isso. Só estava escrito que nos últimos tempos seu nome tinha sido citado num possível envolvimento com irregularidades, que estariam sendo investigadas por uma comissão de sindicância interna. Tinha mesmo. Naquela ocasião, o dele fora o único nome mencionado em toda a notícia. Em seguida, o jornal falava que havia indícios que levavam a fortes suspeitas de superfaturamento, compras sem licitação, notas frias. Tudo isso também era certo. Não podia negar. Afinal, seu nome tinha saído no jornalzinho e ele mesmo tinha certeza de que devia haver muita patifaria naquelas transações. Ele mesmo levantara essa lebre e apontara os tais indícios. Tudo verdade.

Mas na hora em que a notícia juntava aquilo, daquele jeito, as verdades viravam mentiras. A impressão que ficava era de que ele tinha a ver com o roubo, não com a vontade de apurar e impedir que as falcatruas continuassem.

E se alguém achasse que aquilo podia ser verdade? Só de imaginar, tinha vergonha.

Absurdo. Ninguém podia acreditar numa coisa daquela. Qualquer pessoa que o conhecesse sabia que era honesto, incapaz de uma tramoia, nunca na vida se metera em nada suspeito. Mas, e quem não o conhecia? Ou quem, de repente, pudesse achar que pensava que o conhecia mas estava descobrindo que ele era um patife e salafrário? Mal conseguia imaginar essa possibilidade. Será que alguém podia achar uma coisa dessas? Será que ele mesmo já não tinha feito isso alguma vez na vida, lendo ou ouvindo alguma coisa sobre os outros, gente que nem conhecia, mas ele acreditara na acusação só porque estava no jornal?

Pensar nisso deixava Custódio zonzo.

Não era possível que aquilo estivesse acontecendo. Afinal, ele mesmo é que primeiro tinha percebido que alguma coisa andava errada nas compras, nos preços e nos gastos de material estocado. Ele é que conversara com o Agenor e descobrira que havia também outros problemas, com outras pessoas, desde que a nova diretoria começara sua gestão. Ele é que procurara um jornalista da televisão, em companhia de Jorge, para mostrar os documentos cujas cópias guardara. Ele é que estava zelando pelo dinheiro público e pelo respeito aos cidadãos e contribuintes. Como é que de repente podia virar o acusado? E sem ao menos saber por quê? Ou de que o acusavam exatamente? Como é que alguém podia se defender numa situação dessas?

Por isso mesmo, tinha gostado da ideia de ir com Jorge e o amigo dele conversar com um advogado. E tinham ido ao escritório do doutor Newton.

Nunca na vida tinha se metido com essa gente, doutor que fala difícil. Mas sabia que eles defendiam os acusados. E ele talvez estivesse sendo acusado. Achava que estava, sentia essa dor no fundo do peito. Mas o doutor dissera que não, que eram só insinuações, não existia nada formal. Não era nem o caso de mandar uma carta ao jornal, por enquanto, porque não havia o que retificar. O jornalista não o acusara. Nem mesmo dissera que ele estava sendo acusado por outros. Apenas mencionara que anteriormente já se comentara sobre a eventual existência de uma comissão de sindicância e o único nome que veio a público na ocasião era o de Custódio. Isso era um fato inegável. O repórter não estava inventando nada.

Era tudo verdade — se bem que ele nunca tivesse sido chamado por uma comissão que estivesse investigando qualquer coisa. Mas que saiu isso escrito no jornalzinho interno não dava para negar. Saiu mesmo.

Diante da sugestão de Jorge para que, pelo menos, o jornal fosse procurado para dizer de onde estava partindo essa insinuação absurda, a fim de que eles pudessem ir tomar satisfação, o advogado sorrira. Isso seria totalmente impossível. Não é assim que se faz. Explicou que o sigilo que protege a fonte de informação é sagrado para a liberdade de imprensa. Um dos pilares indispensáveis de uma sociedade livre e democrática. O próprio Custódio já se beneficiara dele quando procurara o tal jornalista Túlio, junto com o filho, e lhe passara os dados para eles poderem fazer a reportagem da televisão. Da mesma forma que na ocasião teve sua identidade resguardada, agora quem levantava o assunto contra ele também teria o mesmo direito. De qualquer maneira, prometeu que ia tentar se informar e ficar atento. Custódio podia ficar tranquilo quanto a isso.

Só que não ficou. Antes de mais nada, por sentir nos ombros o peso da injustiça que estavam cometendo contra ele. E também porque não gostou nada daquele "por enquanto" que escapara na conversa do advogado. Então quer dizer que o doutor Newton achava que aquilo era só o começo? Que podia continuar? Que daí a mais um pouco podiam chegar a um ponto pior, com mentiras mais cabeludas, e aí, sim, ia ser a hora em que eles podiam escrever uma carta ao jornal para desmentir? E que, enquanto esse dia não chegasse, ele ia ter de conviver com aquelas falsas acusações — ou insinuações, para ele dava no mesmo — de ser ladrão?

Não dava mesmo para conseguir dormir. Já ouvira também, no quarto ao lado, a mãe se levantar umas três vezes, insone. Desconfiava que até mesmo o ressonar de Mabel a seu lado na cama era um pouco fingido, e ela também não dormia. É claro que ninguém conseguia ficar tranquilo, mesmo com as palavras apaziguadoras do advogado. Quem o amava sofria com ele.

Era evidente que, aos olhos de todos os outros, agora ele era culpado — até prova em contrário.

Se fosse possível provar.

24

— Manu, conte a novidade para Mila.

Dava para ver que Ana Amélia estava feliz.

— Vamos marcar a cirurgia, talvez para a semana que vem — revelou Vilhena. — Depende só de uns exames finais.

— Mas essa é uma ótima notícia! Que bom que o senhor resolveu isso!

— Bom por quê? Porque você vai ficar livre de mim?

— De jeito nenhum, embaixador.

Camila ficou um pouco sem graça, por ter externado sua alegria com tanto entusiasmo.

— Bom porque o senhor volta a ficar independente. Não depende de mais ninguém para ler. Mas posso continuar vindo aqui de vez em quando, só para conversarmos, se o senhor quiser. Sem leitura nem trabalho.

Luís Felipe aproveitou para completar:

— E eu faço questão de continuar vindo também.

— Serão sempre bem-vindos para conversar. Mas confesso que não sei se eu vou querer continuar a ter uma rotina assim, com hora marcada. Já basta a fisioterapia. Dessa não me livro. Até mesmo porque o joelho está melhorando muito. Quase não dói mais. Mas por isso mesmo, não posso parar tão cedo.

— E as entrevistas sobre as pesquisas para o filme? — conferiu o neto.

— Essas, sim, podemos continuar. Mas não precisam ter horário fixo.

— Então vou pedir para a Mila me ajudar, agora que vai ficar com mais tempo livre. E passamos a vir juntos.

Bem-humorado, Vilhena foi condescendente:

— Pode ser... É só questão de combinar. De qualquer modo, pode ser que ainda durante um tempo eu vá precisar de ajuda na leitura, sim. Até ter alta. Não sei. Vai depender do que o médico disser.

Depois, virou-se para o neto e perguntou:

— E o que você anda pesquisando ultimamente?

— Ih, vô, para falar a verdade, eu nem toquei muito isso para a frente estes dias, ando meio atrasado. Acabei me envolvendo com outras coisas que também queria conversar com você. Mas não ache que fiquei parado. Estava começando a dar uma olhada numas fraudes mais recentes. Mais uma vez, percebo que elas seguem aquele padrão que estamos vendo se repetir: dossiês de documentos falsificados concentrados em período pré-eleitoral, uso da imprensa para amplificação das denúncias, um acusador metido a salvador da pátria... Tudo contando com a indignação fácil do público. Essas coisas. Esta semana teve até uma frase que eu copiei de um jornal, a declaração de um delegado responsável por uma investigação importante. Acho que vou sugerir ao Leandro para aproveitar no filme. Talvez até entrevistando o cara, para ele aprofundar isso um pouco. Não sei se ele vai querer ou poder falar. Pode ser que tenha alguma limitação para se manifestar, por causa da função em que está. Mas como já disse isso em entrevista que saiu publicada em toda a imprensa, pode ser que não se incomode de repetir e desenvolver a ideia.

— Qual é a frase?

Luís Felipe procurou um papelzinho dobrado na carteira, abriu e leu:

— "A realidade é completamente diferente da versão apresentada pelo personagem (...) e esta foi cegamente propagada por todos." Só tiro o nome do personagem. Fiquei achando que *Cegamente propagado* pode até ser um bom título para o filme. É ótimo ele ter falado nisso, com a autoridade que tem. Ah, porque tem isso também. Vale a pena contextualizar o autor da frase, um alto funcionário da polícia federal. Se a gente lembrar que a investigação que ele comanda é sobre quem comandou uma investigação antes, e o personagem a que se refere é o delegado que o antecedeu, em operações espetaculares e repletas de vazamentos e insinuações plantadas na imprensa, dá pra termos uma boa ideia de como se mantém e se perpetua na nossa história política esse esquema que estamos examinando, cheio de acusações falsas, que passam a ser eficientes em seu propósito criminoso porque têm ampla repercussão na mídia.

— Não tenho a menor dúvida — assentiu Vilhena. — Muitas vezes o crime não é aquilo que está sendo denunciado, mas a denúncia em si. Verdadeiros assassinatos de caráter, que é o nome técnico que os especialistas dão a isso. O diabo é que essas insinuações e denúncias espúrias se misturam na mídia com notícias de investigações justificadas e reais, a acusações verdadeiras, e nem sempre dá para se saber antes.

— Mas na maioria dos casos dá para o jornalista saber, sim — discordou Felipe. — Bastaria fazer algumas perguntinhas simples e tentar apurar as respostas. Por exemplo: De onde veio isso? Quem fez? Quem mandou? A quem interessa? Quem pagou?

— Tem razão. Uma dúvida metódica, digamos assim, para usar uma expressão cartesiana.

— Pode se usar a expressão que quiser. Mas é só não fazer aos outros o que não gostaria que fizessem consigo mesmo. Elementar, para quem é do bem. Ou, enquanto o jornalista não conseguir apurar, poderia pelo menos ter mais cuidado antes de divulgar, e admitir que pode haver alguma dúvida. Os efeitos são devastadores, sempre. Sempre tem gente que prefere acreditar, e repete aquela história sem qualquer fundamento.

— Vocês acham que é de propósito? — quis saber Mila.

— Em alguns casos, sim — respondeu o embaixador. — Há quem divulgue calúnias de caso pensado, para defender seus interesses e ganhar alguma coisa com isso. Ou por maldade ou ressentimento, com plena consciência do mal que pode causar. Mas outros, não. Há muita gente que apenas repete sem pensar, aumenta, passa adiante. Sem nem se dar conta de que ao fazer isso está sendo cúmplice de um crime. Só para demonizar quem está no partido adversário.

— E para posar de bonzinho, de melhor que os outros, de dono único da moral... — concordou Felipe. — O sujeito quer se sentir bem consigo mesmo e ter um bode expiatório, em quem jogar a culpa de todos os males do mundo. Ou, ao menos, do Brasil. Entrevistamos um antropólogo para o filme e ele veio com uma teoria de que esse é um aspecto fundamental do pensamento mágico primitivo. Como quem faz um despacho na encruzilhada ou espeta um bonequinho do vodu, para afastar o mal de si mesmo e mandar para bem longe, ao mesmo tempo que pensa garantir que não tem nada a ver com isso.

— Claro — continuou o embaixador. — Esse elemento está quase sempre presente. São pessoas que talvez não fossem moralmente capazes de inventar essas mentiras. Mas as reproduzem, multiplicam e espalham, mesmo na dúvida. Talvez achem que assim participam de uma missão divina. Assessores especiais do Todo-Poderoso. Uns anjos exterminadores. Arcanjos justiceiros de espada de fogo na mão a expulsar alguém do paraíso, em castigo por seus pecados. Só que sem saber se houve mesmo pecado ou quem o cometeu. E sem ordem de Deus, mas apenas por seu próprio julgamento sumário, de cartas marcadas e provas forjadas. É assustador.

Fizeram todos um breve silêncio, em que a ressonância das palavras de Vilhena foi se instalando fundo em seus pensamentos. Ele continuou, como se estivesse concluindo um diagnóstico, depois de descrever os sintomas:

— São pessoas incapazes de resistir a uma tentação terrível: a do êxtase da santidade.

Às vezes Camila ouvia o embaixador fazer algumas observações assim, quase filosóficas, nascidas da experiência, e dizia para si mesma que ia sentir mesmo muita falta de seus encontros.

De início, ela se obrigara a ter paciência com ele porque precisava ganhar um dinheirinho e o trabalho era indolor. Depois, foi passando a gostar dele. Agora percebia que, além da amizade crescente, sentia inegável admiração por Vilhena. Quase como se fosse um avô que ela não conhecera. Nas conversas com ele, aprendera aos poucos a respeitar sua sabedoria nascida da vida, mais além da erudição vinda de leituras. Mais ainda: passara a apreciar as lembranças dos acontecimentos miúdos do antigo menino nordestino lá na roça, ecos de um Brasil profundo a que ela não tivera acesso e percebia em si como uma lacuna a ser preenchida. Da mesma forma que agora a convivência com Edu lhe revelava a profusão de pontos cegos de sua educação, muito distante da força da criação popular em que o namorado se movia tão à vontade.

Nesses meses lendo para Vilhena, a moça vislumbrara a reverberação de um tempo vivido em outro ritmo e com outros valores, plantado num ambiente mais rural, feito de outros saberes e sabores. Constatara como a vida atual tendia a não respeitar nada disso e ameaçava, com muita rapidez, instalar distâncias enormes entre todos esses lados que nos formam. Andava pensando nisso. Queria pontes que vencessem esses abismos. Percebia como esses afastamentos não fazem sentido, como podem deixar ocos que nos enfraquecem. Tinha vontade de conseguir misturar todos esses ingredientes numa receita única, bem batida, de um bolo bem fermentado, que pudesse crescer e alimentar sua alma brasileira. A tal geleia geral de que Edu falava. E com a qual se mostrara tão entusiasmado no dia em que tinham ido ver uma exposição de arte popular.

Mas agora Vilhena já se dirigia a ela:

— E você acha que vai mesmo poder ajudar Felipe nessa pesquisa? Como?

— Ah, garanto que posso! — respondeu ela, confiante. — Só não sei como. Mas faço o que ele mandar. Vou a bibliotecas, navego na internet, entrevisto pessoas...

— Não vai misturar com literatura? — provocou ele.

Ela sorriu.

— Talvez... Isso eu já não posso garantir. Nem sei se a falta de mistura é uma meta a ser alcançada. A literatura pode muito bem ajudar a fazer umas relações muito ricas entre os assuntos. Eu não consigo me afastar dela. Nem mesmo acho que seria desejável.

— E isso pode ser útil para o filme do Felipe? Mesmo se você vier com umas coisas de literatura em língua inglesa?

— Em qualquer língua, embaixador. Se olharmos com atenção podemos dizer que a literatura atual tem tratado muito dessas fronteiras ambíguas entre o verdadeiro e o falso. E mostrado a presença do mal, agindo surdamente por trás, motor da ação. Mais do que por interesses concretos, no fundo apenas pelo prazer maligno de prejudicar alguém. Pelo menos, algumas vezes.

— No fundo, eu acho até que a literatura pode ajudar, sim — concordou Felipe. — Porque um documentário baseado em fatos históricos (como é o filme) não pode ser apenas uma coisa solta, grandiosa, apenas a denúncia macro de uma chaga provocada por um comportamento social ou político criminoso. Mas devia ser capaz de compaixão, de chegar perto do sofrimento das pessoas atingidas pela mentira. Acho que, se a Camila nos indicar umas páginas literárias para que a equipe do filme leia, a gente pode entender melhor a extensão e a profundidade da devastação que essas coisas provocam nas vidas concretas de algumas pessoas, a dor que causa aos inocentes atingidos pela calúnia. E isso a literatura faz muito melhor do que o jornalismo ou a História.

— E vocês vão filmar isso? — quis saber Vilhena. — Na tela essa mistura pode estragar tudo.

— Não, claro. Não é preciso. Ia ficar sobrando no filme. Mas se a gente trouxer essa vivência para dentro de cada um, pode ser que uma sensibilidade desse tipo consiga marcar o nosso olhar. E nos levar a fazer um filme capaz de aproximar o espectador da dor do outro. Mostrar que não são acusações abstratas, mas armas letais, disparadas contra pessoas concretas, com suas histórias pessoais. Têm consequências. Ainda agora, no carro, quando eu vinha para cá, estava justamente pensando nisso.

— Exatamente nesse aspecto? Mas que coincidência, Felipe... — comentou Vilhena, talvez com um leve ar de estranhamento na voz.

— Nada de mais, vô. Não é coincidência. Acho que eu e Mila temos mesmo pensado muito nessas coisas ultimamente, não é? Estamos acompanhando de perto um caso concreto. E vemos como dói.

A moça confirmou com um movimento de cabeça, enquanto ele continuava:

— Por causa do pai do Jorge.

— Que Jorge?

— O Jorjão, seu fisioterapeuta. Ele e a família estão vivendo dias terríveis. Parece um pesadelo o que está acontecendo com o pai dele. Um sujeito humilde e trabalhador, honesto, decente, de vida impecável, que de uma hora para outra se vê arrastado por uma avalanche de denúncias pela imprensa. E não tem nem como começar a se defender. Fica igual a um gravetinho levado numa enxurrada, partido no choque com as pedras, carregado pela correnteza ou afundando num rodamoinho sem ter o que fazer.

Vilhena não sabia de nada. O neto lhe resumiu brevemente a situação. De modo vago, o embaixador se lembrou de uma conversa que Jorge tivera com ele havia algum tempo. Sobre verdade e mentira, Noel Rosa e notícia de jornal. Mas não lhe dera maior importância na ocasião e nem suspeitava que aquele rapaz que saíra dali havia menos de uma hora estivesse vivendo um drama daqueles. Recordava algo esparso no noticiário sobre irregularidades no antigo Instituto, mas nem lhe passara pela cabeça que aquele assunto tivesse qualquer relação com Jorjão.

— Parece uma campanha, de propósito, embaixador — completou Mila. — Mas não dá para entender com que intenção, nem de onde vem. Todo dia sai alguma coisa na imprensa, mesmo quando não há novidade, só para não deixar o assunto morrer. Nem que seja só uma referência de passagem, em meio a uma reportagem sobre outro assunto. E o pobre homem ainda não conseguiu descobrir de que exatamente está sendo acusado, nem em que contexto, para poder se defender.

— Mas ele tem de procurar um advogado!

— Já procurou. Não lembra que eu lhe pedi uma indicação e o senhor me deu o nome do doutor Newton? Eu mesmo fui com Jorge levar o pai dele lá. No primeiro momento, ele disse que não havia nada a fazer. Era tudo muito vago ainda. Agora, depois do artigo de anteontem na revista, a conversa mudou. Pelo que entendi, a esta altura ele já pode mandar uma carta para a redação se defendendo, porque a acusação ficou mais concreta, ainda que indireta, já que não afirmam mas apenas insinuam que o seu Custódio está levando dinheiro de alguém. Depois disso, ele vai poder até entrar na justiça. Mas se mencionar essa intenção na carta, a revista com certeza não a publica, porque parece que nesses casos costumam alegar que vão esperar a decisão judicial e não se manifestam sobre matéria sob julgamento.

— Mas, em minha opinião, isso ainda não é o pior — acrescentou Mila. — Há um detalhe espantoso, um requinte quase inacreditável. O caso é que, além disso, qualquer processo tem de ser em São Paulo, porque é lá que fica a sede da empresa que publica a revista.

— A sede de todas essas grandes revistas, aliás...

— Mas acontece que São Paulo tem uma população enorme, e muito poucos juízes para o número de ações que cada um deve examinar. Pilhas enormes de processos. A fila é imensa. A previsão é de que demore anos. Antes disso, o crime prescreve. Tem acontecido sistematicamente em outros casos. Pelo menos, foi o que o advogado explicou.

— Não pode ser. Seria um absurdo total. Vocês entenderam mal. Isso, na prática, é uma garantia prévia de impunidade para qualquer ato de calúnia ou difamação pela imprensa.

— Não sei se é para qualquer. Mas para os desse tipo, é. E a revista sabe disso perfeitamente. Já aconteceu antes, mais de uma vez.

— Mas os leitores não sabem — lembrou Mila. — E não só acreditam no que leem, por mais mentiroso que seja, como também embarcam no mito de que um jornalista que faz isso está sendo heroico e corajoso, enfrentando bandidos em defesa do cidadão e do dinheiro do contribuinte.

Ninguém tinha o que acrescentar à evidente revolta da moça. Ficou um silêncio. Vilhena depois perguntou:

— Ana Amélia, a gente tem essa revista aqui em casa? Alguém lê o artigo para mim?

Foram buscar e Mila começou a ler:

— *Custódio Fialho Borges Filho está sendo investigado pelas autoridades competentes. Num relatório interno, sigiloso, ele é tratado como suspeito de comandar um esquema de desvio de dinheiro público da repartição em que trabalha.*

O embaixador seguiu a leitura atentamente. Acompanhou o retrospecto que o jornalista fazia sobre as suspeitas de irregularidades na aquisição de material no antigo Instituto. Depois ouviu a voz de Mila citando acusações graves, segundo um longo relatório que o articulista se gabava de ter à sua frente, na tela de seu computador, e que afirmava que o funcionário "estaria ajeitando uma cobrança" enorme de dinheiro em seu benefício. No parágrafo final, logo antes de concluir exigindo providências, o autor do artigo se calçava e ressalvava: *"É bom lembrar: Custódio Fialho Borges Filho só está sendo investigado. Ninguém o acusou judicialmente. Ninguém o condenou. Mas..."* etc.

Inteligente, habilidoso esse jornalista. Podia estar destilando veneno. Mas tinha cuidado ao se apresentar. Não parecia um caluniador, mas apenas um profissional cumprindo seu dever de informar o público. Um admirável patriota e guardião da moral.

Quando a moça terminou a leitura, Vilhena pediu:

— Camila, quero que você me mantenha a par desse caso. Faço questão de acompanhar. Guarde e leia para mim tudo o que sair sobre ele.

— Pelo jeito, nem vai precisar guardar, Manu — disse Ana Amélia. — Ontem já saiu na televisão. No horário nobre. Vai dar para seguir todo dia, capítulo a capítulo, feito novela.

— Não vi o noticiário ontem — foi o único comentário dele.

Não tinha visto mesmo. De volta do médico, ao mesmo tempo excitado e temeroso com a perspectiva da cirurgia próxima, se recolhera um pouco, antes do jantar. Assombrado pelas lembranças de Cecília, perdera a noção da hora.

— Pode deixar que eu guardo e trago — prometeu Mila, já se levantando para se despedir.

Ao pegar a bolsa, subitamente, lembrou-se de algo e a abriu, tirando um envelope:

— Ah, dona Ana Amélia, eu já ia esquecendo. Minha mãe está fazendo umas arrumações lá em casa e encontrou umas fotos que me pediu para trazer. Disse para eu dar ao Felipe, porque são retratos dos pais dele. Mas recomendou muito que eu lhe mostrasse antes, porque a senhora ia gostar de ver.

Ana Amélia olhou com cuidado. Eram três fotos. Uma de Cecília e Madalena juntas, mocinhas, na beira de um lago, com umas montanhas nevadas ao fundo. Talvez os Alpes. Tão bonitinhas as duas, tão jovens e sorridentes... Outra novamente das duas, bem mais recente, sentadas num café em alguma cidade europeia — mas nessa, Cecília estava com uma cara amassada, meio inchada, com olheiras, devia estar gripada. Na terceira a filha não aparecia. Só o genro.

Era uma fotografia de Xavier e um grupo de pessoas, em alguma ocasião formal na embaixada. Na certa, inauguração de uma exposição. Havia um painel com quadros ao fundo. Ele dominava o grupo, grandalhão, alourado, com sua presença marcante, corpulenta e sanguínea, a atestar prováveis antepassados holandeses nas longínquas origens de uma família de senhores de engenho. Parecia falar, talvez fizesse um pequeno discurso. Todos os outros seguravam taças, voltados para ele, prontos para um brinde. Na maioria, homens. A seu lado, uma mulher desconhecida. Com um terninho claro, elegante e bem cortado.

Não, Ana Amélia não podia acreditar no que seus olhos mostravam. Só podia estar confundindo. Não era possível que fosse mesmo aquilo: parecia o terninho de Cecília, a única roupa exclusiva de um grande costureiro que ela tivera na vida, extravagância total e orgulho absoluto de seu guarda-roupa. Tinha certeza de que a filha jamais o emprestaria a alguém que não fosse uma amiga íntima. Só podia estar enganada. Tomara que estivesse.

— Diga a Madalena que agradeço. Mas, de qualquer modo, eu mesma vou ligar para ela.

Olhou o verso da fotografia. Uma etiqueta impressa em computador identificava o evento e dava a data. Foi justamente enquanto Cecília passara sua temporada no Rio em casa dos pais.

Não podia ser, não podia ser.

Mas era. Ana Amélia sabia que era. E acabava de descobrir que Madalena também desconfiava de alguma coisa. Caso contrário, não ia fazer questão de recomendar que Camila lhe mostrasse a foto do genro. Precisava falar com ela.

25

Difícil saber o que era mais duro. A cada dia Custódio achava que tinha chegado ao fundo do poço e as coisas não podiam piorar. Mas pelo visto, sempre podiam. Pelo jeito, aquilo não ia acabar nunca.

Tinha sido uma semana terrível. Estava apanhando de todo lado, como um daqueles bonecos de Judas que em criança ele tinha ajudado a malhar, destruir e incendiar, pendurado num poste na entrada da vila no sábado de aleluia.

Iria ter o mesmo fim? Os ataques só iriam parar quando ele fosse despedaçado e consumido? Quando não existisse mais? O que estavam querendo? Quem estava por trás? Por que tinham escolhido fazer isso com ele?

Imaginava que tinha sido porque se metera no caminho de alguém importante quando chamara a atenção para o que estava acontecendo na repartição. Ou atrapalhara os negócios de bandidos. Mas nunca pensou que fosse detonar uma fúria vingativa tão forte. Nem que ficasse sozinho nessa hora, sem ninguém que levantasse a voz para defendê-lo.

A caminho do bar para encontrar os amigos, ruminava os pensamentos sem conseguir entender a razão de tanta sanha desencadeada. Subira lentamente os degraus da saída do metrô. Desviou-se de um grupo de moradores de rua que aproveitava a chegada da noite para estender as caixas dobradas de papelão com que iam forrar a calçada para se instalar. Mais adiante, junto ao muro de um palacete decrépito, caindo aos pedaços, uma mulher ajeitava uma sacola cheia de trapos sujos e se preparava para se sentar nela. Um homem que lavara a roupa num dos chafarizes da praça a estendia para secar, num pedaço de fio amarrado entre um poste e uma árvore.

Todos esperavam a hora da distribuição de *sopa para os pobres*, que uma caridade institucionalizada lhes fazia ali, perto do palácio do bispo, nos rastros de uma aristocracia oitocentista que um dia fizera da Glória um bairro nobre.

Mesmo sem usar esses termos, nem em pensamento, Custódio refletiu: até as cidades despencam. Quanto mais a honra de um humilde funcionário público decente...

Caminhou alguns metros pela calçada malcheirosa e viu que o novo número da revista semanal que mais o atacara já tinha chegado à banca de jornais.

Que fazer? Passar direto e segurar a curiosidade? Deixar para se aborrecer só no dia seguinte se houvesse mais algum ataque? Mas isso seria escolher a certeza de mais uma noite sem dormir, com medo, acuado, especulando. Consultar agora seria uma leve aposta na esperança. Podia ser que nesse número o tivessem poupado.

Resolveu que ia, pelo menos, ver no índice se havia alguma coisa sobre o escândalo do Instituto.

Não chegou a saber. Abriu a revista, folheando, em busca das primeiras páginas. De dentro das cartas de leitores, de repente, saltou seu nome. Ou o do seu pai, quase igual. Numa correspondência de um desconhecido total, que se identificava como diretor-presidente de uma imensa empresa transportadora:

Conheci Custódio Fialho Borges há muitos anos, quando me iniciava no ramo de transportes e ele trabalhava para meu pai, enquanto tentava fundar uma associação de caminhoneiros. Foi um dos homens mais íntegros que conheci, de inquestionável retidão de caráter.

Pelo menos isso, um depoimento a favor. Alguém que conhecera seu pai, sabia de onde vinha, qual era seu padrão moral. Continuou a ler:

Deve estar se revirando no túmulo, de vergonha. Ainda bem que não está aqui para ver as safadezas e as escandalosas falcatruas de seu rebento.

Fechou a revista, caminhou em passos lentos até o bar. As pernas lhe pesavam. Os ombros, o corpo todo, puro chumbo. Mais do que conseguiria suportar.

Mesmo chegando ao bar mais tarde do que costumava, percebeu que a roda dos amigos estava um tanto desfalcada. Faltavam alguns. Era outra novidade: não dava mais para contar com gente de quem gostava e em quem sempre confiara.

Ainda na véspera, entreouvira uma conversa dos filhos na cozinha: Jorjão tinha procurado Agenor para ver se ele se manifestava de público a favor do pai e encontrara uma negativa. O amigo era solidário, entendia, sabia que Custódio era inocente, sobre isso não tinha qualquer dúvida. Até tinha mesmo pensado em fazer alguma coisa. Mas Marilena lhe pedira que ficasse quieto no seu canto. Eles já tinham conseguido se livrar dos problemas do Instituto. Não podiam agora arriscar sua paz, o sossego futuro dos filhos. Por favor, que Jorge desculpasse e tentasse explicar a Custódio. Mas não ia ser possível fazer nada.

Agora, no bar de sempre, na roda da cervejinha de sexta-feira, Custódio reparava: quando ele chegou perto, fez-se um silêncio. Estavam meio constrangidos ou era sua imaginação? Não era possível. Esses eram seus amigos. De sempre. De futebol e de música. De casamentos e enterros. Da vida toda, caramba!

Um deles brincou:

— Hoje é por sua conta, Custódio. Já que está montado na grana...

Outro cortou a brincadeira com um gesto. Puxou a cadeira para ele sentar. Custódio fez uma saudação geral com a mão, arreganhou os dentes num sorriso forçado, grunhiu umas sílabas. Mas disse que ia ao banheiro antes. Precisava jogar uma água na cara, ver se com isso diminuía a sensação de estar zonzo.

Demorou bastante lá dentro. Voltou devagar, em silêncio, com passos penosos. O peso nos ombros continuava. E no peito. Ao se aproximar do caixa, ouviu um garçom conversando com o dono do bar:

— Quem diria? Essa cara de santo, e o tempo todo metendo a mão. Como a gente se engana com as pessoas...

— Cala a boca que lá vem ele — sussurrou o outro.

Fez de conta que não ouviu. Seu dia inteiro era agora um faz de conta. Representava um papel e fingia que não estava nem aí para o que os outros pudessem estar pensando. Mas não conseguia ter outra coisa na cabeça. Doía tanto que parecia que ia estalar e se partir em estilhaços para todo lado.

Não ia aguentar ficar ali. Tomou só um chope, para não fazer desfeita. Disse metade da verdade — que estava com dor de cabeça — e se despediu. A semana toda tinha esperado esse momento de um pouco de alívio. Tinha achado que a companhia dos amigos ia ser um conforto. Estava enganado. Melhor ir embora.

Enquanto se afastava, ainda ouviu:

— Não dá mais pra negar. Onde há fumaça, há fogo.

— É... barra pesada...

— Mas quem mandou? Fez, agora aguenta.

Era isso o que esperavam dele? Que aguentasse? Quanto? E até quando?

Chegou em casa em silêncio. Mabel se surpreendeu. Tão cedo numa sexta-feira. E sem o embrulhinho de sempre.

— Cadê o pão, Custódio?

— Ih, esqueci...

Pela primeira vez na vida. Sem jeito, se ofereceu:

— Quer que eu saia de novo para ir buscar? Num instantinho eu trago.

— Não precisa. Tem sopa e umas torradinhas. Vou botar seu prato na mesa. Hoje vai dar até pra você comer com sua mãe e comigo.

— Não estou com fome. Vou tomar um banho.

Trancou-se no banheiro. Demorou muito mais do que costumava. Mabel esperava para esquentar a sopa. Quando ele saiu, entrou no quarto atrás dele. Tentou puxar outros assuntos para distrair:

— O corretor ligou. A escritura está confirmada para terça-feira, naquele cartório mesmo de que ele já tinha falado. Tenho o endereço lá dentro. Você precisa ir junto, para assinar também.

— Eu vou, fique sossegada. Não vou te deixar na mão.

— E não se esqueça do feijão esperto de amanhã. Vamos comemorar.

Tinha esquecido, claro. Mas não fazia a menor diferença. Seria em sua casa mesmo, como todo sábado, o feijão de sempre. Só que com algum reforço de carnes. Dava ar de festa. Não deixava de ser uma feijoada, mas Mabel reservava esse nome para quando as quantidades eram enormes, em panelões imensos. Para pouca gente, chamava só de feijão esperto. Mas tinha carne-seca, linguiça, uns pedaços de porco salgado. E couve à mineira, molhinho de pimenta, farofa no capricho, laranja cortada.

— Trouxe uns limões da feira pra fazer umas caipirinhas pros convidados.

Ah, é, ainda tinha essa. Convidados. Isso é que ia ser chato. Não estava com vontade de falar com ninguém. Ainda mais gente de fora. E na sua própria casa, não podia ficar trancado. Uma chateação. Só se inventasse um pretexto para sair. Mas para onde?

— Não dá para desmarcar? Ou pelo menos adiar? Até que as coisas melhorem...

— Não dá, meu bem. As carnes já estão de molho. As pessoas já estão avisadas. E as coisas já estão melhorando, Custódio, pense bem nisso: estamos realizando um sonho, vendendo o apartamento do Catumbi. Merece uma comemoração.

Que jeito? Ia enfrentar mais um dia de faz de conta. Conversar, preparar caipirinhas, talvez até dedilhar o cavaquinho e tocar alguma coisa com os filhos. Fazer de conta que tudo estava normal ou ficando melhor.

— São quantos convidados?

— Só dois. O amigo do Jorge e a namorada do Edu. Cabemos todos em volta da mesa. Assim a gente fica aqui dentro, não precisa botar mesinha do lado de fora pela vila.

É. Agora lembrava. Tinha concordado. Precisava mesmo agradecer ao amigo do Jorge que lhe arranjara o advogado e estava acompanhando em tudo. Sem ele estaria muito pior. No mato sem cachorro, como a mãe dizia. Pensou nela. No pai se revirando no túmulo com as tramoias do rebento. Tomara que ela não visse a revista, não lesse a carta do leitor.

— Cadê minha mãe?

— Está vendo a novela. Quando acabar o capítulo vou botar a sopa na mesa. Venha logo.

— Acho que hoje não vou jantar. Estou sem fome. E com dor de cabeça.

Não adiantou nenhum argumento de "come que melhora". Nem oferta de aspirina para tomar com leite morno. Ou chá de camomila. Custódio fechou a porta do quarto e ficou lá dentro. Não quis conversar com mais ninguém. O esforço de faz de conta já tinha chegado ao seu limite nesse dia.

No primeiro momento, nem mesmo quando a mãe bateu de leve e entreabriu a porta ele admitiu estar acordado. Mas ouviu bem o que ela disse:

— Sei que você está fingindo, porque não está roncando. Logo que você dorme, sempre ronca.

Inútil fingir. Não dá para enganar mãe. Abriu os olhos.

— Desculpe, mas estou com dor de cabeça. Mãe, quero ficar sossegado e em silêncio, por favor.

— Pode ficar. Você tem toda razão para sentir dor. O que estão fazendo com você é uma maldade. No meu tempo, lá na minha terra, essa gente já tinha levado uns tiros.

— Só ia piorar as coisas.

— Eu sei. Não estou te trazendo nenhuma arma. Só um conselho do seu pai.

Custódio se levantou um pouco, ajeitou o travesseiro, se recostou na cabeceira da cama. Fez um lugar para a mãe sentar a seu lado, tomou a mão dela. Ficou acariciando, feito menino. Sentiu os olhos ficarem úmidos. Estava perdendo o controle e não podia deixar isso acontecer. Mas queria colo de mãe e abraço de pai. Precisava reagir. A custo, se segurou e tentou brincar.

— Essa é nova. Conselho de pai? Acho que nunca tive nenhum na vida. Pode embrulhar e mandar que estou recebendo.

— Meu filho, quando eu fiquei sozinha com aquele material de faxina e aquela máquina de costura tendo você para criar, resolvi que não ia ficar falando em seu pai a toda hora, que era pra você acostumar logo, saber que era órfão mesmo, e não sentir pela vida afora o buraco que eu sentia sem ele. Mas isso não quer dizer que eu não tenha guardado a recordação. Penso nele todos os dias.

A umidade nos olhos outra vez. Não podia deixar.

— Então vamos lá, mãe. Dê logo esse conselho e volte para sua novela que eu preciso descansar.

— Ele não era exatamente um homem religioso. Mas nos momentos de muita aflição gostava de abrir a Bíblia em qualquer lugar e ler as linhas onde seus olhos batessem. Dizia que isso sempre ajudava.

— Pode ser. Mas agora, não. Outro dia, mãe. Estou muito cansado. Por favor, não leve a mal. Eu quero ficar sozinho. Mas obrigado pelo conselho.

Ela lhe deu um beijo na testa e saiu.

Custódio tentou pensar em outras coisas. No apartamento do Catumbi, por exemplo. Dessa vez, até ele estava começando a acreditar que iam vender. Tinha boas lembranças de seu tempo de rapaz, quando conhecera aquele lugar. O prédio ficava recuado, tinha um jardinzinho modesto na frente. Um canteiro de flores mirradas. Um cantinho sombreado com samambaias e avencas. Um jasmineiro junto ao portão. Edifício modesto, sem elevador. O apartamento dos pais de Mabel ficava nos fundos do terceiro e último andar, no final de um corredor aberto na lateral, que dava para o quintal do vizinho, com uma mangueira e um pé de sapoti. Não levava a mais nada. O dia todo a porta ficava escancarada, para correr uma ventilação cruzada e refrescar os cômodos. O corredor, que devia ser de uso comum, virava uma extensão de casa. Os dois apartamentos, o de frente e o de fundos, se derramavam pelos vasos de planta em cada extremidade da passagem estreita. Espada-de-são-jorge e comigo-ninguém-pode, tinhorão e antúrio. No dos pais de Mabel, puseram do lado de fora um balanço de ferro batido, de dois lugares, com umas almofadas floridas, desbotadas de tanto serem lavadas. No outro, em frente, enfileiravam-se junto à parede duas poltronas de vime, em que um casal de idade costumava se sentar depois do jantar, em busca do ar fresco da noite. De vez em quando, o barulho longínquo de um bonde passando. Tudo isso se acabara, e não só as pessoas que tinham morrido. Sobraram ele e Mabel, fantasmas dos jovens viçosos que tinham namorado naquele balanço. Talvez também ainda vivesse algum filho do casal da frente. Mas nunca mais manga e sapoti atraindo bandos de sanhaços, nem jasmim exalando seu perfume que chamava para o namoro. E nunca mais famílias tranquilas em casa, de portas abertas, sem medo de estar na linha de tiro das guerras entre quadrilhas de traficantes pelo controle de pontos da droga.

Quem estava na linha de tiro era ele. O rebento de outros tempos, cujo pai se revirava no túmulo, de tanta vergonha. E ainda ia ter de bancar o pai de família satisfeito no dia seguinte, a receber sorridente os amigos dos filhos.

Mais faz de conta. Não sabia se ia aguentar.

Mas uma coisa agora já sabia, com toda a certeza: pode sempre ficar pior.

26

Quando telefonou para agradecer pelo envio das fotos da filha, Ana Amélia convidou Madalena para vir tomar um chá com ela. Mas a mãe de Camila recusou, delicada e firme. Teria muito prazer nisso e até se comprometia a aceitar o convite em alguma data posterior. Mas nesse momento fazia questão era de receber em sua casa a embaixatriz. Estava sendo tão bom para Mila ter essa oportunidade de conviver com eles... A filha andava animada, cheia de planos, fazendo novos amigos.

— Não quero lhe dar trabalho. E também, eu sei que esse momento está complicado para vocês. Com o embaixador às vésperas de uma intervenção cirúrgica, prefiro não perturbá-lo com movimentação em casa.

— Mas isso até pode distraí-lo, Madalena. Quando ele pode conversar com alguém, é sempre melhor.

— A não ser que a senhora não queira sair porque ele não deve ficar sozinho... Nesse caso, podemos deixar nosso encontro para depois da operação, se preferir.

Não ocorreu a Ana Amélia a verdadeira razão daquela insistência. Madalena preferia encontrá-la a sós. Mas concordou em ir, porque não aguentava mais esperar.

— Não, não, você tem razão. Talvez seja melhor aí. Combinamos assim: agora eu vou até sua casa. Depois da cirurgia, você vem até aqui. Assim nos encontramos duas vezes.

— E então aproveito para fazer uma visitinha a ele.

Tudo acertado, Ana Amélia agora chegava ao apartamento do casal Vasconcelos. Não quisera adiar o encontro por dois motivos. Primeiro, estava mesmo ansiosa para ter aquela conversa. Segundo, porque finalmente conseguira localizar Angelina e, daí a dois dias, ia encontrar a ex-governanta, que estava no Rio para passar as festas de fim de ano na companhia dos parentes. Tinha certeza de que deveria estar munida do máximo de dados possível, antes dessa reunião com a ex-funcionária.

Mas agora, depois de se instalar no sofá da sala com Madalena, diante de uma magnífica vista do Pão de Açúcar dominando a enseada de Botafogo na tarde ensolarada de um início de verão carioca, hesitava um pouco. Se presumia que poderia quase interrogar Angelina sobre a morte de Cecília, desde que fosse hábil, por outro lado também reconhecia que não sabia muito bem de que forma deveria conduzir aquela sondagem com a embaixatriz mais moça.

Depois de uma conversação geral, meio borboleteante, pousando aqui e ali sobre amenidades, Ana Amélia ainda se perguntava como ia puxar o assunto desejado. Para sua surpresa, a própria Madalena entrou nele sem rodeios:

— Embaixatriz, se a senhora não se incomodar, eu gostaria de falar sobre a Cecília. Mas se for triste demais e a senhora preferir não comentar esse assunto, eu entendo e não se fala mais nisso.

— De modo algum. Eu quero ouvir. No fundo, acho que vim aqui na esperança de ouvir. Não sei é se consigo falar. Mas me chame pelo nome e me trate por você, por favor. Como se fosse minha filha. Você foi amiga dela. Talvez a única.

Madalena concordou, com tristeza:

— É... Na juventude. Mas convivemos muito pouco nos últimos anos. Cada uma num posto diferente, nossos caminhos não se cruzavam. E nenhuma das duas se sentia muito à vontade com e-mails e internet, essas coisas que nossos filhos manejam tão bem. Foi uma pena. Hoje eu me arrependo. Devia ter insistido mais, chegado mais perto. Eu gostava muito da Cecília.

— Acho que meu marido e eu também nos arrependemos. De minha parte, eu sei que devia ter estado mais ao lado dela. Manu não costuma tocar no assunto, eu não sei exatamente como se sente, nem se é possível falar em arrependimento ou remorso, no caso dele. Mas acho que sim. O fato é que nós a deixamos sozinha, em plena depressão, num país estrangeiro, e o coração dela não suportou.

— Por quê?

A pergunta surpreendeu Ana Amélia:

— Por quê? Ora, porque era muito mais frágil do que supúnhamos, e ninguém sabia. Nunca tinha sido detectado nenhum problema cardíaco nela. Era moça, não fumava, fazia exercícios com regularidade. Como suspeitar que ia ter um infarto fulminante?

— Não, não... Não era a isso que eu me referia. A pergunta é outra. Por que nós a deixamos sozinha? Quando eu soube da morte dela, me fiz essa pergunta muitas vezes, sem parar.

— Chegou a alguma conclusão?

— Acho que sim. Mas gostaria de saber a sua resposta, antes de dar a minha.

— Pois eu acho que não há nenhum mistério nisso. Foi uma razão muito simples. Nós não imaginávamos que ela estivesse se sentindo sozinha. Porque na verdade, objetivamente, não estava. Era só uma impressão dela, uma coisa subjetiva. Estava bem casada, com um marido que cuidava dela, se preocupava com seu estado de saúde, costumava discutir o assunto com os pais dela. E era acompanhada por um profissional competente. Afinal, estava sendo tratada, e sob medicação supervisionada.

Depois de uma pequena pausa, Ana Amélia perguntou:

— E você? O que respondeu à sua própria pergunta?

— Eu acho que a deixei sozinha por covardia. Mas só entendi isso muito depois. Enquanto ela estava viva eu não tinha consciência de que a minha omissão tinha alguma coisa a ver com uma espécie de medo.

— Não estou entendendo.

— Eu também custei muito a entender. Mas vou tentar lhe explicar. Contar tudo o que sei e um pouco do que imagino. Prometi a mim mesma que ia fazer isso. Desde o dia em que Camila comentou comigo que o Luís Felipe anda angustiado com coisas que ele acha misteriosas na morte da mãe. E contou que ele tinha ido a Brasília falar com uma ex--governanta da embaixada. Nessa hora, decidi que ia procurar a senhora e lhe falar. Porque logo vi que ele fora encontrar Angelina.

— Luís Felipe? Com Angelina? Mas eu não soube nada disso. Você tem certeza?

— Absoluta. Antes de mais nada, porque Camila me contou que ele fizera confidências sobre isso numa roda em que estavam ela, o namorado e aquele amigo deles que é fisioterapeuta. E em seguida, porque eu mesma confirmei.

— Como assim?

— Fiquei preocupada e liguei para Angelina. Ela contou que Luís Felipe telefonara. E depois tinha ido a Brasília especialmente para encontrá-la, o que eu já sabia pela Camila. Mas garantiu que ela foi fiel ao último pedido de Cecília e não contou nada a ele. A senhora... quer dizer... você... não sabia?

Era informação demais. Suspeitas de circunstâncias misteriosas. Madalena cheia de novidades. O neto fazendo investigações por conta própria. A ex-governanta como depositária de pedidos secretos da filha na hora da morte... Ana Amélia tentava processar tudo isso, em silêncio.

A outra respeitou. Aos poucos, enquanto servia o chá, foi começando a falar, num resumo de lembranças, dando o quadro geral. Tinha sido amiga de Cecília no início das carreiras dos respectivos maridos, que não chegaram a ser colegas de turma mas foram contemporâneos em sua formação no Instituto Rio Branco. O primeiro posto de Vasconcelos no exterior tinha sido junto com Xavier, este de segundo secretário e ele de terceiro, na mesma cidade suíça. Os dois casais ficaram amigos. As duas mulheres logo se aproximaram muito, até que, de repente, Madalena notou que Cecília estava se afastando um pouco. Como se evitasse estar sozinha com ela, embora se dessem bem e sempre se encontrassem socialmente, na companhia de outras pessoas.

— Uma vez ela me telefonou e me perguntou se podia marcar um encontro comigo daí a alguns dias, na estação de trem, e se eu podia dispor de um dia inteiro para passar com ela em outra cidade. Achei ótimo. Seria um belo passeio, com certeza. Aí ela me pediu para não contar a ninguém. Prometi, mas não imaginei a razão; a não ser, talvez, que ela estivesse tendo um caso com alguém e quisesse uma confidente e cúmplice, talvez para ajudar a acobertar.

— Cecília? A minha Cecília? Um caso?

— Calma, Ana Amélia. Essa foi a única hipótese que me ocorreu no primeiro momento. Mas não era verdade. As explicações que ela deu depois eram outras. O que havia era que Xavier não queria que ela fosse minha amiga. Não que a proibisse de falar comigo, claro. Mas se preocupava com nossa proximidade e preferia que eu e ela não ficássemos muito íntimas. Não gostava dos meus modos, da minha personalidade, sei lá de quê; achava que eu era metida a independente demais, tinha opinião sobre tudo, falava mais do que devia, qualquer coisa assim. Não muito recomendável para o modelo clássico de esposa de diplomata, se a senhora me entende...

— Você, Madalena... — Tornou a corrigir. — Esqueça esse "senhora"...

— Desculpe, é o hábito. Xavier também estava convencido de que as posições políticas de minha família, notoriamente de oposição, iam prejudicar muito a ascensão profissional do meu marido. E, se Cecília começasse a ser minha amiga íntima, isso poderia respingar na carreira dele. Rimos muito, achamos aquilo uma bobagem e resolvemos que não íamos obedecer àquele sujeito, acostumado a mandar desde pequeno. E a ser sempre obedecido. Mas também não havia nenhum motivo para desafiarmos ostensivamente as ordens dele.

Sorriu, lembrando:

— Não era um caso de amor clandestino o que sua filha tinha, embaixatriz. Era uma amizade clandestina. Nosso segredo particular e delicioso. Quando ela podia, me ligava e a gente se encontrava. Evitávamos lugares públicos frequentados por diplomatas e suas mulheres, como restaurantes e confeitarias ou centros comerciais sofisticados. Íamos à feira em bairros populares, entrávamos em leiterias, sentávamos em volta de uma mesinha e passávamos a tarde batendo papo, tomando chocolate quente e nos enchendo de docinhos e biscoitos. Éramos muito jovens e nem pensávamos em balança. Às vezes, quando estava muito frio, tomávamos um bonde para aproveitar o aquecimento, simplesmente íamos até o fim da linha e voltávamos. No verão, nos encontrávamos em parques. Ou tomávamos um trem ou barco e íamos até outra cidadezinha nas vizinhanças. Na Suíça há tantas, encantadoras, as distâncias são tão pequenas... Nos divertíamos muito, ríamos, conversávamos, tomávamos sorvete e comíamos bobagem, como duas crianças matando aula. Só queríamos estar juntas. Mas aquelas conversas nos alimentavam, criavam um oásis de liberdade e alegria no meio daquela vida toda certinha da rotina diplomática, cheia de formalidade e cerimonial. Começamos até a trocar de sapatos em nossos passeios. Saíamos de casa de salto alto, bem formais como todo dia, mas calçávamos tênis ou sapatilhas assim que dava, caminhávamos à vontade e só voltávamos ao modelito da jovem dama bem-comportada na hora de cada uma ir de novo para casa — com sua sacola de boutique na mão, como se tivéssemos feito compras e não estivéssemos carregando ali um calçado mais confortável.

Depois vieram as remoções de postos. Cada uma foi para um lado. Os maridos nunca mais serviram na mesma cidade. O convívio diminuiu. Elas só se encontravam esporadicamente, entre viagens, em algum evento social ou recepção oficial. O carinho continuou o mesmo, mas a intimidade desapareceu.

Nunca mais estiveram sozinhas. Até um ano antes da morte de Cecília. Por acaso, em Paris. Gustavo Vasconcelos estava servindo lá, junto a uma organização internacional, mas na ocasião tinha sido chamado ao Brasil para umas reuniões. Xavier estava em seu posto em outro país. Madalena tinha ido ver umas gravuras numa galeria da rue de Seine com uma amiga francesa. Na saída, sentindo um pouco de fome, lembraram-se de comer algo ligeiro no Aux Deux Magots, talvez um omelete de queijo com salada, e tomar uma taça de vinho. Ao entrar no café, viu Cecília sentada num cantinho da varanda, sozinha, de óculos escuros, diante de uma xícara vazia. Apresentou-a a sua acompanhante, explicou que era uma velha amiga brasileira, sentaram-se juntas, a outra pediu que Cecília tirasse os óculos para bater uma foto daquele reencontro.

— A foto que você me mandou...

— É, uma delas. A outra era de nós duas na Suíça. Estavam num envelope que Angelina me enviou logo depois da morte de Cecília.

— E a outra foto? Conte mais. Quero saber tudo.

Madalena logo vira que a amiga não estava bem. Com certeza estivera chorando. A francesa também percebeu, deu uma desculpa qualquer e foi embora. Sozinhas, Madalena tocou no braço de Cecília com carinho e lhe perguntou o que estava acontecendo. Foi o suficiente para que ela desabasse, sem conseguir responder, enquanto as lágrimas escorriam silenciosas.

— Primeiro, tomei as providências práticas. Perguntei onde ela estava, tomamos um táxi, passamos no Hotel Lutetia, recolhemos a mala dela, fechamos a conta e a levei para minha casa. Lá, depois de chorar muito, só me disse que eram problemas com o marido. Coisa que não me espantou a mínima. A essa altura eu já sabia perfeitamente que casamentos têm crises ou acabam. Que novos amores acontecem e homens costumam ter crise de meia-idade. E também conhecia muito bem a duplicidade de seu genro. Sabia perfeitamente como o Xavier é autoritário, como trata mal os subalternos, e como pode ser grosseiro e desagradável quando não lhe interessa ficar fazendo rapapés. Acho que é um lado de patriarca, que ele tem muito forte, de filho de usineiro, neto de senhor de engenho. Treinado para mandar e exigir obediência cega. De qualquer modo, nesse dia nossa conversa não foi adiante. Sempre sem querer ou conseguir falar mais, Cecília tomou um banho, uma sopa, e foi se deitar, prometendo que no dia seguinte conversaríamos. Preocupada, vendo que ela de vez em quando ainda exalava um soluço perdido, acabei passando a noite na cama ao lado, no quarto de hóspedes mesmo. Mas ela dormiu bem, um sono profundo, até tarde, e acordou mais bem-disposta, o que não chegava a ser vantagem, porque não podia ficar muito pior do que estava na véspera.

Passaram a manhã inteira em casa, só almoçaram bem tarde, e Cecília lhe contou que o marido a estava traindo. Já havia bastante tempo, pelo que deduzia. Mas não conseguira descobrir com quem era. Achava que era uma estrangeira, porque uma vez entrara no escritório e o surpreendera ao telefone, numa conversa melosa em alemão.

— Até brinquei com ela, dizendo que ela só podia estar enganada, que fala melosa em alemão era impossível... — recordou Madalena. — Consegui que sorrisse um pouco.

Mas não era só a traição. Como se mentira fosse pouco, Xavier passara a maltratá-la. Estava impaciente e agressivo, gritava com ela, tratava-a como se ela fosse uma idiota, humilhava-a na frente dos outros. Ultimamente, chegava cada vez mais perto da agressão física e era por isso que Cecília estava naquele estado. Ele já lhe dera um safanão uma vez, que a deixara perplexa e sem reação. Recentemente, depois de uns uísques e uma discussão feia, numa noite em que ela o acusou de estar perdendo a compostura por alguma sirigaita, ele tinha passado dos limites.

— Você está me dizendo que ele espancou minha filha? Por que ela não pediu socorro, não foi à polícia?

— Não chegou a tanto, Ana Amélia. Espancamento é uma palavra forte. E uma realidade mais forte ainda. Mas ela ficou com medo. E pensou, sim, em ir à polícia. Foi o que me contou lá em casa naquela manhã, quando lhe fiz a mesma pergunta que você está fazendo. Tive a mesma reação que você agora. Mesmo nós duas (ou nós três) sendo casadas com embaixadores e conhecendo perfeitamente o roteiro do que iria ocorrer numa hora dessas...

— E o que houve?

— Depois dessa briga que se estendeu pela madrugada, ela resolveu denunciar. Mas constatou que, sendo ele embaixador, para que aceitassem a queixa dela ia ser preciso uma comunicação entre os dois governos. Estaria criando um incidente diplomático. Não era possível assim, sem mais nem menos, um governo fazer do embaixador de um país amigo o réu de um processo ou uma investigação policial.

— Não seria sem mais nem menos se ele agredisse uma pessoa. A própria mulher dele.

— Ana Amélia, minha querida, me desculpe. Mas pelo jeito, nesses casos isso não é agravante, é atenuante. Muita gente acha que a vida é assim mesmo, que marido tem certos direitos, que o que se passa entre quatro paredes não é da conta de ninguém...

— Chega! Não quero ouvir mais, pare! — A exclamação foi incontrolável.

Fechou os olhos, tapou-os com uma das mãos, ficou uns segundos em silêncio. Depois, levantou a cabeça, olhou Madalena de frente e pediu:

— Desculpe, continue contando. É verdade que não quero ouvir. Ou melhor, preferia não haver nada que eu precisasse ouvir. Mas sei que há e preciso saber. Continue contando.

— Bom, sem envolver a polícia, só restava então desconsiderar seu impulso e tentar resolver a questão em particular, com ele. Enfim, buscar um entendimento numa conversa de casal. Passou o dia recolhida. Apenas disse que queria descansar. Ele não chegou a pedir desculpas, mas foi compreensivo e educado, como se tivesse caído em si e se arrependesse. Disse que andava estressado com o trabalho, sugeriu que ela espairecesse, desse uma escapada a Paris ou Roma para se distrair. Ela concluiu que era ele quem andava querendo uns dias, livre, para dar uma fugida para outro lado com a amante. Mas topou. E foi assim que nos encontramos na semana seguinte.

Cecília e Madalena conversaram bastante naqueles poucos dias parisienses, sozinhas na mesma casa. Era evidente que não havia a menor ilusão sobre a possibilidade de reconstruir aquele casamento. A questão era como sair dele. Mas não parecia tão simples.

Xavier não admitia nem ouvir falar em divórcio. Isso significaria partilha. Dividir os bens pela metade era algo que não estava nos seus planos. Mas esses planos não estavam claros para a mulher no primeiro momento. Ele se fingia de protetor e explicava que se preocupava com a situação de Cecília, que ficaria muito mal se o casamento acabasse. Ela não trabalhava, não tinha ganhos próprios. Qualquer percentual dos vencimentos do marido, que um juiz viesse eventualmente a estipular, não cobriria seus gastos no nível de vida a que ela se acostumara — principalmente porque incidiriam apenas sobre o salário fixo, que não era alto, e as despesas seriam elevadas se ela fosse morar sozinha, tendo que arcar com aluguel, taxas, condomínio, empregada, luz, gás, telefone etc. Enfim, tudo o que na ocasião era coberto funcionalmente. Além disso, ela deixaria de ser dependente dele no plano de saúde — e tentar fazer um novo, de qualidade e a um preço viável, na sua faixa de idade, era tarefa praticamente impossível. E, pior ainda, na eventualidade de morte de Xavier, ela perderia o direito à substancial pensão que o serviço público por toda uma vida assegura à viúva de um diplomata nesses casos. Ficaria em péssima situação. Por tudo isso, ele propunha, então, que ela tivesse juízo, fechasse os olhos, tapasse os ouvidos, e fosse levando, sem provocá-lo a toda hora para não entornar o caldo.

— Mas ela podia trabalhar, Madalena. Não precisava se submeter. Era uma pessoa preparada, estudou letras, tinha seu diploma. E nós podíamos dar um apoio.

— É verdade, Ana Amélia. Ela sabia disso. Conversamos muito sobre a situação prática. Não era tão simples, não dava para ter ilusões. Ela não tinha uma carreira, porque parara de lecionar na faculdade quando casou. Nunca fez um mestrado ou pós-graduação. Não estava inserida no mercado de trabalho. Voltar a dar aulas ia ser muito difícil e muito mal pago. Estava fora de cogitação. Mas podia fazer traduções, procurar um emprego em uma editora ou instituição cultural. Tinha muita cultura geral, experiência de organizar eventos, traquejo social, seria uma contribuição bem-vinda no local certo, se não se precipitasse e o procurasse com calma. Dava para se manter. Mas precisava fazer as coisas com serenidade, de forma organizada. Antes de mais nada, procurar um bom advogado, que não se deixasse submeter às seduções aliciadoras e pressões disfarçadas de um homem habilidoso como Xavier, sempre parte do círculo íntimo do poder no país. E que não fosse cobrar por isso os olhos da cara.

Enfim, parecia óbvio que a solução era mesmo o divórcio. Mas em termos justos, pensados, civilizados. Cecília não podia fazer as malas e sair, entre louça quebrada e portas batidas na cara, no impulso de uma noite de gritos e baixaria. Fariam uma partilha justa. Ela sempre teria direito a sua metade dos bens do casal. E tinha a conta francesa, onde estava aplicado o que ganhou com a venda do *studio* que a avó lhe deixara em Paris — isso, sim, era integralmente dela, pessoal, recebido de herança, não teria de ser dividido. Da mesma forma, o casarão do Recife era dele e só dele, fora dos sogros de Cecília, ela jamais iria pleitear um centavo sequer daquele legado.

Ana Amélia ouvia aquilo tudo e se lembrava das discussões da filha com o francês do banco, quando esteve no Rio. E da carta do gerente, vinda na pasta verde. Tudo começava a ser visto sob novas luzes.

Madalena continuou:

— E havia também a questão da carreira do Luís Felipe.

— Como assim? O que a carreira do meu neto tem a ver com isso?

— Tudo, embaixatriz. É só parar para pensar. A senhora viveu a vida toda nesse mundo. Sabe que não poderia haver nenhum conflito aberto e barulhento. Qual seria o efeito de um escândalo desse tipo sobre o futuro profissional dele? Quanto tempo levaria para que depois saísse cada uma de suas promoções nos diversos degraus da carreira? Para que postos obscuros seria sempre relegado? Quanto tempo ficaria esquecido neles?

Ana Amélia caiu em si.

— Claro, claro, você tem toda razão. No primeiro momento eu estava só pensando na minha filha, em como ela devia se libertar daquela situação o mais rápido possível. É natural que essa seja a primeira reação de uma mãe, a mais forte. É instintivo.

— Exatamente. Foi também a primeira reação dela. Evitar o escândalo para proteger o futuro do filho. Essa sempre foi a maior preocupação da Cecília. Na verdade, foi por isso que eu agora resolvi lhe contar toda esta história. Fiquei preocupada quando soube que o Luís Felipe andava investigando isso tudo, indo a Brasília conversar com Angelina. Achei que devia lhe dar a chance de me dar um sinal.

— De quê?

— De que você estava desconfiando de algo. Para eu poder lhe contar tudo, como sua filha pediu.

27

— Não, dona Mabel, deixe a louça comigo. Guardar eu não sei onde é. Mas nisso eu posso ajudar: deixe que eu lavo — disse Mila, já abrindo a torneira da pia e esguichando detergente na esponja.

— Não precisa. É só botar de molho e depois eu faço.

— Não custa nada. Eu até gosto.

Pegando no armário umas caixinhas de plástico para guardar na geladeira as sobras das travessas, Mabel sorriu.

— Eu também. É um trabalho que acaba. Chega uma hora em que fica tudo pronto, limpinho, a cozinha arrumada, dá gosto de ver.

— Até começar de novo, depois da outra refeição... — respondeu a moça. — Mas entendo o que a senhora está dizendo. Etapa encerrada, página virada.

— Sei que você entende. É outra coisa que nós temos de parecido. Gostar de lavar louça...

Nem tanto, pensou Mila. Não chegava a gostar. Estava era sendo gentil ao dizer aquilo. Mabel também se revelava simpática e próxima. Mas a moça entendia mesmo e conhecia bem a sensação de tarefa cumprida a que a mãe de Edu estava se referindo. Partilhava do sentimento de alívio e alegria ao acabar o serviço. Quase de realização momentânea.

— Também, temos de ser mesmo parecidas. Nós duas somos professoras. Quer dizer, eu sou aposentada e dava aula para criança. Você é mais importante, de faculdade. Mas sala de aula é sempre a mesma coisa. Por isso, uma entende a outra.

Podia ser. Só o tempo e maior convívio é que iriam dizer. Por enquanto, o comentário também era só uma gentileza.

Marca de boa vontade. Sinal de acolhimento. Pequenos indícios que comoviam a moça e coincidiam com seu impulso, sua reação natural de gostar de saída daquela família. Por nada. Ou talvez porque estava mesmo gostando de Edu.

— Fico contente de poder lhe dizer isso: nossos santos combinaram.

— Nossos santos? — repetiu Mila.

— Aposto que você também é de Oxum...

Surpresa, enquanto lavava a louça, Camila foi ouvindo Mabel enaltecer as qualidades da orixá das águas e da harmonia, das crianças e da delicadeza, elogiando a beleza e a generosidade dela, mas também sua capacidade guerreira se fosse necessário.

— Eu não sabia nada disso. Na verdade, acho muito interessante mas não sei muito sobre essas coisas.

— Mas é de Oxum, sim, eu garanto, pode conferir. Pede a Edu que ele te leva para saber.

Mais uma coisa a aprender com ele. Para falar a verdade, ela tinha mesmo uma certa curiosidade em ir um dia a um terreiro de candomblé. Mas não queria jamais ser confundida com turista em busca de exotismos. Detestaria ser uma intrusa na religião alheia. Sabia como esse sincretismo religioso é importante no país e sentia que lhe faltava algo por nunca ter chegado mais perto disso. Parecia que todo mundo em sua terra sabia perfeitamente quem era seu orixá protetor, menos ela. Falta de oportunidade, por ter vivido tanto tempo fora. Achava que não acreditava em nada, do ponto de vista religioso. Mas respeitava muito essa capacidade nacional, de misturar os diferentes lados que nos formaram, nessa busca de Deus. Um culto aos espíritos e à natureza, que consegue juntar ao mesmo tempo divindades da África, da Europa e da América, com mães e filhos de santo, pretos velhos e caboclos. Culturas e etnias entrelaçadas.

— Vou pedir. Boa ideia.

— Acho que a gente está mesmo precisando fazer uma oferenda, pedir proteção. Eu tenho rezado, acendido defumador, vela, vou à igreja, canto na missa, rezo terço, tenho pedido muito, a Deus e tudo quanto é santo, para que nos deixem em paz. Essas coisas que andam fazendo com o Custódio não estão certas. São pura maldade. A gente fica até cismada. Como é que alguém pode inventar essas mentiras assim do nada? Sem nem pensar que pode estar acabando com a vida de um inocente, de um jeito que não tem conserto...

Mila tentou encontrar algumas palavras de consolo:

— Mas justamente porque é mentira, dona Mabel, tudo vai acabar se esclarecendo. Vão descobrir que não há nada. Porque não há o que descobrir.

— Você não vai me dizer que quem não deve não teme, não é? Não aguento mais essa conversa.

— Não, fique tranquila, não era isso o que eu estava dizendo.

— Ah, bom. Porque se você olhar qualquer morro desta cidade vai ver que cada favela dessas está cheia de gente que não deve coisa nenhuma mas teme muito. Gente que todo dia vai e volta de casa para o trabalho sem dever nada, mas no caminho sobe e desce escadinhas ou anda por becos e ruas que estão no meio de guerra de quadrilhas, de tiroteio entre polícia e bandido, de bala perdida, de tribunal sumário, de chacina, e de todas essas coisas que a gente sabe que acontecem. Não dá para não temer, mesmo sem dever. E não é só no morro, é no asfalto também, e na baixada, e nas comunidades sem asfalto da periferia. Em todo canto. O sujeito cai morto de repente e a família fica chorando, revoltada e no desamparo. Mas ninguém precisava temer, porque não devia nada.

— A senhora tem toda razão. É maldade pura, gratuita.

— Crueldade, perversidade. Coisa de gente sem Deus.

Camila concordou. Mabel continuava.

— Não dá nem para entender o que leva uma pessoa a sair por aí desse jeito atacando os outros. Só pra mostrar que tem força e pode fazer o que bem entende. Igualzinho a essa história com o Custódio. A cada hora inventam uma mentira nova. Sem nada a ver com a verdade, só pra pisar no outro. Sabe o que parece? Uma história que tinha no livro de leitura da terceira série quando eu dava aula. Uma fábula. O lobo e o cordeiro. Você conhece?

— Conheço. Os dois vão beber água no mesmo riacho e o lobo começa a acusar o cordeiro de sujar a água dele, mesmo sendo óbvio que isso é impossível, porque o outro está rio acima.

— Isso mesmo. E começa a dizer que se não foi nesse dia foi no ano passado, ou então foi o irmão dele, ou foi o pai. Não adianta o cordeiro mostrar que nada disso podia ser, porque o lobo pula em cima dele e come o coitado de qualquer jeito. É isso o que estão fazendo com meu marido, Camila. Só falta agora pular em cima e liquidar. Mas é questão de tempo.

Terminando de secar a bancada com um pano de pratos, Mila ainda tentava dar alguma esperança:

— Quem sabe se o advogado não consegue reverter essa situação? Provar que ele não fez nada?

— E lá existe jeito de provar que não? Os outros é que tinham que provar que sim. E mesmo que mais adiante ele saia inocente dessa história, os culpados não vão ser condenados. Nunca. E na cabeça das pessoas sempre vai ficar uma dúvida. Eu vi um filme uma vez, em que uma menina dizia uma coisa meio sem pensar e por conta disso começava um boato horrível contra um sujeito, acabava com a vida dele. No final, quando ela vai pedir desculpas, ele diz a ela que pegue um travesseiro de penas, vá para o telhado do prédio num dia de ventania, rasgue o forro e espalhe tudo. Não é um caso de perdão, é um caso de conserto impossível. Nunca na vida ela ia conseguir recolher todas as peninhas espalhadas e guardar de novo dentro do travesseiro. Por isso é que dá um desespero na gente, além da revolta.

Uma imagem exata e muito forte visualmente. Camila concordou. Mabel continuava.

— Por isso é que às vezes eu fico com medo. Fico achando que talvez meu marido não aguente. Mas não vamos falar mais nisso. Vamos lá para a sala com eles. E mudar de assunto. Custódio precisa se distrair. Não adianta ficar o tempo todo esperando um lobo escondido pular em cima dele.

Guardando as últimas coisas, completou:

— Só que eu não me conformo. Fica a tal moral da fábula martelando na minha cabeça, sem parar: *Onde a lei não existe, ao que parece, a razão do mais forte prevalece.* Assim mesmo, em versinhos, que nem no livro da terceira série. Dei tanta aula sobre isso... Mas só agora fui aprender que era mesmo verdade.

Deu um último olhar à pia, apagou a luz fluorescente da cozinha e foram para a sala.

28

— E onde é que a Angelina entra nisso?

O entardecer estava lindo.

Sentada de frente para a janela, Ana Amélia nem percebia. Como contemplar a entrada da baía, a linha de montanhas, a intensidade do azul no mar que escurecia, os barquinhos na enseada, os reflexos dourados no céu? O que ela via era só uma paisagem interna. Sem saída e escura. Um beco deserto. No máximo, com latas de lixo visitadas por ratazanas e reviradas por mendigos famintos à cata de qualquer migalha. Como ela e Madalena, esmiuçando os indícios de uma dor que não tinham sabido avaliar.

— Não sei exatamente. Mas sei que poucas semanas depois da morte de Cecília recebi pelo correio um envelope com os dois bilhetinhos dela e as três fotos que lhe mandei. E mais uma carta.

— Bilhetinhos de quem? Da Angelina?

— Não, bilhetinhos da Cecília. Ou talvez a gente deva dizer que, a rigor, era apenas um bilhete, com dois recados. A carta é que era da Angelina, contando que tinha encontrado aquelas fotos na escrivaninha da Cecília, dentro de um envelope com meu nome. E que aquele papelzinho estava preso com um clipe, pelo lado de fora. Por isso me enviava.

Enquanto falava, Madalena se levantou e foi até uma mesinha de canto, onde apanhou um envelope que já deixara separado. Voltou com ele até o sofá, explicando:

— Era isto aqui. Uma página arrancada da agenda dela do ano anterior, de um dia da semana em que nos encontramos em Paris. Em cima, estava escrito: 10h-Compras; 20h-Concerto. No resto da página, com outra caneta, havia duas frases. Não sei nem se eram bilhetes mesmo, nem se eram para mim. Talvez fossem para Angelina. Mas os recados eram claros, abertos, e nós duas respeitamos, tanto eu como ela. Tome. Veja. Leia você mesma.

Abriu o envelope, tirou de dentro um papel. Passou a Ana Amélia uma folha pautada pequena, com uma data no alto e três furos com marcas de rasgado, na margem esquerda. A letra da filha, inclinadinha, com aquela caligrafia típica do colégio onde estudara. No alto, as anotações a que Madalena se referira. Mais abaixo, espaçadas, as duas frases. Primeiro uma, pelo meio da página.

Não deixe que meu filho saiba.

A outra lá embaixo, no final.

Se meus pais desconfiarem, conte tudo.

Recados claros, curtos, quase ordens. Sem destinatário. Como Madalena explicou, apenas os deixara presos ao envelope endereçado à amiga.

— Na carta, Angelina se apresentava, contava que era governanta da embaixada e encontrara aquela página com o envelope em cima da mesa de Cecília, quando ela morreu. Estava cumprindo as ordens e me enviando. Dava o endereço da embaixada e um telefone no Brasil, da casa da mãe, onde viria morar logo que se aposentasse. Para o caso de eu ter alguma dúvida. Mandei um cartão de volta, agradecendo. E só. Mas reparei que a data da agenda era a do dia em que Cecília e eu estivemos juntas em Paris. Eu não podia esquecer, era meu aniversário de casamento, a primeira vez que Gustavo e eu não celebrávamos juntos, porque ele estava em Brasília. Até estávamos com entradas para ir a um concerto, um programa com obras de Liszt e Schumann, bem romântico, mas ele tivera que ir ao Brasil inesperadamente. Na ocasião, nem comentei sobre a data com Cecília, não ia ficar falando de corda em casa de enforcado. Mas propus a ela que fôssemos ao concerto de noite, dei a desculpa de que já tinha os ingressos e seria uma pena perder. Ela viajava de volta para casa no dia seguinte, mas não precisava estar no aeroporto muito cedo, então topou. Foi a nossa despedida.

— E como ela estava quando foi embora?

— Bem melhor, mais calma. Acho que lhe fez muito bem desabafar. E também tivera a chance de botar as ideias no lugar. Achei que estava começando a esboçar um plano de ação. Falava em tomar providências, procurar uma terapia de apoio, voltar para o Brasil ou ao menos ir passar uma longa temporada aqui com vocês, conversar com um advogado, tomar pé na situação financeira concreta. Com o tempo, ia amadurecer a decisão. É claro que ainda dependia do Xavier para tudo. Até mesmo para a passagem de volta ao Rio. Também por tudo isso, não podia contrariá-lo, quanto mais hostilizá-lo. De qualquer modo, estava bem melhor. Passamos um dia bom.

Madalena fez uma pausa e comentou:

— Fomos até fazer compras no Marais. E eu a convenci a fazer uma extravagância, achei que devia dar um presente a si mesma. Na verdade, eu tinha pensado em uma joiazinha simples, um pendente pequeno, uma medalha, ou uns brincos, cheguei a sugerir. Para festejar o passo de autonomia que ela ia dar. Mas ela preferiu outra coisa. Contou que sempre tivera vontade de ter uma roupa de um costureiro japonês que adorava. Fomos até a boutique dele e ela escolheu um terninho de palha de seda, bem simples mas elegantíssimo, com um corte perfeito e uma dobra inconfundível na lapela. Toque de artista. Caiu mesmo muito bem nela. Num tom de rosa velho, que ficava ótimo com a pele morena da Cecília.

Ana Amélia trocou de posição no sofá. Estava chegando a um ponto crucial de suas descobertas recentes. A foto da tal mulher vestida no terninho. Mas ia esperar. Limitou-se a dizer:

— Eu sei, eu vi. Quando ela veio ao Brasil com o Xavier trouxe o terninho. Usou uma vez num jantar, mas depois mandou de volta por ele, numa malinha com outras roupas mais quentes, porque disse que o verão estava chegando, ela ia acabar não usando de novo por aqui. Mas tinha adorado, fazia muito tempo que eu não a via tão contente com uma roupa. Agora entendo. Acho que, além de ser um terninho, era uma boa lembrança de um momento bom, ao lado de uma amiga como você.

— Mais que isso. Acho que era um símbolo, Ana Amélia. De um instante em que ela resolveu dar a volta por cima. Permitiu-se gastar com ela mesma, em algo de excelente qualidade mas supérfluo, na hora em que estava se preparando para um mergulho em tempos bem mais difíceis em matéria de dinheiro. Ela ficou tentada, mas hesitava. Dei a maior força, disse para parcelar no cartão. Eu não falei nisso, mas achava que era quase uma vingança. Pelo menos, um ato de justiça. O mínimo que ela devia fazer era obrigar o Xavier a pagar aquela conta. E sempre que usasse o terninho, se lembraria do compromisso que estava assumindo naquela hora. Como uma aliança, dela consigo mesma. Era uma marca. Uma garantia de que ia fazer algo por si própria. Como prometia fazer em seguida, buscando a ajuda de um terapeuta para se fortalecer.

— E você acha que ela te mandou a foto para você ver que outra mulher estava usando a roupa dela?

— É claro. As três fotos foram muito bem escolhidas. Lembranças da nossa amizade na Suíça e do nosso encontro em Paris, mas também a denúncia de quem era a mulher e a que extremo as coisas estavam chegando. Um jeito de me contar discretamente o que estava acontecendo, sem que eventuais olhos alheios pudessem entender. Como se dissesse: *nós somos amigas há tanto tempo, você me ajudou numa hora difícil, então veja só a que ponto chegamos. Não deixe meu filho saber, mas se for o caso, conte a meus pais.* Três fotos sem palavras, mas que contavam uma história. Todo o conteúdo do envelope tinha esse sentido e esse peso. O último pedido de minha amiga.

— Tem palavras, sim. A etiqueta no verso da terceira foto, com a data. Foi tirada quando ela ainda estava conosco no Rio. Isso me chamou a atenção assim que vi.

— Não chega a fazer muita diferença. Mas confirma que, na sua ausência, essa mulher se servia do que estava no *closet* dela e posava ao lado do Xavier, em plena embaixada, metida nas roupas de Cecília. Desrespeito total, humilhação. Um acinte.

— E você nunca mais falou com ela, depois desse encontro em Paris? Nem pelo telefone? Ainda não entendi por que disse que se arrepende e teve medo.

Madalena se levantou, foi até uma bandeja com um balde térmico, serviu-se de gelo e água em dois copos. Ofereceu um a Ana Amélia que não quis mais nada, nem chá. Tomou alguns goles e recomeçou:

— Pois é... É justamente quando começo a não me perdoar. Depois que ela voltou para casa, daí a umas semanas, liguei para ela. Contou que estava procurando um terapeuta, não era fácil por lá, mas Xavier estava sendo muito compreensivo e ajudando. E a idiota aqui acreditou. Ele tinha marcado uma consulta para ela com um psiquiatra na semana seguinte. Foi a partir daí que as coisas pioraram e viraram o inferno do último ano. Primeiro, ela falou que tinha recebido um diagnóstico de depressão. Depois, começou a estar sempre sob medicação pesada. Mandei um cartão acompanhando a cópia da foto de nós duas, ela não respondeu. Eu ligava e ela não podia atender porque estava descansando. Em geral, não retornava meus chamados. E quando, por acaso, atendia, estava sempre muito lenta. Meio ausente, opaca. Demorei um pouco a perceber a gravidade da situação.

Quando Madalena começou a desconfiar de que havia algo estranho no novo quadro, falou com o marido. Sugeriu que Gustavo ligasse para o colega, com um pretexto qualquer, e também perguntasse sobre Cecília. Confirmou suas suspeitas quando Xavier contou que estava vivendo uma tragédia familiar, Cecília estava com a saúde emocional muito abalada, suspeitava-se até de um problema mental. Talvez ele tivesse de interná-la em uma instituição especializada, vinha tendo de considerar essa hipótese dolorosa. Já o tinha feito, por pequenos períodos, lá mesmo. Mas possivelmente seria necessário tomar uma atitude mais eficaz, de uma forma mais permanente.

— Ele também nos dizia isso, Camila. Telefonou algumas vezes com essa conversa. E nós, pais dela, fomos aos poucos acreditando. Foi uma fase de muito sofrimento para nós todos.

— Como conseguiram que ele não fosse adiante com essa ideia?

— Nem sei. Acho que foi num dia em que ele usou a expressão *interdição judicial*, numa conversa com Manu.

— Pois é. Posso estar sendo injusta, mas às vezes eu acho que esse era o plano dele desde o início. Convencer os outros de que Cecília estava louca e seria preciso interditá-la. Essa era a saída perfeita para ele não ter de partilhar nada e ficar controlando tudo, livre dela.

— Não sei. Nunca tinha pensado nisso. Mas sei que, quando eu ouvi falar em interdição, deu uma coisa dentro de mim e eu finquei o pé. Coração de mãe. Eu não estava convencida de que a situação fosse sem volta. Não podia aceitar. Disse que queria minha filha perto de mim. Queria estar com ela, cuidar dela, não me conformava com aquilo. Xavier dizia que essa proximidade ia ser muito penosa para nós, ela estava muito mal, tinha delírios, imaginava coisas, tinha surtos. Uma coisa horrorosa. Mas consegui que Manu me prometesse que não concordaria com nada que eu não aprovasse, e eu não resolveria nada antes de estar com Cecília de novo.

As lembranças eram penosas, mas Ana Amélia continuou a reviver a situação, enquanto contava:

— Comecei a falar em ir para lá e ficar com ela. Foi quando surgiu a ideia de que, em vez disso, ela viesse passar alguns dias conosco. Seria uma temporada curta. Xavier tinha de vir ao Brasil a trabalho e a deixaria no Rio em nossa casa enquanto fosse a Brasília. E então eles vieram. O tempo todo, ele insistia muito na importância da internação, tentando nos convencer da necessidade de medidas urgentes mais efetivas, para proteger o patrimônio, preservar Luís Felipe, e tratar da própria saúde dela. Mas eu fiquei firme. Ela me pediu ajuda, disse que queria falar com um médico sem que ele soubesse e precisava suspender os remédios. Achei estranho, mas liguei para o doutor Rezende. Meio por alto, expus a situação a ele, que disse que não se pode fazer um corte desses em medicamentos, de uma hora para outra, sem acompanhamento. Porém se dispôs a examiná-la clinicamente, além de indicar uma colega com quem ela pudesse também se consultar. Xavier não chegou a saber disso. Como minha filha pediu, eu não contei nada a ninguém nesse momento. Acabou viajando e deixando Cecília. Ela queria ficar, nós também queríamos, e ele tinha de ir embora, não podia deixar o posto abandonado. E foi assim que ela passou uns meses lá em casa. Mas o tempo todo ele ficou de longe pressionando.

— E ela?

— Melhorou incrivelmente. Começou a se tratar com uma terapeuta que foi logo diminuindo a dosagem dos remédios e até mesmo cortou um deles. Estava bem, cada vez mais alegrinha e bem-disposta. Não falava em voltar, foi ficando...

Do Rio, Cecília ligara duas vezes para Paris. Na primeira, Madalena achou que ela estava ótima. Mais animada, quase alegre. Contou que estava se tratando com uma profissional séria e melhorando muito. Disse que estava tendo umas entrevistas com advogados, ia escolher alguém em quem confiasse. Contou que estava procurando um apartamento pequeno, talvez no Jardim Botânico, desses mais velhinhos que pudessem ser reformados. Madalena chegara a lhe passar a referência de uma arquiteta conhecida. E Cecília confirmou que tinha mesmo resolvido se divorciar e estava tratando de coisas práticas para que isso acontecesse.

— Por isso não avaliei que, quando ela voltasse para a Europa, a situação podia se deteriorar tanto e tão rapidamente. Achei que ela estaria só tendo as conversas finais com Xavier em casa, pegando as coisas dela e preparando a mudança. Mas, na verdade, devia ter desconfiado. Porque na segunda vez que ela me ligou, ainda no Rio, já estava transtornada de novo. Nervosa, falando sem parar, nem conseguia explicar direito a situação que a estava deixando naquele estado. Mas deu para eu entender que era um problema com a conta bancária em Paris. Até me ofereci para ajudar, se pudesse. Dizia que tinha sido roubada, que tinham desviado o dinheiro dela, mas não conseguia ser objetiva, não dizia coisa com coisa. É claro que aquilo era um absurdo: como é que alguém ia entrar na conta dela e mexer nos fundos? Tentei distraí-la, falando de outros assuntos. Não imaginei que em dois dias ela estaria fazendo as malas e indo embora.

— É disso que você se arrepende? — Ana Amélia voltou à pergunta perdida, lá do início da conversa. — De não ter ido procurar o gerente do banco?

— Não, isso nem me ocorreu. Mas eu devia ter insistido para entender melhor o que estava havendo. Porque, em seguida, não consegui mais falar com ela. Passou a haver uma barreira telefônica intransponível. O endereço eletrônico foi desativado, os e-mails voltavam. Tentei repetir o que fizera antes e pedi ao Gustavo para ligar outra vez para Xavier. Ele bem que tentou, algumas vezes. Caímos na mesma história, agora com agravantes e mais ênfase. Uma muralha de resistência. E foi aí que eu me acovardei.

O marido lhe explicara que não tinha mais como ficar insistindo. O que de início parecia um certo desconforto do marido de Cecília, quando esse assunto surgia, estava claramente se convertendo em hostilidade. Xavier chegou a dizer, com todas as letras, que Gustavo parasse de se meter na sua vida pessoal e no que não era de sua conta, já estava vivendo uma situação muito penosa e não precisava de mais pressão. Passou a fazer ameaças veladas. E tinha condições de fazê-las: era um homem influente, bem-relacionado no ministério e no governo, sempre muito bem-posicionado. Ia se aposentar mas todos tinham certeza de que passaria a ter um cargo de peso no círculo mais fechado do poder. Gustavo ponderou que Madalena devia desistir daquela marcação direta e deixar o barco correr. Não podiam pressionar mais. Ela acatou as ponderações, achou que faziam sentido. Teve medo de provocar Xavier. Convenceu a si própria de que, se Cecília precisasse mesmo, eles acabariam sabendo, pois ela pediria ajuda ou mandaria alguma notícia.

A notícia que chegou foi a da morte dela. O coração não aguentara.

— Por isso é que eu me arrependo. Fui covarde, devia ter insistido, ido lá pessoalmente, de qualquer jeito. Mas fiquei com medo do que Xavier poderia fazer para prejudicar o Gustavo. E não ajudei.

— Nós também não ajudamos em nada — suspirou Ana Amélia.

— Engano seu. Ajudaram e muito. Acolheram, protegeram, deixaram que ela recuperasse a dignidade e se pusesse de pé outra vez.

Na tentativa de consolar a mãe da amiga, Madalena acrescentou:

— Ah, quando ela me ligou do Brasil, ela me contou também uma coisa interessante. Uma historinha surpreendente, mas que achei até divertida. Prova de como ela estava bem, enfrentando a situação. Fiquei achando que ela estava mesmo ficando boa, decidida, e eu encontrava de novo aquela mulher capaz de tomar atitudes, que um dia tinha inventado um jeito de ter uma amizade clandestina na Suíça, sem obedecer ao marido.

— O que foi que ela fez?

Tinha ido procurar o secretário-geral do ministério. Confiante. Sem nada daquele medo reverencial que todos os jovens diplomatas tinham pelo cargo naquele tempo em que se conheceram, quando a sede ainda era no Rio e os calouros na profissão tremiam só de entrar na sala do segundo andar do palácio, com seus móveis pesadões e suas paredes cheias de pinturas do século XIX. Agora, era a geração deles que dava as cartas. Não tinham mais temor algum. E a amizade vinha de longe.

Cecília aproveitara uma vinda do grande chefe todo-poderoso para alguma solenidade em terras cariocas e marcara um encontro com ele. Na conversa, lhe abrira a alma. Fez todas as confidências, contou que Xavier a maltratara e que ela vinha tendo cuidado em não fazer um escândalo, para evitar um incidente. E que ultimamente o marido estava mancomunado com um médico estrangeiro para dopá-la e mantê-la fora de ação, para não ter de fazer o divórcio nem partilhar os bens. Disse que ainda não contara nada disso aos pais, mas que pretendia fazê-lo caso não tivesse outra saída. Revelara que ia persistir no pedido de divórcio, mas que pretendia que fosse amigável. Mas pedia a ajuda do amigo e secretário-geral para que, em caso de complicações nesse processo, ela não ficasse totalmente desamparada. Depois de tantos anos de casamento, deveria haver alguma forma de lhe garantir o direito ao plano de saúde ou à pensão, quem sabe? Mesmo que parcial ou proporcional. Foi veemente, se emocionou. Acabou caindo no choro. Estava frágil e se emocionava à toa. Ele ouviu com carinho, concordou com ela em algumas coisas, foi diplomático em outras. Prometeu que ia ver o que seria possível fazer e lhe telefonaria na semana seguinte.

— Mas o que você achou divertido nisso? — estranhou Ana Amélia. — Deve ter sido muito penoso para ela ter uma conversa dessas, implorando a um velho amigo para ser amparada.

— Penoso foi, sem dúvida. Mas foi também corajoso e digno. E ele foi solidário, compreensivo, não negou os fatos. Mas o que achei quase divertido foi na outra conversa deles. A frase que ela me contou.

Daí a uma semana, telefonaram do ministério para Cecília. A secretária do secretário-geral. O embaixador queria lhe falar. Constrangido, explicou que tinha tentado de toda forma, mas não havia a menor brecha administrativa. As regras eram muito claras e não admitiam exceções. Lamentava muito, mas era absolutamente impossível pretender fazer qualquer coisa por ela seguindo os canais competentes. Mas claro, pessoalmente era outra coisa, a amizade dele e de Clotilde era sempre a mesma, ela sempre podia contar com o casal etc... Foi então que Cecília disse: *Tudo bem, eu entendo. Mas acho que o Itamaraty bem que podia começar a se preocupar com isso e criar um plano B, com algum jeito de dar algum apoio às mulheres de diplomatas maltratadas no exterior. Afinal de contas, elas devem ser as únicas cidadãs brasileiras sem direito a qualquer proteção no estrangeiro.*

— Talvez divertido não seja exatamente a palavra para a gente definir isso que ela disse e me contou. Mas é original, um ângulo novo para olhar o assunto. Não deixa de ser irônico. E, ao longo de nossas vidas, nós sabemos que esses casos não são raros, infelizmente. Cada uma de nós conhece alguns.

Ela não deixava de ter razão, à luz do direito internacional, com sua proposta de plano B. E uma boa dose de senso de humor.

Ana Amélia concordou. Qualquer outra pessoa nas mesmas condições poderia se queixar à polícia ou às nossas autoridades diplomáticas, dependendo do caso, em busca de proteção. Embaixatriz não tem defesa. Fica à mercê do mais forte.

— É isso o que acontece quando quem acusa e quem julga é a mesma pessoa... — disse.

— Pior ainda. Quando a mesma pessoa é quem investiga, aponta um réu, e em seguida vai ser o promotor e o juiz. Impossível haver maior certeza de impunidade.

— Ainda ontem Manu estava falando nisso, a propósito de umas campanhas de denúncia que volta e meia saem na imprensa. Ele anda muito preocupado com essas coisas, essas histórias de grampos, de dossiês, de acusações todo dia, de escândalos sem parar. Acha que estão misturando culpados e inocentes no mesmo saco.

O telefone tocou. Era ele, impaciente, querendo saber por que Ana Amélia estava demorando tanto para voltar de um chá com uma amiga. Já estava quase na hora do jantar e ela não tinha chegado. Acontecera alguma coisa?

— Não, ficamos conversando e eu perdi a hora. Já estou indo.

Despediu-se e saiu. Ia ter de contar a ele toda essa conversa. Mas quando? Talvez fosse melhor esperar, só falar depois da cirurgia. Para que vir com esses assuntos estressantes agora? Podia prejudicar a saúde dele. Mas depois da operação, não escapava. Ele precisava saber. E antes disso, ela ainda ia se encontrar com Angelina. E tinha também de sondar Luís Felipe. O que o neto saberia, afinal de contas? De que desconfiava? Até que ponto? Por que tinha ido procurar a antiga governanta?

O último desejo de Cecília tinha sido protegê-lo. Como mãe e avó, Ana Amélia agora tinha essa responsabilidade.

29

Se o ângulo para contar estes acontecimentos fosse o do embaixador Manuel Serafim Soares de Vilhena, é bem póssível que a esta altura ele se sentisse um intruso ao lado do protagonista de Kafka, num dos mais célebres inícios narrativos da literatura contemporânea:

Numa manhã, ao despertar de sonhos inquietantes, Gregor Samsa descobriu-se, na cama, transformado num inseto monstruoso...

Mas o diplomata nem ao menos conhecia o pai de Jorjão pessoalmente. E não podia avaliar com que intensidade a situação dele se parecia com a do personagem. Porque naquela manhã, Custódio Fialho Borges Filho descobriu que tinha se transformado num rato.

Talvez não exatamente quando acordou. Mas assim que pôs os olhos na notícia. Não era assinante e só costumava ler o jornal no metrô a caminho do trabalho. Ultimamente, nem isso fazia mais, porque nem sempre comprava jornal, para não se aborrecer. Mas quando chegou à repartição, viu, mais uma vez, que um matutino estava em cima de sua mesa. Marcado com um círculo, feito com tinta vermelha em volta da reportagem.

Logo distinguiu seu nome nela. No texto e na foto que o ilustrava — a cópia de parte de um extrato recente de sua conta bancária. Com destaque para dois depósitos, de quantias elevadas, em datas diferentes, assinalados em amarelo. Colegas zelosos já tinham deixado tudo no ponto para que ele visse logo.

Nem precisou ler mais nada para se dar conta do tamanho da acusação que desabava sobre ele.

Sentiu-se zonzo, tudo rodando. Faltou-lhe o chão. Achou que ia cair. Tudo escureceu em volta. Alguém o ajudou a sentar, forçaram-no a baixar a cabeça sobre a mesa. Apagou.

Quando voltou a ter alguma consciência, não sabia quanto tempo havia passado. Ainda não enxergava nada. Suava frio. As orelhas formigavam. Mas ouvia vozes a seu redor, em plena escuridão:

— Deve ser uma queda de pressão.

— Vê se consegue botar esta pitada de sal embaixo da língua dele.

— Quem mandou fazer essas patifarias? Pensou que ninguém ia descobrir? Agora, aguenta...

— Pelo menos tem vergonha.

— Ou está fingindo, se fazendo de coitadinho.

Dava vontade mesmo de fingir que não estava ali. Não abrir mais os olhos. Mas não podia. Precisava descobrir se conseguia enxergar alguma coisa.

— Está acordando... Abriu os olhos.

— Melhor não ficar todo mundo em volta assim. Fica muito abafado. Dá falta de ar.

— Deixa ele respirar.

Foram todos se afastando, devagar. Ele apoiou os cotovelos sobre a mesa. De cabeça baixa, segurou a testa com as mãos. Ficou assim um bom tempo. Quando, finalmente, ergueu o olhar e o passou pela sala, ninguém se aproximou. Cada colega já estava em sua própria mesa, fingindo que trabalhava. Uns dois o encaravam, com hostilidade. Os outros faziam de conta que não o viam. Nenhum esboçava um olhar de solidariedade.

Levantou-se, foi até a antessala do chefe. Comunicou à secretária dele:

— Vou sair cedo. Não estou passando bem.

Ela não perguntou o que ele tinha, nem se podia ajudar. Só deu de ombros e respondeu:

— Como preferir.

— Avise a ele.

— Acho que ele já sabia. Ainda ontem falou que talvez você não viesse hoje.

A vontade era não voltar nunca mais. Tudo nunca mais.

Saiu sem se despedir de ninguém. Lá fora, caminhou uns dois quarteirões em direção à avenida Beira-mar. Parou numa banca e comprou o jornal. Sentou-se num banco de praça e, só então, leu com atenção.

Tudo verdade e tudo mentira.

Verdade que tinham sido feitos dois depósitos na conta dele. Com intervalo de poucos dias. Verdade que foi poucas semanas depois de ele ter procurado um jornalista para "denunciar supostas irregularidades". Quantias altas, também verdade. Muito mais do que vários meses de seu salário juntos. Precisaria trabalhar alguns anos, sem gastar nada, para conseguir juntar aqueles valores.

Mentira que uma coisa tivesse algo a ver com a outra.

E mentira que as irregularidades no Instituto fossem só supostas. Hoje tinha certeza de que havia mesmo roubalheira e das grandes. Era um esquema graúdo. Tinha gente ganhando muito e ele se metera no caminho. Isso era verdade. Tanto era, que agora ele estava sendo esmigalhado como um verme.

E as pessoas fugiam dele como de uma ratazana doente. Até os amigos.

Na tarde de sexta-feira, quando chegou ao bar para o papo regado a cervejinha, ninguém tinha aparecido. Na mesa deserta em que costumavam se reunir, um exemplar do jornal. Dobrado na página da denúncia.

E ainda por cima, teve de ouvir o pedido do dono do botequim:

— Custódio, não leve a mal, mas por favor, vê se dá um tempo sem aparecer. Eu não tenho nada com isso, não tomo partido na briga de vocês. Mas não posso perder todos os fregueses assim, de uma hora para outra.

— Fique tranquilo. Vou dar um tempo.

Vontade de não aparecer nunca mais.

30

Vilhena achava que agora estava por pouco. O próprio Felipe já dissera que essa fase preparatória das pesquisas para o filme estava no fim. Resolvera não esmiuçar os casos mais recentes de documentos fraudados, até mesmo pela dificuldade de tratar de coisas muito próximas no tempo, e que a própria polícia ainda não esclarecera.

Num desses episódios, por exemplo, simplesmente se fizera uma mudança semântica — o que permitiu que o assunto pudesse ser esquecido. O que antes era tratado como um dossiê passou a ser designado como banco de dados. As investigações mostraram de onde viera, mas pararam por aí. Tempos depois, saíram notícias sobre a promoção do responsável a um dos mais altos cargos da nação. E não se falou mais nisso.

Outro caso foi exemplar dos novos mecanismos em ação — muito estardalhaço ao ser noticiado espetacularmente, total esquecimento na lenta cobertura da apuração detalhada. A única conclusão oficial foi que não houvera qualquer envolvimento de pessoas próximas ao presidente na elaboração do tão falado dossiê de denúncias contra o candidato da oposição. Daí para a frente, o assunto perdeu o interesse, porque tudo tinha sido apenas iniciativa pessoal de assessores de quinto escalão, distorcidamente zelosos, querendo agradar a chefes e mostrar serviço. O montão de dinheiro que ia pagar pelos documentos fraudados fora apreendido e fotografado. Seus portadores foram filmados por câmeras de vigilância num hotel, carregando sacolas de notas. Saiu em toda parte durante alguns dias, imagens de grande impacto visual. Mas nunca se apurou sua origem nem exatamente seu papel na história. Ou, se foi apurado, nunca se divulgou. A história toda ficou por conta de uma travessura a ser relevada e esquecida, obra de uns irresponsáveis, coitados, que não sabiam o que estavam fazendo. Um bando de meninos aloprados, como o próprio presidente os classificou. Termo que acabou ficando na imprensa como o nome do caso. Bom nome para uma banda de rock, como brincou Felipe. Mas também ficou por isso mesmo e não se falou mais no episódio.

Com a decisão de não incluir escândalos muito próximos no tempo, a fase de pesquisas para o filme já estava quase terminando. O embaixador sabia disso. Praticamente já tinham encerrado as sessões de entrevistas regulares sobre o assunto.

Talvez essa conversa agora com Felipe já fosse apenas para tentar elaborar um resumo final, uma espécie de encerramento geral, reflexão sobre o material que tinha sido levantado. Bem a tempo, porque a cirurgia de catarata estava marcada para a semana seguinte e Vilhena se sentia muito dispersivo, com dificuldade de se concentrar nos assuntos que o neto iria discutir, por mais que lhe interessassem.

Depois do almoço, já se preparava para voltar para o escritório com Felipe e se fecharem lá dentro, no que imaginava que seria a gravação de uma entrevista de conclusão das pesquisas, quando o rapaz chamou:

— Vó, venha conosco. Estou querendo conversar sobre meus planos para o futuro, minha carreira, minha vida.

Discutir projetos profissionais? Os avós estranharam. Sobretudo Ana Amélia. A presença dela não fazia parte desse roteiro, por mais que depois Vilhena fosse lhe contar toda a conversa e ambos ponderassem exaustivamente os prós e contras de cada situação, como sempre faziam na intimidade.

— Vocês ficam mais à vontade se estiverem sozinhos, eu não entendo muito dessas coisas — desculpou-se ela, como quem recusa, preparando-se para sair na direção oposta.

— Eu quero que a senhora venha, é importante. Por favor, vó. Eu preciso. Para me ajudar.

— Então vocês vão indo e eu levo um cafezinho.

Demorou uns cinco minutos, se tanto. Tempo suficiente para que Luís Felipe despejasse logo a novidade, que não aguentava mais guardar: resolvera que ia deixar a carreira diplomática. Quando ela entrou com a bandeja, o marido já foi logo anunciando o que o neto acabara de lhe comunicar.

Por mais que o embaixador Vilhena se mostrasse surpreendido, Ana Amélia tinha certeza de que, no fundo, ele já esperava por algo assim.

Não se poderia dizer que aquela decisão do rapaz fosse inesperada. Havia muito tempo que dava para desconfiar que Luís Felipe não estava feliz profissionalmente. Filho e neto de diplomatas, não queria seguir a mesma carreira. Tinha todo o direito. E pronto. Porém o embaixador Manuel Serafim Soares de Vilhena não iria se conformar facilmente com um abandono desses.

— Mas por quê, Felipe? — ainda insistia o avô. — É uma profissão tão bonita. E você já conhece bem tantos dos meandros dessa vida, talvez a parte mais difícil. Isso lhe facilitará muito no futuro, quando começar a ir para postos no exterior. Terá mais condições para se adaptar.

— Por isso mesmo, vô. Porque eu conheço bem. Não quero para mim.

— Mas por quê? Me dê uma boa razão.

— É uma profissão muito bonita, muito útil ao país, nosso padrão de qualidade é muito alto em relação a outros lugares, tudo isso é verdade e eu sei. Mas sei também que a atuação de um profissional nessa área é muito limitada pela hierarquia, pela obediência. Quantas vezes vou ter de defender posições e atitudes com que não concordo? Não quero ser porta-voz de ninguém. Quero falar por mim mesmo. E sinto vontade de me manifestar, não de ficar calado, como tantas vezes um diplomata tem de fazer. Ainda mais agora, que tomei o gostinho com esse filme com o Leandro. Quero fazer cinema.

O embaixador ainda tentou conciliar:

— Pense melhor. Talvez se possa conseguir uma licença não remunerada, para você se afastar por alguns meses, analisar bem...

Havia um tom de irritação na resposta decidida:

— Não adianta, vô. Eu não vim pedir nada. Nem autorização nem gestões para ter tratamento privilegiado. Por favor, me entenda. Estou só comunicando o que já resolvi. Quero que vocês sejam os primeiros a saber. Por carinho, porque gosto muito de vocês e não gostaria que ficassem sabendo por terceiros. Mas não estou pedindo licença a ninguém para resolver minha vida, nem mesmo ao senhor. Nada vai mudar minha decisão. Na semana que vem, entrego meu pedido de demissão.

— Os primeiros? — estranhou o avô, puxando o fiapo da revelação feita. — Você está nos dizendo que tomou uma decisão dessas e nem ao menos conversou com seu pai? Ele tem de saber, te dar uns conselhos, uma orientação. Tenho certeza de que não vai concordar com um absurdo desses.

Felipe ficou em silêncio. Ana Amélia intuiu e perguntou diretamente:

— Está nos pedindo que também não comentemos nada com ele?

Ainda em silêncio, o neto assentiu, com um movimento de cabeça.

Manuel Vilhena ia protestar, mas antes que chegasse a formular qualquer frase recusando o que lhe parecia uma traição, foi surpreendido pela nova pergunta da mulher:

— E será que eu estou certa se achar que uma das razões para essa decisão é porque você quer se afastar dele?

A resposta de Felipe foi outra pergunta:

— Há quanto tempo a senhora sabe?

— Saber mesmo, eu não sabia. Mas desconfiava. E imaginava que, mais cedo ou mais tarde, você ia querer ficar mais livre dessa situação.

— Não é possível — interrompeu o embaixador, irritado. — Está acontecendo alguma coisa que ninguém me contou?

Claro que estava. Ambos o poupavam. Tinha certeza. Como se ele fosse um bebê. Ou, pior ainda, um velho decrépito. Incapaz de estar a par do que acontecia com sua família. Não podia ter chegado a esse ponto.

Ana Amélia começou a pensar no que poderia ou deveria contar naquele encontro a três. Se ela e Manu estivessem a sós, contaria tudo — suas desconfianças sobre a morte de Cecília, seu encontro com Madalena, sua conversa com Angelina, seus sentimentos em relação às atitudes do genro.

Mas não podia falar disso na frente do neto. Tinha de atender ao desejo de Cecília e protegê-lo. Era essencial que conseguisse medir cada palavra que pronunciasse.

Enquanto pensava e ponderava palavras, percebeu que Luís Felipe resolvera mesmo se abrir com os avós. Com muita franqueza. Estava revelando suas suspeições sobre a morte da mãe. Começou falando que ficara muito intrigado com o episódio da pasta verde. Primeiro, porque não entendeu direito o que significavam aqueles papéis guardados lá dentro. Mas, principalmente, porque achou que os avós estavam escondendo algo dele, por não terem lhe entregado imediatamente a pasta. Por mais que tentasse, não conseguia atinar com o que podia ser. Mas passou a ter certeza de que havia algo que lhe estavam ocultando.

Resolveu então conversar com Angelina. Descobriu o telefone da família dela, ligou, marcou um encontro. Foi encontrar a ex-governanta e conversar pessoalmente.

— Mas como? Ela não está em Brasília? — estranhou o embaixador. — Foi o que entendi, pelo que sua avó me disse na ocasião. E ela mesma me confirmou isso, quando telefonei para agradecer por ela ter nos enviado a pasta.

— Está, mas eu fui até lá.

— Agora? Ou quando ainda estava de férias?

— Nas férias.

— E não me contou nada?

— Estou contando agora.

— Mas então você nos escondeu tudo até agora? Ou nesta semana você conversou de novo com essa senhora? E o que tudo isso tem a ver com sua carreira? Como é que uma conversa com uma serviçal faz você tomar decisões tão graves sobre seu futuro? Francamente, Luís Felipe, você me decepciona.

Ana Amélia se sentia desconfortável. Quem tinha se encontrado nessa semana com Angelina tinha sido ela, e também não contara nada ao marido.

Felipe explicava:

— Não, só a encontrei uma vez, já faz alguns dias. Talvez umas duas semanas. Ou mais... Mas depois da conversa com ela, eu não quis falar nada logo. Primeiro, queria pensar com calma.

— Mas o que houve? Não estou entendendo. Por que essa conversa teve de ser tão secreta? Por que você não aproveitou que estava em Brasília para consultar seu pai sobre essas suas dúvidas profissionais? Por que não nos disse nada?

Já exasperado, o avô subia o volume da voz, coisa rara em seus hábitos. Sinal de tempestade, na certa.

— Eu já disse: queria pensar.

— E por que acabou de pensar logo hoje?

— Porque ontem aconteceu uma coisa. Saiu uma infâmia no jornal sobre o pai do Jorge. E eu fiquei impressionado com a reação dele e do irmão: os dois queriam ir juntos dar uma surra no jornalista. Deu um trabalhão segurar a dupla e canalizar a raiva para um caminho mais racional e equilibrado. Foi um custo transferir o ímpeto da briga física para algo mais civilizado, como uma conversa com o advogado, o doutor Newton, como o senhor tinha indicado.

— Mas qual a relação disso com a sua escolha profissional?

— Pois é... Acho que foi por contraste. Foi um dia de emoções desencadeadas. Tudo muito intenso. Quando eu voltei para casa de noite, exausto, primeiro fiquei pensando em como eu sou diferente deles, como fui criado para controlar esses rompantes. Fui treinado desde criança para ser certinho, educadinho, civilizado. Sinceramente, o primeiro que me ocorreu foi dar graças a Deus pela educação que tive, por não ter esses impulsos violentos que os dois estavam tendo.

— Exatamente, isso é que é o certo — confirmou Vilhena. — Não adianta ser passional. Uma das conquistas da humanidade é dominar as paixões e usar a razão. Por isso mesmo é que você tem condições de vir a ser um bom diplomata.

— Claro — concordou Ana Amélia. — Não é pela força que se resolvem essas coisas. Com toda certeza o advogado vai saber apontar os melhores caminhos para ele se defender. Eu também fiquei preocupada quando li a notícia. E revoltada. Tenho acompanhado o caso. Pelos jornais, mas também pelas conversas da Mila. Ela me contou que conhece a família, eles são gente decente. Estão sendo vítimas indefesas de um ataque de bandidos contra sua honra. Provavelmente partindo dos verdadeiros culpados dos roubos que ele denunciou. O que está havendo é uma injustiça sem tamanho.

— Vocês não sabem quanto. Eu tenho até vergonha de dizer. E vergonha de fazer parte de um sistema que permite esse tipo de injustiça. Porque eu fui com o seu Custódio e os dois filhos a esse encontro com o advogado. O doutor Newton agora estava muito otimista, dizendo que, finalmente, vai ser possível fazer algo, já que desta vez os acusadores de seu Custódio fizeram algo ilegal, ao publicar o extrato bancário dele. E fica mais fácil ter uma ponta para seguir, por onde se possa pegá-los. Disse que vai ser um processo longo, demorado, mas agora há chances. E quando os dois irmãos ficaram impacientes, perguntando o que se faz enquanto isso, como é que a família convive com uma infâmia dessas, como se limpa um nome etc., ele tentou acalmá-los. Foi aí que me deu um desânimo total.

— Por quê?

— Porque o doutor Newton foi muito consciencioso. Estava otimista, animado, mas fez questão de manter um tom equilibrado. Não quis dar falsas esperanças à família. Disse que limpar totalmente o nome é uma coisa que não acontece. Nunca se limpa. Mas a chance (para ele, a certeza) de ser inocentado é sempre uma coisa muito importante, ainda que muito menos gente tome conhecimento. E que ainda menos gente venha a acreditar. Mas garante que um dia sai uma sentença absolvendo de todas as acusações e se comprova que o acusado era totalmente inocente. Disso ele não tem dúvida nenhuma: é certo como dois e dois são quatro. O problema todo é outro: é que isso nunca vai ser noticiado da mesma forma que a denúncia foi divulgada. Por isso é que tem gente que, nessa hora, aproveita para pedir uma indenização em dinheiro. E era isso o que ele aconselhava.

— Mas dinheiro não resolve... — disse Ana Amélia.

— Não há dinheiro que pague.

— Exato. Foi o que Jorjão disse a ele. E o doutor Newton, um sujeito admirável em sua profissão, um grande nome da advocacia, um homem de bem, veio com uma conversa pseudoconsoladora que me deixou doente. Para mim, era um exemplo de cinismo. Disse que é assim que as coisas são, que adulto tem de encarar a verdade. E a verdade é que jamais as pessoas vão se esquecer das mentiras divulgadas.

O embaixador concordou:

— Ele não deixa de ter razão. Ainda outro dia a Camila me leu um artigo com uma expressão que eu não esqueci. Não lembro mais quem era o autor, mas dizia que, muitas vezes, o escândalo sem crime é que acaba sendo o verdadeiro crime. Só que, ao mesmo tempo, é extremamente público e totalmente secreto, sem qualquer risco de condenação dos culpados por ele.

— Isso — continuou Luís Felipe. — O doutor Newton deu vários exemplos. Falou nos donos de uma escola que foram acusados de abuso sexual, com um monte de reportagens na imprensa, e mesmo depois de provar sua inocência nunca conseguiram refazer a vida. E num médico que foi denunciado como tendo se corrompido para furar uma fila de transplantes e beneficiar alguém de uma família de artistas. Ficou provado que era tudo mentira, mas a lama no nome ficou para sempre. Também falou nuns ministros e políticos acusados e depois inocentados. Sempre a mesma coisa: um que foi envolvido num escândalo de mochilas e bicicletas, outro que foi linchado moralmente como se tivesse corrompido parlamentares em troca de votos. No final, foram inocentados. Mas até hoje, quando se fala no nome deles, todo mundo só lembra é que "estiveram metidos naquele escândalo". A inocência não fica marcada na memória, só a acusação. Não adiantou nada serem absolvidos. Ou adiantou muito pouco.

— Você tem razão. Aliás, o Newton tem razão. Pode ser cínico ou revoltante, mas é real. Mas ainda não vi a relação disso com sua decisão — insistiu Vilhena, impaciente.

— Espera aí, vô, eu ainda não acabei de explicar. É que, lá no escritório do advogado, ele também falou que Jorjão e Edu tinham que se segurar, não podiam partir para uma agressão física e complicar as coisas. Disse que eles são adultos. E que nessa hora não podem reagir como filhos adolescentes, que muitas vezes não aguentam o tranco. Foi então que ele contou sobre uma garota que pirou para sempre numa situação dessas com o pai dela. E de outra menina, de 16 anos, filha de um desses nomes inocentes que a mídia crucificou há poucos meses: ela não aguentou a pressão de ser hostilizada na escola pelos colegas. Pulou pela janela e se matou.

Fez uma pausa, respirou fundo e continuou:

— E foi então que eu fiquei pensando. O impulso de todo filho é sempre o de defender o pai ou a mãe inocente nesse momento, proteger a vítima. Só eu não tive coragem. No caso de minha mãe, vocês sabem... Fui tão treinado para ser bem-comportadinho que não fiz nada, lavei as mãos, me desliguei.

Os avós ouviram em silêncio. Cada um dos dois, em alguma medida, também sentia algo nas vizinhanças dessas emoções. Um remorso pela omissão, se fosse necessário dar um nome. Entendiam perfeitamente a angústia do neto e respeitaram sua pausa. Só depois de algum tempo foi que o rapaz prosseguiu:

— Então, é isso aí. Eu acho que minha mãe foi vítima de uma situação armada contra ela. Mas nessa hora difícil, eu a deixei sozinha. Ela ficou inteiramente sem defesa. Porque eu preferi fazer de conta que não estava vendo nada. Não tomei conhecimento, não me mexi.

O embaixador continuava sem entender bem a relação disso com a carreira, mas resolveu não interferir. Daria ao neto o tempo de que ele precisasse, para ordenar o pensamento. Talvez assim pudesse ajudá-lo.

— Quer dizer, até tentei ir me informar, na tal conversa com a Angelina. Tentar descobrir o que realmente aconteceu. Seja o que for, ela foi testemunha, estava lá, participava da intimidade diária. Mas ela não quis me contar nada. Ficou só falando que minha mãe estava mesmo muito deprimida e tinha a saúde frágil, o coração não aguentou. Repetia isso sem parar. Como um texto que tivesse decorado. Só que eu tenho certeza de que ela estava me escondendo alguma coisa. Não teve nem coragem de olhar nos meus olhos. Não abriu a boca para dizer nada além disso, por mais que eu insistisse. Saí dali pensando, o tempo todo, com aquelas ideias girando na cabeça. Devia ser alguma coisa muito séria, para ela não poder soltar nem uma frase. Pensei um pouco mais e fui chegando a algumas conclusões. Agora já deduzi, já sei o que é. Mas até ontem, não tinha achado que eu devia fazer alguma coisa. Estava só remoendo a descoberta. Porque não tem mesmo muita coisa que eu possa fazer a esta altura. Não vou mudar nada dos fatos, eu sei. O que passou, passou. Mas quando vi a raiva do Jorjão e do Edu, impossível de segurar, descobri que eu não tinha nada que guardar a minha. Por isso, estou tomando essa decisão.

— E o que foi que você acha que descobriu? O que pode ser tão grave a ponto de fazer você desistir de ser diplomata? Por quê? — insistiu Vilhena.

— Porque eu quero distância do meu pai e desse mundinho dele. Porque eu não posso fazer nada para mudar as coisas, mas agora eu sei e não tenho mais dúvidas. Pelo menos, preciso acabar com esse fingimento. Não sei se ele mexeu nos remédios dela, se deu algum veneno, se sufocou com o travesseiro ou um saco plástico, não sei o que foi que ele fez. Mas sei que meu pai matou minha mãe.

Segunda Parte
Intromissão

Em *Tutameia*, livro de contos de Guimarães Rosa, as histórias narradas vêm em ordem rigorosamente alfabética no índice. Da primeira, *Antiperipleia,* à última, *Zingaresca*. Mas há dois tipos de intromissão.

A primeira delas continua obedecendo a essa regra. São os quatro prefácios do livro, distribuídos no decorrer do volume. No início de tudo, como costumam ser os prefácios, surge o primeiro: *Aletria e hermenêutica*. Em seguida, em cada letra correspondente, devidamente assinalados graficamente pelo itálico dos títulos, vêm os outros três: *Hipotrélico, Nós, os temulentos* e, finalmente, *Sobre a escova e a dúvida*. Seus quatro títulos formam um anagrama de HANS, *João* em alemão. Ou seja, o autor faz questão de assinar e lembrar que está ali, intrometido naquele rol de relatos.

O conjunto desses prefácios tem merecido estudos críticos de toda ordem — desde que o próprio autor chamou a atenção para eles, antes mesmo de publicar o livro, numa conversa com Paulo Rónai. Este afirma que, "juntos, compõem ao mesmo tempo uma profissão de fé e uma arte poética". São um depoimento do escritor sobre sua escrita e a finalidade da arte. Refletem um movimento consciente do autor para se intrometer no texto, com uma reflexão de cunho mais teórico. Ou sinalizam uma tentação irresistível, a chamá-lo para dentro da própria coletânea de textos de ficção, a fim de que ele se mostrasse e não ficasse de fora nem apenas oculto nas dobras do imaginado, lugar normalmente reservado aos autores que não se intrometem.

A segunda intromissão dele na ordem alfabética que rege o índice do mesmo livro é bem diferente, mas igualmente interessante. Os títulos das histórias vêm seguindo o alfabeto até a letra H. Aí, uma delas se chama *Hiato*. Em seguida, vem o prefácio já mencionado, *Hipotrélico*. Depois, aparentemente a ordem alfabética é retomada por dois contos, *Intruge-se* e *João Porém, o criador de perus*.

Acontece, porém, que eles dão passagem a duas histórias que são as únicas fora do lugar em todo o livro: *Grande Gedeão* e *Reminisção*, antes que venham aquelas cujos títulos começam pelas letras L, M, N, e que continuam o rol seguindo a regra adotada. Uma releitura atenta desvenda o recado cifrado — *Hiato: intruge-se JGR*. Aí estão as iniciais do escritor, João Guimarães Rosa, fazendo questão de assinar sua interferência. Ou sua intrujice, com tudo o que esse vocábulo traz em sua carga semântica, a mesclar interferência e tramoia.

Na verdade, todo esse jogo de piscadelas ao leitor serve para corroborar o que Guimarães Rosa já anunciara na própria epígrafe da obra:

> "Daí, pois, como já se disse, exigir a primeira leitura paciência, fundada em certeza de que, na segunda, muita coisa, ou tudo, se entenderá sob luz inteiramente outra."
> (Schopenhauer)

É um bom antecedente. Mestre das letras brasileiras, deixa Rosa suas marcas. E seu exemplo permite recursos como este aqui. Para que diferentes epígrafes não se alinhem no começo do livro, como é de praxe, mas possam arejar uma pausa pelo meio da leitura, como agora. Intromissões chamadas ao diálogo com o que estamos contando.

A elas, pois.

> "A primeira providência do espírito é distinguir o verdadeiro do falso."
> (Albert Camus, *O Mito de Sísifo*)

> "A cada dia que passa, mais as palavras que escuto me impressionam, por serem cada vez menos uma descrição do que as coisas realmente são."
> (Philip Roth, *A Marca Humana*)

> "Também os leitores devem assumir a própria responsabilidade."
> (Umberto Eco, "Aspas e Transparência", em *Siete Anni di desiderio*)

Terceira Parte
Introito

1

Era o fim de uma etapa. A última vez que Camila vinha ler para o embaixador antes da cirurgia. Provavelmente ele nunca mais precisaria que alguém lhe servisse de olhos para a leitura. Ou, se ainda tivesse uma necessidade eventual nos primeiros dias, já estaria sabendo que seria por pouco tempo. Podia ser até que preferisse esperar para quando pudesse ler sozinho. A não ser que as coisas não dessem certo. Sempre havia alguma possibilidade, ainda que remota, de que não recuperasse a visão. Mas nem era bom pensar nisso. Tinha de dar certo, tinha de dar certo, ia dar certo.

Quase rezando — talvez para Oxum, sua orixá protetora de que sabia tão pouco mas que adotara e lhe parecera tão próxima, pela conversa de Mabel —, Mila vinha pelo corredor com cuidado para não esbarrar em nada, trazendo para Ana Amélia um vaso com uma orquídea florida. Queria deixar uma lembrança, assinalar aquele dia. Um marco de passagem e de carinho. Fim de uma etapa, repetia para si mesma. Em feitio de oração, como na música que os amigos de Custódio tocavam.

Ao entrar no escritório de Vilhena, surpreendeu-se com a coincidência. E com a cena. Encontrou o casal também rezando, mas em voz alta. Pelo menos, era o que parecia.

De início, ouviu apenas uma frase que Ana Amélia dizia, quase como um pedido mesmo, a alguém que estivesse ali presente, com eles:

— *Julgai-me, ó Deus, e separai a minha causa da gente ímpia; livrai-me do homem injusto e enganador.*

— *Porque vós, meu Deus, sois a minha fortaleza. Por que me rejeitais? E por que ando eu triste quando me aflige o inimigo?* — respondeu o marido.

— *Lançai sobre mim a vossa luz e a vossa verdade, para que elas me guiem e me conduzam...*

Parecia que ela ia continuar a frase, mas o embaixador foi prosseguindo com uma resposta por cima, sorridente. Não a cortava, mas abafava o que ela dizia:

— *Eu venho ao altar de Deus; ao Deus que alegra a minha juventude.*

Nesse ponto, Ana Amélia o interrompeu e disse:

— Acho que não é *Eu venho ao altar.* Pelo que lembro, era *Subirei ao altar...*

— Depende da tradução. O sentido é o mesmo. De qualquer modo, a gente rezava isso mesmo era em latim: *Introibo ad altare Dei...*

Parada na porta com o vaso de flor na mão, Camila hesitava. Não sabia se dava alguns passos adiante e os interrompia, se voltava silenciosa pelo corredor, se esperava que a vissem. Oração é algo muito íntimo, ela não tinha de se meter naquele momento tão pessoal, intrusa involuntária. Além disso, sua memória acabava de fisgar um anzol intelectual. Já conhecia aquela frase latina. De onde? O que era?

Nesse momento, Ana Amélia a viu ali de pé, indecisa:

— Bom dia, querida. Pode entrar, fique à vontade.

— Não queria interromper.

— Não interrompe nada. Estávamos mesmo esperando por você. Mas que flores lindas!

— São para a senhora. E para o embaixador. Presente de formatura — brincou, para disfarçar o constrangimento.

— Ou de último dia de aula. Agora ele vai poder ler sozinho.

Enquanto a outra agradecia, recebia as flores, fazia um espaço para o vaso numa mesinha próxima à janela, Vilhena explicava, em tom meio brincalhão:

— Você ouviu? Estávamos começando a celebrar uma missa.

A moça ficou em silêncio. Ele continuou:

— Pelo menos, eu acho que era o que Ana Amélia ia fazer. E eu, que fui coroinha durante tantos anos no internato dos padres, não resisti.

A mulher sorriu:

— Missa coisa nenhuma. Só me escapou um suspiro, com uma frase que dizia uma coisa que eu estava sentindo. E você foi começando a responder, Manu. Como eu também sabia de cor, foi como se estivéssemos cantando um dueto. Afinal, não foi à toa que assisti a tanta missa na vida. Desde o tempo do colégio, quando elas eram em latim, como acabamos de lembrar. A gente aprende, de tanto seguir pelo missal bilíngue.

Não era de espantar. Um movimento natural. Vontade de rezar, pedir proteção, às vésperas da cirurgia do marido. Mas também preocupação com a justiça, vontade de entender, de não se confundir em enganos — algo que estava lhe tirando o sono desde a conversa com o neto na véspera, envolvendo uma suspeita tão grave em relação a Xavier. Bem que ela se esforçara por dissipar, mas não sabia até que ponto conseguira. E por mais que pensasse, também ainda não fora capaz de encontrar um ponto de equilíbrio, entre cumprir o último desejo da filha e não permitir que se fizesse uma acusação injusta ao genro.

Enquanto isso, Vilhena explicava a Mila que aquelas frases que os dois estavam recitando faziam parte de um salmo que fora incorporado ao início das missas, como uma forma de oração preparatória. Antigamente, antes das mudanças na liturgia.

— Era o Introito. Uma espécie de entrada, subida ao altar, sinal de que o ritual estava começando. Fui aluno dos jesuítas e sabia tudo isso de cor em latim.

Numa centelha, a palavra *jesuítas* desencadeou a lembrança. Boa professora, Mila imediatamente recordou de onde conhecia a frase latina:

— Como no *Ulisses,* do Joyce. É o começo do livro. Um amigo recebe o protagonista de manhã no alto da escada enquanto se prepara para fazer a barba. Diz essa frase em latim e manda que ele suba.

Junto a esse *Ulisses,* Vilhena nunca chegara a se sentir intruso. Lera o livro mal e mal, nunca relera inteiro. Reconhecia sua importância mas o achava confuso. Tinha admiração por ele, não amor. Muito diferente do sentimento que tinha pelo *Ulisses* original de Homero, esse sim, objeto de fascínio e paixão durante toda a vida. Começo de toda a literatura ocidental. Poderia também ser o seu começo de releituras daí a alguns dias, depois da operação. Uma alegria tentadora: folhear de novo as páginas da velha história grega, entre os dedos cor-de-rosa da aurora e as tempestades marítimas desencadeadas pelos deuses. Boa lembrança. Excelente meta.

Mas as guardou para si e falou de outra coisa:

— Eu estive lá nessa torre, em Dublin, onde o amigo morava e onde se inicia o *Ulisses*. É uma construção impressionante, de pedra, redonda, exposta aos ventos e às ondas do mar que batem nos rochedos embaixo. Parecia antiquíssima, como se fosse do tempo dos romanos. Mas fazia parte de uma série de pontos de vigilância, umas torres de sentinela avançada, da época de Napoleão, quando os irlandeses se preparavam para deter qualquer possível invasão. Um lugar muito bonito.

Camila conferiu:

— O próprio Joyce morou lá, não?

— Não se pode dizer que tenha morado. Mas passou uma temporada lá. E imortalizou o lugarejo, fazendo seu herói começar por ali toda a ação do romance. Seu introito. Uma oração de começo, de abertura. Acho que foi por isso que Ana Amélia se lembrou dela hoje cedo. Eu também estou me sentindo no limiar de algo novo, com essa operação. Vou ao altar de Deus e oferecer meus olhos, esperando que ele me guie e me conduza — como diz o salmo.

Voltou-se para a mulher e perguntou:

— Não era isso o que você estava querendo dizer quando puxou esse introito?

— Talvez, meu bem. Mas acho que também queria que Ele seja nossa fortaleza e não nos rejeite, que Ele nos livre dos homens injustos e enganadores... E que Ele alegre essa juventude e não deixe que um rapaz sofra dessa maneira por causa de uma acusação injusta a seu pai.

Pensava no neto. Ouvira estarrecida as suspeitas dele em relação a Xavier. Protestara, garantira que tinha mais dados e podia assegurar que sua suposição não era verdadeira. Mas não tivera coragem de contar logo o que sabia sobre a morte de Cecília. Sabia que precisava fazê-lo. Trair o pedido da filha e contar. Talvez antes mesmo de conversar com Vilhena sobre o assunto, depois da cirurgia.

Camila, porém, estava pensando era em outro pai e outros filhos:

— A senhora tem razão. Está sendo mesmo um momento muito difícil para Jorjão e Edu. A carga contra seu Custódio está fortíssima. E ele se recusa a dar explicações pela mídia.

— Mas se é tão fácil explicar que o dinheiro foram as parcelas do pagamento do apartamento que eles venderam, por que ele não esclarece isso de uma vez?

— Porque na única vez que tentou, ainda em termos gerais, dizendo que não tinha o que esconder, mas tinha direito ao sigilo, e provaria a origem dos depósitos quando houvesse uma acusação formal, o noticiário continuou hostil. Disseram que ele "alegava" inocência e "tentava ganhar tempo" para explicar a "suposta origem" dos recursos. Aí mesmo foi que ele ficou furioso. Não quer nem conversa. Diz que não fez nada e não tem que explicar nada, que seus acusadores é que têm a obrigação de dizer de onde tiram essas calúnias.

— Ele pode ser teimoso e turrão, mas não deixa de ter razão — concordou Vilhena. — Afinal, a presunção da inocência é um princípio básico do estado de direito.

— Por um lado, ele está péssimo, revoltado, arrasado. Por outro, está bem tranquilo, porque tem documentos que podem provar as falcatruas que ocorreram lá dentro e que originaram toda essa campanha contra ele. Mas o advogado diz para ele não se precipitar e que é melhor deixar para exibir tudo isso quando for o momento adequado e na instância correta. Na justiça e não pela imprensa. E é exatamente o que seu Custódio acha que deve fazer. Ele diz que não quer ficar de bate-boca e não tem de dar satisfações da vida dele a qualquer fofoqueiro que entra pela vida dos outros sem qualquer respeito pela verdade e sai distorcendo tudo. Sem apurar nada, só na base do que ouviu dizer.

2

Aquilo ia numa escalada. Mas a cada novo degrau que a acusação subia, Custódio se sentia despencar alguns andares.

Agora era aquela história dos depósitos na sua conta. Durante tanto tempo ele e Mabel tinham desejado vender o apartamento do Catumbi, se livrar das despesas e aborrecimentos com um imóvel onde ninguém queria morar, e no fim dava naquilo. Melhor não ter feito nada e ter deixado de lado, esquecido, só pagando os impostos e as contas para não ficar com o nome sujo na praça. Mas a mulher insistiu tanto em se livrar do trambolho que eles acabaram pondo à venda. E, mesmo jogando o preço lá embaixo, tinham se passado mais de dois anos até o corretor conseguir seduzir um eventual comprador. Para acabar desse jeito.

— Foi a casa dos meus pais, Custódio. Não posso deixar derreter tudo que nem gelo, sem sobrar nada para os netos deles. Mesmo que dê muito pouco, é um dinheiro para os meninos.

Os meninos estavam crescidos, eram homens feitos. Mas Mabel fazia questão de ajudar um e outro, dando um empurrãozinho em seu início profissional. Vivia lembrando como os seus pais gostariam de saber que tinham colaborado para que Edu comprasse um equipamento de som ou Jorge se estabelecesse em sua salinha de atendimento no Largo do Machado. Ela sonhava com isso. E o imóvel ficava lá, parado na carteira do corretor, enquanto dava despesas.

Justamente quando o sonho dela se realizou, virou um pesadelo. Ou passou a ser mais um elemento no grande pesadelo em que a vida deles se transformara nas últimas semanas.

Às vezes Custódio tinha vontade de pegar a escritura da venda e ir para a televisão, exibir diante das câmeras. Ou esfregar na cara dos jornalistas que, nas redações, ficavam inventando aquelas calúnias contra ele.

Mas a esta altura, do jeito que as coisas vinham sempre crescendo, ele já perdera a ingenuidade. Sabia perfeitamente que não ia adiantar nada. No máximo, iam dizer rapidamente no final do noticiário que "o suspeito nega as acusações". Ou iam escrever que ele "alegava" ter vendido um imóvel. Iam continuar a passar por cima do fato de que aquela era uma conta conjunta dele com a mulher e ela acabava de vender o apartamento onde nascera. Continuariam a ignorar que, naquela história toda, ele era a vítima e não podia ser o réu. E todo mundo ia ficar apenas com a ideia de que entrou um dinheirão de repente no extrato dele. O que era verdade. Só não tinha o significado que estavam vendo.

Mas, principalmente, o caso é que ninguém tinha nada a ver com isso. Ele era um homem de bem. Tinha o direito de viver em paz. Sem ser invadido daquela maneira. Sem ter de dar satisfações aos vizinhos, colegas ou conhecidos. Sem que o garçom do bar, o jornaleiro ou o contínuo da repartição se achassem no direito de comentar o saldo de sua conta bancária. Sem que todo mundo ficasse sabendo que o dinheiro era da mulher, e ele era um fracassado, um derrotado completo, porque foi tão otário que nem ao menos conseguiu ter alguma coisa na vida. Uma vidinha de marcar passo sem nunca sair do lugar. Derrota completa.

Mesmo com dificuldades, seu pai tivera condições de adquirir para a família aquela casinha de vila no Catete. Os pais de Mabel, gente humilde e trabalhadora como a sua, tinham conseguido deixar para a filha o apartamentinho do Catumbi que agora ela acabava de vender. Só ele não tinha sido capaz de fazer nada, de construir um patrimônio, de ter um bem que pudesse um dia ficar para os filhos. Um fiasco. Sempre dissera que não se importava com isso porque lhes deixaria educação e um nome limpo. Educação para quê? E o nome agora estava sujo.

Não é possível que ficassem achando que ele devia explicações públicas para não ficar ainda mais imundo.

Se ele estivesse sendo investigado pela polícia e se a Justiça tivesse dado ordem para que esses investigadores descobrissem de onde vinha o dinheiro, estava certo que ele explicasse. Era seu dever prestar contas, nesse caso. Mas para jornalista? Por quê? Com que direito vinham fazer essas especulações? A partir de uns palpites anônimos? De uma tal de fonte, covarde e ignorada, que eles tinham de proteger? Com que interesse?

O mais absurdo tinha sido a conversa dessa manhã no banco. O próprio gerente de sua agência telefonara, chamando. Custódio achou que era para um aconselhamento qualquer sobre o que fazer com o dinheiro, a fim de que o depósito não ficasse parado na conta sem fazer nada. Ele sempre ouvira dizer que não se deve deixar quantias altas assim. Mas não tinha ideia do que fazer. Por ele, transferia logo para os filhos o que iria ser de cada um e se acabava com aquilo de uma vez. Mas Mabel ainda não estava sabendo ao certo de quanto eles iam precisar. E também ia querer trocar uns eletrodomésticos em casa. Depois, pretendia deixar o restante como uma reserva para a velhice. E era ela quem resolvia. O dinheiro era dela.

Diante do gerente, Custódio teve uma surpresa. Mais uma, entre tantas dos últimos dias. O homem veio com uma conversa muito amável, mas não conseguiu disfarçar que se tratava de um interrogatório. Só não dava para saber de onde vinha, nem por ordem de quem. Falou que o banco zelava por sua imagem, seu nome e pela retidão de todas as suas operações. E que, por favor, Custódio entendesse que aquele era apenas um procedimento de rotina. Mas diante da movimentação atípica dos últimos dias e da repercussão que vinha tendo o noticiário sobre seu nome na mídia, a diretoria lhe enviara uma determinação que ele precisava cumprir. Desejavam alguns esclarecimentos sobre a origem dos recursos que tinham sido depositados na conta.

Num esforço para se conter, Custódio conseguiu lembrar que Mabel conversara com o próprio gerente na ocasião, muito animada com a venda. E informou que o primeiro depósito correspondia à entrada recebida, enquanto o segundo, bem maior, era o da totalização do pagamento, feita na data da escritura. O banco devia ter a microfilmagem de ambos os cheques do comprador, já com os números de sua identificação impressos neles. Bastava consultar. Essa era a origem, não havia o que perguntar.

Em tom ameno, segurando a raiva, Custódio também recordou ao homem que naquela mesma data dos depósitos fizera dois pagamentos que poderiam ser facilmente rastreados e comprovavam a exatidão de sua versão. Um ao corretor, por sua comissão. Outro à prefeitura, em cheque administrativo, correspondente ao imposto de transmissão.

O gerente se deu por satisfeito e agradeceu. O cliente deixou a agência furioso e impotente. Acuado. Não conseguia vislumbrar uma saída para acabar de uma vez por todas com aquele cerco.

Não tinha feito nada errado. Não estava sendo investigado pela polícia — e o advogado lhe assegurava que não estava, as próprias autoridades policiais tinham lhe garantido isso. Mas as pressões continuavam, vindo de todos os lados, num crescendo. O torniquete que o apertava era parte de um sistema maior, e tinha infiltrações inesperadas. Até mesmo no sistema bancário. Claro que aquilo não era um procedimento de rotina, como o gerente dissera. Duvidava que qualquer cliente fosse chamado para se explicar toda vez que entrasse em sua conta um depósito que não estivesse de acordo com seus padrões habituais. Ainda mais quando era tão fácil de verificar do que se tratava. Mas duvidava também que o caso dele fosse o único.

O que era aquilo? Alguém queria intimidá-lo e lhe dar uma lição? Pois estavam dando. Estava tendo um curso intensivo. Mas ele devia ser péssimo aluno. Nem ao menos conseguia entender o que devia aprender. Talvez, que não se deve meter o nariz onde não se é chamado. E que ele não tinha nada que ter procurado zelar pelo patrimônio público. Ou talvez a lição fosse mais radical e ele precisasse ficar sabendo de uma vez por todas que tudo é dominado pelos bandidos e, por isso, não se denuncia bandido. Nem ao menos se insinua que pode haver algo suspeito no que estão fazendo, mesmo quando se pode provar.

Estava aprendendo. Uma lição inesquecível: o crime compensa, a inocência é punida.

Vivia num país sem pena. Sem pena para criminosos. Sem pena das vítimas.

3

Ana Amélia não conseguia pensar em outra coisa. A todo instante, rememorava a terrível conversa da véspera. Obtivera um certo prazo de tolerância com o neto, mas sabia que só adiara o assunto. Iriam voltar a ele. E antes disso, ela ia ter de conversar com o marido. Provavelmente nem daria para adiar para depois da cirurgia. Talvez tivessem de falar ainda nesse mesmo dia.

De certo modo, estava mentalmente se preparando para começar a abordar o assunto quando Camila chegara. E agora, enquanto a moça e o embaixador conversavam sobre justiça, imprensa e a situação da família do Jorge, mais uma vez a embaixatriz rememorava o que tinha se passado naquele mesmo aposento poucas horas antes, na tarde anterior. Nas estantes, os mesmos livros a tudo assistiam impassíveis, apenas guardando dentro de si eventuais comentários.

— Não faça julgamentos apressados, Luís Felipe.

De início, essa tinha sido a única coisa que Ana Amélia conseguira dizer ao neto na véspera, diante daquela acusação tão grave que ele fizera a seu pai, em presença do avô. O rapaz a olhara com ar de incredulidade, e ela assegurou:

— Tenho certeza de que isso que você está suspeitando não é verdade. Se eu tivesse a menor dúvida a respeito, jamais iria acobertar o Xavier. Afinal, Cecília era minha filha, não se esqueça.

— Vó, não tente me enganar. Chega de escondermos tanta coisa. Estamos há muito tempo varrendo os problemas e os malfeitos para baixo do tapete. Minha mãe estava sofrendo muito, por causa do meu pai, e nós não fizemos nada para deter a mão dele, o senhor todo-poderoso. Até que ele conseguiu o que queria e teve a oportunidade de acabar com ela. De uma vez por todas.

— Você tem razão em querer saber a verdade. Eu também quero e também tenho tentado apurar. Mas posso lhe garantir que seu pai não matou sua mãe.

— Desculpe, mas essa sua garantia não me convence. Não dá para ter essa certeza.

— Essa conversa toda é absurda — interferiu Vilhena, irritado. — Não posso acreditar que isso está sendo discutido por minha família, em minha própria casa, debaixo de meu teto.

Com o coração apertado, Ana Amélia via a perturbação e perplexidade do marido, avaliava o sofrimento que ela tanto se esforçara para afastar dele naquela fase pré-operatória. Mas não tinha condições de se dedicar a acalmá-lo no momento. A urgência era outra. Tinha de sustar aquela acusação, e já. Era hora de ser incisiva com Felipe, se pretendia cumprir a vontade expressa por Cecília e poupá-lo de saber de tudo. Só assegurou:

— Estou presa por uma promessa e no momento não posso lhe contar todos os detalhes. Mas garanto que essa sua ideia não corresponde aos fatos. De uma vez por todas: seu pai não matou sua mãe. Deixe de dizer bobagens e me ajude aqui com essa bandeja. Abra a porta e a segure para eu passar.

Em seguida, levando Felipe com ela até o corredor, lhe sussurrara:

— Conversamos depois. Isto não é coisa que se discuta com seu avô dois dias antes de ele ir para o hospital. Ele pode se exaltar, a pressão pode subir, atrapalhar tudo.

Muito a contragosto, o neto concordara em deixar o assunto suspenso naquela ocasião, diante da promessa de que, na primeira oportunidade, a avó conversaria com ele.

Com certeza, seria logo. Tinha de ser.

Por isso, na sala de espera da clínica, enquanto aguardava que Vilhena retornasse da cirurgia, Ana Amélia se preparava para esse momento. Sabia que Luís Felipe poderia aparecer ali a qualquer instante. Senão, logo em seguida iria visitar o avô, assim que eles voltassem para casa.

Recapitulava e decidia o que dizer. Quase como um ensaio.

No dia anterior, falara com Vilhena. Contara tudo, menos sobre os maus-tratos sofridos pela filha em mãos do genro. Achou que seria impiedoso aludir à violência física a um pai nessas condições, absolutamente impotente para tentar fazer algo. A traição, sim, ele podia saber, até mesmo com seus detalhes sórdidos e reles. Devia saber. Com esse dado, poderia entender melhor a manobra de Xavier para promover o despojamento financeiro de Cecília — até mesmo no desprezível episódio de fazer a transferência de fundos da conta parisiense, que dera origem à volta repentina da mulher e, classificado como um surto delirante, acabou dando pretexto para que fosse internada.

Manuel Serafim Soares de Vilhena ouvira o relato em silêncio, interrompendo-o apenas com eventuais exclamações e pequenos comentários. Já conhecia as suspeitas de Ana Amélia sobre a presença de outra mulher na história. Isso não o surpreendia. Pelo contrário, a esta altura da vida já percebera que essa era quase a regra. Exceções eram os casais que continuavam juntos, sem escapadas desse tipo, como ele e a esposa. O adultério, o divórcio, o recasamento eram fatos da vida. O subproduto da longevidade atual. Mas não esperava que Xavier se portasse com aquela mesquinharia — ainda que conhecesse bem o excessivo apego do genro ao dinheiro, merecedor até de ser chamado de ganância. E não ignorava o desagradável viés autoritário que costumava impregnar suas atitudes, sobretudo com os que eram obrigados a viver sob seu controle hierárquico profissional ou doméstico — ainda que, no primeiro caso, eventualmente bem disfarçado por gentilezas e salamaleques.

Intoleráveis eram as maquinações para despojar a mulher do que era seu de direito. Ou impedi-la de reconquistar sua liberdade. Não era de admirar, pois, que Cecília tivesse ficado tão perturbada, a ponto de perder o controle. Tomar conhecimento daqueles fatos deu a Vilhena a oportunidade de entender melhor a doença da filha, suas reações exageradas, sua exasperação. Passava a ter uma compreensão mais completa do processo que a fez mergulhar na depressão e acabou por lhe trazer o ataque cardíaco.

O embaixador, porém, não chegou a aproveitar a sensação de alívio que essa compreensão trouxe para suas aflições. O relato de Madalena fora apenas sobre o primeiro capítulo da narrativa de Ana Amélia. Em seguida, a mulher passou a lhe contar sua conversa com Angelina, sempre com o cuidado de eliminar de sua narrativa as referências a abusos físicos. Mas mesmo assim, a versão de um problema cardíaco foi se derretendo. Não ficavam dúvidas sobre o suicídio. E Vilhena concordou que precisavam medir o que contariam a Luís Felipe. Evitar que ele soubesse o que se passou. Não deixar nem que desconfiasse. Era a última vontade da filha.

Rememorando tudo isso, na sala de espera da clínica, Ana Amélia se perguntava até onde poderia chegar. O marido não tinha dúvidas: deviam ocultar ao neto aquela sucessão de brigas vulgares, sobre amante e dinheiro, aqueles detalhes reles e acintosos sobre o adultério, aquelas suspeitas de roubo. Só assim poderiam omitir a existência dos bilhetes, clara indicação de que a filha preparara sua própria morte. Ana Amélia não estava tão segura de que essa saída era a preferível. Pois nesse caso, o rapaz passava a desconfiar que o pai fosse um assassino. Como ela poderia evitar ser injusta e, ao mesmo tempo, poupar o neto ao máximo?

Mais uma vez reviu na memória seu encontro com a ex-governanta. Esta lhe contara que esse pedido, de que o filho fosse mantido na ignorância, foi feito até mesmo no bilhete que Cecília deixara para Xavier. E que só por isso Angelina participara daquela farsa e ajudara o embaixador a criar a versão do infarto. Só a Ana Amélia tinha contado sobre as últimas horas de Cecília. Porque tinha ordens nesse sentido: *se meus pais desconfiarem, conte tudo.* E a mãe estava desconfiando. Tanto, que a procurara para saber.

Chegara com a foto na mão, perguntando:

— Quem é essa mulher?

Por isso ela contou a Ana Amélia sobre Gerta.

Era uma estrangeira. Tinha sido empregada da embaixada no posto anterior de onde o embaixador e a embaixatriz tinham vindo. Ao trazê-la na mudança, ele lhe dera também uma promoção a sua secretária particular. E a muito mais, como todos os empregados da residência logo perceberam. A esposa demorou mais a desconfiar. Nenhum intrigante foi lhe dizer que, quando ela viajava, Gerta se mudava para seus aposentos, usava sua roupa, dormia em sua cama com o embaixador. Mas mesmo sem lhe contarem os detalhes, ela descobriu. Teve uma briga muito feia com o marido. Depois, foi passar uns dias em Paris. Voltou melhor, parecia que as coisas tinham se acalmado. Mas aí começou o tratamento, e tudo se complicou de novo. Cecília entrava no hospital, saía do hospital, ficava grande parte do tempo dormindo. Gerta vivia com o marido dela debaixo do mesmo teto, enquanto ela dormia. Meses depois, quando a embaixatriz foi ficar com os pais no Brasil, todos os empregados achavam que ela não voltaria mais. Gerta aproveitou para se instalar de vez no seu território. Passou a fazer as honras da casa como anfitriã, e o embaixador lhe dava tudo.

De repente, sem avisar, Cecília saltou de um táxi vindo do aeroporto. Estava de volta. E já entrou gritando. Disse que tinha sido roubada, que o casal era cúmplice no roubo, que havia sumido muito dinheiro da conta dela. Começou a quebrar coisas.

Estava tendo um surto, disseram. Chamaram o médico que a levou e internou. Novo tratamento, prolongado. Quando voltou, ainda passou vários dias meio sonada. Mas uma noite, houve nova briga. Todos os empregados da residência ouviram. Dessa vez ela gritou que era um absurdo ele chegar a admitir a possibilidade de dar a nacionalidade brasileira para a amante. E disse que ia denunciar isso no ministério. Ainda na sala onde tomavam o cafezinho após o jantar, a copeira viu e ouviu quando ele mandou a mulher calar a boca e deu um empurrão nela, que caiu no sofá, mas se levantou e saiu correndo. Ele foi atrás. Todos ouviram o estardalhaço de briga, porcelana se quebrando, os gritos dela, as ameaças. Mais barulho de algo pesado caindo. Uma porta batida, fechada com força.

Pouco depois, tocaram a campainha da casa. O portão foi aberto e o porteiro na guarita explicou que ali era a embaixada do Brasil. Os policiais pediram desculpas e foram embora. A esta altura, o embaixador já tinha se recolhido, eles estavam vivendo em alas separadas. Angelina foi até a porta do quarto de Cecília ver se a patroa desejava alguma coisa. Ouviu que ela falava no celular com alguém, em voz alta, reclamava da demora em atenderem a seu chamado. Depois desligou e começou a chorar. Quando a governanta bateu de leve e perguntou se queria algo, ela abriu a porta. Pediu água fresca para tomar os remédios. Recomendou que no dia seguinte a deixassem dormir até tarde. E que, depois, Angelina viesse sozinha abrir as cortinas, só por volta das onze horas da manhã.

Quando isso aconteceu, ela já estava morta. O vidro de comprimidos, vazio. Um bilhete para o marido, poucas palavras numa folha aberta, dizendo que não aguentava mais, entregava os pontos, mas pedia que ele não contasse nada ao filho. Um envelope com o nome e endereço de Madalena — aberto, com umas fotos dentro, e uma folha de agenda presa por fora com um clipe, recomendando que não deixassem Felipe saber, mas contassem a seus pais se eles desconfiassem. A pasta verde para os pais, sem bilhete algum. Umas palavras para Angelina, pedindo-lhe que pusesse o envelope no correio e depois entregasse a pasta quando fosse ao Brasil, sem pressa.

Por isso, como a missão foi confiada a ela, a ex-governanta achou que era melhor cuidar disso sozinha. Aquele desenlace não a surpreendia, já lhe passara pela cabeça que as coisas só podiam terminar em tragédia. Só depois de tirar do quarto o envelope e a pasta foi chamar Xavier.

Daí para a frente, ele assumiu a situação. Recolheu o bilhete com seu nome e o vidro de remédios. Foi para seus aposentos falar ao telefone. Mais tarde, chegou o médico e atestou a morte por problema cardíaco.

Isso tudo Ana Amélia estava decidindo que iria contar ao neto, mesmo contrariando as instruções de Cecília, com toda a força que tinha um último pedido de filha morta. Mas não podia deixar de acreditar que a verdade se sobrepõe. Não permitiria que Luís Felipe fosse injusto com Xavier. O rapaz tinha o direito de saber dos fatos. Todos. Para entender as razões que levaram a mãe ao gesto extremo. Para não imaginar que o pai a matara com suas próprias mãos.

De canalha e calhorda o genro podia ser acusado. Mas de assassino, não.

4

Apesar de tudo, era preciso continuar. Enquanto a vida continuasse.

Custódio deixara de ir à repartição alguns dias. Apenas telefonara para comunicar que não estava bem. Mas precisava voltar à rotina. Não podia passar o resto da vida fugindo, encolhido, acovardado.

Naquela manhã, resolvera voltar. Acordara bem cedo, pensando nisso. Antes mesmo de se levantar, se lembrou do conselho do pai que a mãe lhe transmitira. Ainda estava escuro, mas talvez fosse hora de abrir a Bíblia a esmo e buscar orientação. Acendeu a luz do abajur. Pegou o livro na gaveta da mesinha de cabeceira.

Não foi uma boa ideia. Não era chegado a religião nem a ler. E foi cair direto no Livro de Jó. Ficou espantado que pudesse haver algo assim num texto sagrado. Era uma história incrível, que leu inteirinha. Quase uma aposta entre Deus e o diabo. Só para provar a fidelidade de Jó, um homem de bem, Deus afasta dele suas bênçãos. Permite que Satanás destrua todos os seus bens, consuma todos os seus haveres, mate toda sua família, um a um, de forma terrível. Tudo descrito em minúcias, num crescendo, enquanto se confirma que Jó não blasfema nem se queixa. Continua achando que Deus é sábio, e deve ter razões que ele ignora, para tratá-lo assim. Sua fé segue sem abalos diante de dores infinitas, causadas por mistérios que o superam.

Custódio viu que, no final, depois de um inferno de horror, Deus ganha a aposta e abençoa Jó, faz com que ele recupere bens e pessoas equivalentes ao que perdera. Mas essa história não ajudava o leitor matutino, em busca de um conselho. De que maneira alguém poderia aceitar que dez novos filhos substituiriam dez filhos mortos? E a saudade dos que se foram? E a dor de suas perdas? Quem escreveu aquilo não levava em conta a memória. Nem o amor.

Conselho de pai ou não, Custódio não conseguia se deixar guiar por esse tipo de ensinamento. Se as provações que Jó vivera se deviam a Deus, e eram um sinal da predileção divina, para atestar que aquele homem era digno da Sua confiança, então ele sabia que não era capaz de entender isso. Suas vagas relações com a religião poderiam fazê-lo aceitar um Deus todo-poderoso, criador de todas as coisas, mas justo e de infinita bondade. Misericordioso.

Porém alguém estava sendo injusto e cruel com ele nesse momento. Muito. Custódio não era capaz de ver nisso um sinal de amor divino. Pelo contrário, só se sentia abandonado. Mais ainda agora, depois de ler esse trecho da Bíblia. Queria distância de um Deus desses, que manifesta seu amor fazendo sofrer.

— O que foi? — perguntou Mabel a seu lado, já acordada havia algum tempo e agora ouvindo seu suspiro.

— Nada de mais. O de sempre. O de todo dia, agora. Mais um dia. A cada um, sua agonia. Vamos ver o que este nos traz.

Ela o abraçou e disse algumas palavras de consolo:

— Está mesmo difícil de aguentar, meu querido. Mas vai passar. Tudo passa. Chega uma hora que passa...

Ficaram alguns minutos aconchegados, em silêncio. Depois se levantaram. Ela foi fazer o café e ele entrou no banho. A cabeça doía. Como anunciara à família desde a véspera, ia voltar ao trabalho nesse dia. Com ou sem dor de cabeça.

Café, despedida, metrô, portaria, elevador. Entrada na repartição. Corredor. Sua sala, sua mesa. Silêncio geral. Olhares.

Cada vez mais dor de cabeça, parecia que ia explodir.

Sentou-se em sua cadeira, pegou a chave, abriu a gaveta, começou a tirar uns papéis. Tocou o telefone interno. Muito alto, reverberou na cabeça. Era a secretária dizendo que o chefe queria vê-lo.

Levantou-se e foi logo até lá. O sujeito estava sorridente, recostado numa poltrona de tecido claro e de espaldar alto, braços acolchoados sobre estrutura de aço inox, diante de uma escrivaninha nova, de bom design. Não o mandou sentar. Apenas foi comunicando, sem muitos rodeios, que esperava que ele não faltasse mais. Seus dias seriam descontados, a menos que trouxesse um atestado médico para abonar as faltas. Ah, sim, havia também outra coisa. Enquanto não se esclarecesse de uma vez por todas essa história das denúncias que estavam sendo divulgadas pela mídia, ficava entendido que seria melhor que ele fosse afastado de suas antigas funções. Não estava perdendo o cargo definitivamente. Mais adiante, dependendo de como as coisas evoluíssem, talvez até pudesse voltar. Mas no momento, deixava de ser o chefe do setor de almoxarifado. Seria melhor para todos. Não era possível deixar a raposa tomando conta do galinheiro, ele com certeza entenderia.

Não entendia nem deixava de entender. A cabeça toda estava ocupada pela dor. Latejava. Apertava como se uma cinta de ferro estivesse se fechando em torno dela.

O homem continuava a falar. Custódio ouvia as ordens, de pé junto dele. Deveria esvaziar sua gaveta e submeter o conteúdo da mesma ao exame da segurança. Deixar sua mesa para o novo funcionário que iria substituí-lo. Por enquanto, ainda não estava definido onde ele deveria ficar. No momento, bastaria que...

Não queria ouvir mais. Aquele falatório estava lhe dando náuseas. Enquanto a cabeça, apertada, doía cada vez mais, lhe subia quente um engulho de dentro. Não ia dar para segurar por muito tempo. Estava farto. Sentia repugnância, asco. Nojo.

Começou a vomitar num jorro, de pé, por cima da escrivaninha do chefe. Vagamente, teve a impressão de que respingava na roupa do cara. Bem feito. A cabeça doía. Vomitava mais. Golfadas incontroláveis. Primeiro, de alguma coisa azeda e talhada. Depois, umas gosmas esquisitas, mais amargas. Por todo canto — nos papéis, no tapete, por cima do tecido da poltrona.

Caiu de bruços por cima da escrivaninha. Ainda vomitando.

Aos berros, o chefe pediu ajuda. Agitada, a secretária gritou por socorro. Veio todo mundo da repartição se acotovelar na entrada da sala. Um ou outro colaborou. Alguém ligou para pedir uma ambulância.

Enquanto o socorro não chegava, dona Guiomar se adiantou. Pediu que a auxiliassem a tirar Custódio de cima da mesa. Deitaram-no de costas no chão. Com um pano umedecido, ela procurava limpar o colega. Inútil. Era coisa demais. Tudo era demais. Inclusive a tristeza dela.

Junto à porta, o assunto fervia:

— Ih, vai levar horas... Ambulância demora muito mesmo.

— Será que ele morreu?

— Não, está respirando.

— Está babando.

— Cuidado, pode ser que ele vomite de novo.

— Eca!

— Que fedor!

— Quem podia imaginar que o velho tinha tanto *vomito* dentro dele?

A vozinha feminina meio anasalada que disse isso pronunciava *vomíto,* com acento no I, feito criança. Não era num mar de sangue que culminava o assassinato moral de Custódio. Esvaía-se em secreções mais prosaicas, de um corpo que não tinha mais controle sobre si mesmo e despejava urina, fezes, sucos gástricos e biles em torno de si, derradeira manifestação de animal que marca território.

Depois que chegaram os carregadores de maca e o levaram para o hospital, ficou uma sujeirada na sala. O chefe já tinha ido embora. O serviço terceirizado de limpeza, que agora cuidava da faxina, foi chamado de emergência. Ia dar muito trabalho deixar tudo aquilo em ordem. E os papéis exigiriam uma triagem especial. Alguns tinham ficado ilegíveis.

— Acho que só essa embalagenzinha de spray com perfume diluído não vai dar — comentou uma faxineira, com um tubo arroxeado na mão. Aroma de lavanda.

— É mesmo — concordou a outra. — O melhor era no fim a gente usar um produto bem concentrado, num borrifador daqueles de bomba, que o pessoal usa para inseticida em plantação. Senão, esta sala vai ficar empesteada durante meses. Ainda mais assim, com tudo fechado. Esses vidros não abrem, acho que é para o pessoal só usar com ar-condicionado. Não ventila.

— Eu já falei com o Sebastião outro dia. Tem um borrifador em promoção numa loja do Saara, na Perfumes das Arábias. Pega até dois litros de essência de eucalipto. Era disso que a gente ia precisar aqui.

Nem todos os perfumes das Arábias poderiam limpar aquelas linguazinhas nojentas, fedorentas e criminosas, pensou dona Guiomar. Também estava com vontade de vomitar. E de nunca mais aparecer por ali. Mas não disse nada. Só se afastou em silêncio.

5

Não foi uma conversa fácil. Principalmente porque a todo instante ela fazia aflorar outros detalhes que complementavam o que estava sendo dito e que a memória de Luís Felipe acumulara durante anos, soterrando-os nas profundezas, permitindo que ele fingisse ignorar o que se passava diante de si e conseguisse ir tocando para a frente, em um esforço inconsciente de sobrevivência afetiva.

Agora, finalmente, como um açude que sangrasse e pouco a pouco fosse deixando escapar todo aquele volume guardado, vinha escoando um filete ininterrupto de segredos empurrados para o fundo. Confirmavam a veracidade do que estava ouvindo da avó — ainda que tivesse a impressão de que ela estava amenizando muito os relatos dos maus-tratos que o pai infligira a Cecília, reduzindo-os a gritos e agressões verbais.

Insinuavam outros episódios do mesmo tipo.

Ora eram lembranças de indícios do envolvimento de Xavier com outras mulheres, variadas, durante muito anos, em diferentes cidades onde moraram. Ora eram recordações intensas e dolorosas de cenas de agressão a que assistira ou que testemunhara. Ninguém lhe contara, mas foram vividas por ele mesmo, frente aos rompantes violentos do pai, em gritarias, ameaças, bruscos gestos de força.

Tudo aquilo que a avó lhe contava fazia sentido. E os bilhetes da mãe não deixavam dúvidas. Eram uma despedida. Era evidente que ela se suicidara. Mas como pedira para esconderem isso do filho, ele ficara tanto tempo sem saber.

Só não entendia por que ainda tinham de manter segredo e não comentar abertamente com o avô.

— Não quero que ele saiba agora, Luís Felipe. Ele está num momento frágil de saúde. E não vai poder fazer nada, só se martirizar, remoendo o arrependimento de não ter socorrido sua mãe.

O rapaz achava que, se o avô soubesse, entenderia melhor por que ele não poderia continuar trabalhando próximo ao pai. Era insuportável manter aquele teatro de fingimento. Mas respeitava a visão da avó. Podia ser até que ela tivesse razão.

— Mais adiante, eu conto para ele — prometia Ana Amélia. — Também acho que ele precisa saber. Mas agora, ainda não. De qualquer modo, não se preocupe com a aprovação dele para você mudar de profissão. Faça o que acha que deve ser feito. E dê a ele um tempo para se acostumar com a ideia.

O rapaz sentia muita raiva. E não sabia o que fazer com ela.

Os primeiros impulsos eram tão destrutivos, tão parecidos com esses ímpetos agressivos cuja existência estava sendo obrigado a reconhecer em Xavier, que Felipe até se assustava. Será que lhe vinham por herança genética? A pior resposta seria ficar igual a ele. Irromper pela sala do pai adentro no ministério, gritar bem alto que sabia de tudo, fazer um escândalo para que todos também soubessem.

Claro que, por um lado, sentia um tremendo alívio, no fundo da alma, por saber que o pai não tinha assassinado Cecília. Isso os bilhetes de despedida dela comprovavam. O testemunho de Angelina também. Mas por outro lado, Felipe não podia se livrar da sensação de que o estado de espírito que levara a mãe a uma decisão tão extrema não era explicável apenas pela química de uma depressão. Para ele, tinha mais a ver com desespero, sentimento de abandono, falta de perspectivas. E nesse caso, todos haviam tido sua parcela de culpa. Ele e os avós, por omissão e insensibilidade. O pai, por tratá-la mal. Por covardia, por espezinhar a mulher, mãe de seu filho, alguém que confiara nele a vida toda e merecia respeito. Por ganância. E por hipocrisia, mantendo uma fachada de esposo preocupado quando, na verdade, estava pensando era em defender sua parte nos bens.

Isso era algo que Xavier precisava ouvir um dia. E quem teria de dizer era ele, Luís Felipe. Podia não invadir a sala do pai aos gritos. Mas não podia adiar esse acerto de contas.

Nada daquilo adiantava, e disso ele tinha certeza. Mas se seguisse esse impulso, pelo menos desabafava, botava a raiva para fora, mostrava que não tinha mais medo do pai e poderia fazer um estrago em sua reputação.

Não precisava mais ter medo de não ser promovido. Pelo contrário. Estava mesmo se desligando de uma vez daquela merda toda. Xavier podia pegar toda aquela conversa mole de sempre, aquelas perspectivas de promoção e sucesso na carreira, e enfiar no rabo, ir para a puta que o pariu, bancar o poderoso chefão com quem quisesse, que para cima dele não colava mais. Podia, de uma vez por todas...

O celular tocou. Luís Felipe viu o nome de Jorge no visor. E ouviu:

— Pelo amor de Deus, vem correndo para cá.

— O que houve?

— Meu pai...

Muito barulho em volta, vozes, uma sirene. Não deu para entender direito.

— O que foi? Não entendi. Onde é que você está?

— Entrando no Souza Aguiar.

— Onde?

— No hospital Souza Aguiar. Ligaram do trabalho do meu pai. Ele passou mal na repartição e foi trazido para cá.

— Estou indo. Quando estiver chegando, te ligo. Pra você me dizer em que lugar está aí dentro e eu poder te encontrar logo.

Desligou rapidamente.

Despediu-se da avó:

— A gente continua a conversa outro dia. É uma emergência. O pai do Jorge passou mal e foi internado.

— O que ele tem?

— Não sei. Mas estou indo para lá. Não posso deixar o Jorge sozinho numa hora dessas.

6

Na sala de espera, Mabel fazia o que estava a seu alcance. Seguia com os olhos o ponteiro de segundos do grande relógio da parede, a única coisa que parecia se mexer ali, em meio àquela angústia quase sólida em que estavam presas as poucas pessoas presentes, aguardando alguma notícia trazida por alguém vestido de branco, que passasse pela porta que dava para o corredor onde sumiam macas e seus condutores mascarados. E rezava.

Rezar talvez não fosse a palavra exata, para quem gosta de exatidões. Mas ela dirigia o pensamento às mais variadas forças que, segundo imaginava, podem reger a vida. Ao mesmo tempo, recordava. Passava em revista uma trajetória de muito tempo. Misturava lembranças de toda uma existência em comum com Custódio. Delas retirava algum alento para continuar rezando, implorando que ele não fosse extraído tão cedo do convívio com ela e os filhos. Cuidaria bem dele, com toda a dedicação, enquanto fosse possível. Ele ainda tinha tanto a viver. Não podia ser sumariamente eliminado por uma fatalidade repentina resumida em poucas letras que nem formavam sílabas em sua função de fazer sentido.

— AVC?

— Acidente vascular cerebral.

Explicaram que era aquilo que antigamente se chamava derrame, ataque, coisas assim. Isso ela sabia, já ouvira falar várias vezes, não era uma ignorante. Falaram também em coágulo, oclusão de vaso sanguíneo, hemisférios cerebrais. Por sorte, quando ela chegou ao hospital, Jorge já estava lá. Ele conhecia essas coisas. Tinha estudado na faculdade. Tratava de vários pacientes que tinham tido AVC e estavam em fase de recuperação. Ia cuidar do pai quando chegasse a hora. Porque ia chegar a hora. Ela rezava por isso, com a soma de todas as forças — da fé e das dúvidas.

Tinha quase certeza de que ia ser atendida por Deus e pelos orixás. E nessa hora, Jorge ia ajudar Custódio a fazer todos os exercícios. Ele ia se recuperar tanto e tão depressa que todos iam ficar surpresos. Mas não ia voltar mais àquela repartição. Isso ela não ia deixar. A família iria dar um jeito de pedir uma licença para ele tratar da saúde. E então ele poderia aproveitar para emendar com uma aposentadoria antecipada, mesmo ganhando menos. Como Agenor tinha feito. E eles iam se mudar.

Custódio já estivera em hospitais antes, em salas de espera como ela agora estava, aguardando que alguém passasse por portas como aquela e viesse lhe trazer notícias de Mabel. Quando Edu nasceu, seu primeiro filho, uma emoção tão grande. Poucos anos depois, no nascimento de Jorge, uma felicidade completa. E quando ela teve de fazer a cirurgia no útero por causa dos miomas, uma preocupação apreensiva. Agora era a vez de ela esperar por ele.

Jorge já lhe explicara que eles não poderiam ver Custódio em seguida. No final da operação o paciente iria para o CTI. Outras letrinhas. Centro de Terapia Intensiva. Lá havia aparelhos especiais, muito sensíveis, que ficariam acompanhando a pressão dele o tempo todo, sua respiração, os batimentos daquele coração de homem de bem. Automaticamente, num bip-bip-bip contínuo. E pessoal muito especializado, capaz de prestar atenção à menor variação de som ou da agulhinha num gráfico. O marido estaria bem cuidado. E no dia seguinte ela provavelmente poderia vê-lo. Nem que fosse pela janelinha de vidro da porta.

Assim que deixassem e durante todo o tempo que pudesse, Mabel ia ficar do lado dele. Mesmo que fosse quietinha e em silêncio, se precisasse. Fazia questão de não sair de perto. Simplesmente, de estar ali. Rezando e lembrando, preocupada. Segurar a mão do marido, acariciá-lo de leve. Cantar baixinho para embalá-lo. Conversar de mansinho, ainda que pudesse parecer que ele não ouvia nada. Mabel duvidava. Achava que um sempre ia ouvir o outro, em qualquer circunstância. E ela ia falar em coisas boas, para ele ter vontade de voltar logo.

Aos poucos ele ia melhorar. Vencer mais aquela. Com a graça de Deus e a ajuda dos santos. Pelo menos, ali dentro descansava. Desligava dos noticiários e daquela baixaria contra ele. Depois ia pra casa, fazer fisioterapia com Jorge e se recuperar. Ia ficar bom. Uma nova etapa. E depois eles podiam até se mudar. Talvez alugassem uma casinha em Araruama, perto de Agenor, e ele já chegava lá tendo um amigo nas redondezas, para pescarem juntos. Ou em Muriqui, quem sabe? Também era bom e ela podia pedir ajuda a uma prima que costumava ir lá. Ou em Mangaratiba, um lugar tão gostoso e bonito, dentro de uma baía tão linda. Todos perto da água — lagoa ou mar. E perto do Rio. Um dia, quando tivessem netos, as crianças iam poder passar fim de semana com os avós. Iam brincar no quintal e na praia, sentar para as refeições em volta da mesma mesa. Aprender a pescar. E ouvir o avô tocar cavaquinho. Talvez ele até mesmo conseguisse encontrar outros músicos por lá e tocar com eles em outra roda de samba.

Com muito riso. Com brincadeiras. Com carinho. Com tanta coisa boa. Com.

Atrás daquela porta, em algum ponto daquele corredor, Custódio acabava de ser operado. Logo iria para a sala do CTI. Sem consciência do que lhe havia acontecido e do que estava vivendo. Sem nem ao menos a lembrança de como estivera se sentindo na manhã daquele dia, culminância de tantas semanas em que a cada instante fora sendo despojado de alguma coisa essencial a sua dignidade.

Um Jó sem fé. Sem esperança. Sem justiça. Sem.

7

Bem que o médico tinha dito que era uma coisa simples. Vilhena já estava de volta em casa. Enxergando com o olho esquerdo. Daí a mais umas semanas, iriam lhe operar o direito. Nesses primeiros dias, atento a detalhes, redescobria como o mundo é belo em suas cores e formas. Sentia-se capaz de ficar horas na varanda, contemplando as janelas dos vizinhos, as nuvens no céu ou a folhagem na copa das árvores. Ou então se dedicava a miudezas, examinando cuidadosamente cada um dos vários ramalhetes e arranjos florais que tinham lhe enviado.

Lá longe no tempo e no espaço, o menino Manu da fazenda jamais imaginara que pudesse existir tamanha variedade de flores nem que alguém fosse capaz de arrumá-las entre folhas tão diversas, daquela maneira, verdadeiras esculturas vegetais. As que havia por lá eram bem mais singelas. Presas aos ramos ou talos de onde nasciam. Nem por isso menos bonitas. A neta de Siá Mariquita às vezes gostava de enfeitar o cabelo com uma flor depois do banho. Ficava linda.

Era bom não ter precisado de anestesia geral. Uma operação tão simples hoje em dia, como lhe explicaram. Sem necessidade de internação e podendo convalescer em casa. Podia ser tratado em seu próprio ambiente, com a presença de Ana Amélia a seu lado, atenta aos horários de lhe pingar o remédio no olho, cuidadosa para que a sua dieta não tivesse sal demais e não fosse lhe ameaçar a pressão. A carne-seca e as linguiças bem salgadas, como comia na fazenda quando era criança, estavam proibidas. Outros tempos. A geladeira hoje guardava a comida sem que se precisasse conservar carnes enterradas num latão de banha ou mergulhadas em salmoura. O sal, sempre o sal. Nas lágrimas que por vezes lhe escorriam involuntárias. No líquido em que todos vivemos imersos antes de ver a luz e respirar o ar. No conto de fadas que Siá Mariquita lhe contava quando era molecote lá na roça. Um rei tinha três filhas. No fim da vida, querendo dividir o reino e seus cabedais entre elas, perguntou sobre o amor que lhe tinham. Grande como o céu, disse a primeira. Fundo como o mar, disse a segunda. Miúdo, de todo dia, e indispensável como sal, disse a terceira. Foi deserdada.

Só muitos anos depois, o embaixador Manuel Serafim de Soares Vilhena, já convertido em leitor voraz, se deu conta de que esse mesmo conto de fadas estava na origem da tragédia do Rei Lear. Como ocorrera com ele num povoado do interior brasileiro, o menino William Shakespeare devia ter ouvido essa história mais de quatro séculos antes, junto a uma lareira em um *cottage* inglês recoberto de colmo, muito longe, às margens do rio Avon. Talvez a lenda viesse até de muito antes, da noite dos tempos. Contada a filhos e netos por pais e avós. Ou por pessoas como Siá Mariquita, bibliotecas vivas, que simplesmente narravam para quem se dispusesse a escutar. E salvaram as histórias.

Outros velhos narraram para se salvar. Como Sófocles, aos noventa anos, diante do tribunal de Atenas quando os filhos quiseram interditá-lo, alegando que ele não tinha mais condições de cuidar de seus bens. E ele, que aos quinze anos tinha composto e dirigido o canto comemorativo da vitória em Salamina, que tinha sido guarda do tesouro público e amigo de Péricles, que escrevera mais de cem tragédias, de forma irrefutável provou então aos juízes sua capacidade: leu para eles um dos cantos corais da tragédia que estava escrevendo no momento, *Édipo em Colona*. Não precisou mais nada. Todos entenderam e acataram aquela grandeza que atravessaria milênios, na história do herói exilado, velho e cego para o mundo externo, mas conhecedor da terrível verdade sobre sua própria vida — então já castigado e purgado, tendo atingido a serenidade e sabedoria, preparado para a morte.

Se pensasse nesses modelos, Vilhena tinha certeza de que jamais começaria a escrever suas memórias. Esses autores eram grandes demais e o esmagavam. Mas agora também percebia que queria deixar um escrito. Como Cecília deixara os seus. Ainda que apenas fragmentos de uma frágil mente. Sem que ninguém tivesse lhe pedido um depoimento. Ou se dispusesse a ouvir sua palavra para afastar o risco da interdição, violência injusta que só não se consumara porque o amor de Ana Amélia entrara em cena e falara mais alto. Ele teria falhado, se deixado sozinho. Não fora capaz de tomar nenhuma iniciativa para enfrentar o genro e seu falso testemunho.

Nesses últimos dias, tinha voltado a pensar em deixar um relato com suas lembranças. Modestamente, a atestar o que viveu e conheceu. Um mero registro para o futuro. Uma tentativa de compartilhar com seus semelhantes algumas experiências que talvez pudessem ser úteis a alguém. Uma homenagem a pessoas, lugares e vivências miúdas que não mereciam ficar esquecidas. Como Siá Mariquita, lá na fazenda onde seus pais trabalhavam, e ele, menino pobre misturado a tantos outros moleques que brincavam por ali, tinha sido feliz como um príncipe das histórias.

Talvez depois de operar a outra vista se dedicasse a esse projeto. Poderia pedir a Camila que o ajudasse. Ou que lhe conseguisse uma secretária ou digitadora, como diziam agora.

Talvez Ana Amélia pudesse aprender a lidar com um processador de textos. Tinha aprendido datilografia na Escola Remington. Não devia ser difícil para ela. De sua parte, confessava que sentia muita dificuldade. Mas nada que não pudesse transpor.

De qualquer modo, qualquer ajuda seria bem-vinda. Sentia-se incapaz de fazer isso sozinho. Mesmo se agora estava enxergando novamente, ia precisar de apoio. Sentia-se vulnerável e fraco. Como Édipo no fim da vida, velho e cego, guiado pelas filhas Antígona e Ismênia.

Não, nada disso. Não podia se comparar àquele pobre cego, joguete dos deuses, vítima inocente de um infortúnio vaticinado em seu nascimento, desgraça inevitável que não podia deixar de ter causado. Condenado a pagar pelos males a que dera origem, sem vontade nem conhecimento. Mas podendo se orgulhar da consciência de estar *puro diante da lei, pois que tudo ignorava.* E de poder garantir que, desde que começaram a se insinuar em seu espírito os mais tênues indícios, jamais tinha usado seu poder com o intuito de fazer qualquer movimento para afastá-los, ocultá-los ou fugir a sua trágica responsabilidade.

Era com outro pai que Vilhena se sentia irmanado. Agora lhe caíra o véu de diante dos olhos e podia enxergar. E se via cego e louco de dor, como Lear. Vítima de erros de sua própria vontade, que poderia ter evitado se fosse menos centrado em si mesmo. Incapaz de reconhecer os sentimentos da filha e por isso condenado a embalar o cadáver dela em seus braços. Aniquilado pelo remorso. Arrasado pelo arrependimento e pela vergonha. Enlouquecido de sofrimento por um pecado tênue mas nem por isso menos grave: a falta de sutileza, a recusa em entender o orgulhoso silêncio de uma moça, a incapacidade de reconhecer a verdade e a delicadeza. Insuportavelmente destruído agora, quando o tempo invertia a relação paterna e quem necessitaria de cuidados seria ele.

Quanto mais podia olhar em volta e novamente enxergar multidões, mais o embaixador se dava conta de quanto deixara a filha sozinha. Não podia passar por cima desse conhecimento, agora que a consciência do desencontro o tomava. Não podia apenas se isolar para escrever memórias numa bolha de nostalgia. Como quem se lembrasse de um tempo que os anos não trazem mais e, com isso, tentasse trazê-los.

Eu, simplesmente Manuel, tenho de sair da redoma. Descer do pedestal. Não me omitir. Não compartilhar mais com os Xavieres da vida esses lugares protegidos. Não desviar o olhar. Ser capaz de não me excluir do real ao ser intruso no fictício.

Posso, sim, trazer para os dias que me restam a memória do vivido, do lido e do relido, mas sem deixar de fora as emoções destiladas gota a gota, que eu sempre deveria ter percebido e tantas vezes me recusei a olhar, para não ver.

Lembrar, porém, não traz conserto nem remédio. Não há reparação capaz de suturar o dilaceramento da injustiça.

Embora estivesse diante de meus olhos, recusei-me a ver a verdade. Era tão mais simples crer no que me diziam. Tantas vezes escolhi ouvir apenas a versão, a vertente diversa a me desviar.

Desperdicei a inteligência com que fui abençoado. Fechei os olhos para os fatos que me exigiam trabalho ou esforço para serem ordenados e entendidos. Mas foram os fatos que acuaram minha pobre Cecília e a levaram a preferir a morte. A planejá-la, separando fotos e documentos, ou acumulando remédios até ter certeza de que já os tinha em quantidade suficiente. Agora ela está morta. Não tem mais vida. Essa gaivota que vejo pairar agora no céu está viva. Um cão, um cavalo, um rato tem vida. Só minha filha já não respira. Nunca mais voltará.

Nunca, nunca, nunca, nunca.

Sem conserto para todo o sempre.

Este livro foi impresso
pela Lena Gráfica para a
Editora Objetiva em
agosto de 2011.